edition lichtland

Für Carin

edition Lichtland
Stadtplatz 4, 94078 Freyung
Deutschland

Umschlaggestaltung: Edith Döringer
Umschlagfoto: Georg Knaus

2. Auflage 2011

ISBN: 978-3-9812924-6-6
www.lichtland.eu

Claus Kappl

GLAS FIEBER

Mord am Goldenen Steig

Kommissar Kleintalers erster Fall

edition Lichtland

Die Personen

Karl Binder	Architekt
Carla Binder	seine Frau
	deren Söhne
Michael Binder	Architekt
Raphael Binder	Architekt
Gabriel Binder	Architekt
Uriel Binder	Architekt
Gudrun Binder	Ehefrau von Uriel Binder
Waltraut Binder	Ehefrau von Michael Binder
Katharina Binder	Tochter von Michael und Waltraut Binder
Dr. Hannes Winter	Arzt, Lebensgefährte von Gabriel Binder

Eva-Maria Moser	Notariatsangestellte
Manfred Zoelle	Polizeihauptkommissar in Bamberg
Rosi Badum	Antiquarin
Johanna Kreuz	Predigerin
Magdalena Wild	Predigerin
Johann Häusl	Polizeihauptkommissar
Georg Kleintaler	Polizeikommissar
Marianne Kleintaler	seine Ehefrau
Marie-Luise Schneider	Architektin
Rosalind Page	deren Freundin
Handlungsort	Der „Goldene Steig“

Handlung und Personen sind frei erfunden.
Mögliche Ähnlichkeiten mit noch lebenden Personen entspringen allein der Fantasie des Lesers.

Vorspiel

Brisbane, Australien, Freitag, 29. Mai 2009

Die Luft war staubig und schwül, Rußteilchen flimmerten im Sonnenlicht des frühen Nachmittags und bildeten einen diffusen Schleier, der über dem viktorianischen Prachtbau der Central Railway Station zu schweben schien. Marie-Luise Schneider betrat das Zugabteil und ließ sich, leise ächzend, auf der mit grauem Samt überzogenen Bank nieder. Der Kofferträger, in eine blaue Uniform gekleidet, hob den schwarzen Rollkoffer auf die Gepäckablage. Marie-Luise drückte ihm fünf Dollar in die Hand, das war zwar eindeutig zu viel, aber es entsprach ihrer momentanen Stimmung. Höflich zog der Porter seine Mütze, bedankte sich und verschwand. Marie-Luise stand auf und drehte an dem Knopf für die Klimaanlage über ihrem Sitz, um mehr frische Luft zu bekommen. Der Herbst war noch immer sehr warm, schwül-feuchte Luftmassen, die vom Pazifik her ins Land wehten, machten das Atmen schwer. „Brisbane ist nicht die Stadt, in der man alt werden sollte“, dachte sie, „aber mit 83 Jahren ist es wohl für einen Umzug, außer ins Altersheim, schon zu spät.“ Sie freute sich auf eine Woche Erholung bei ihrer Freundin Rosalind Page in Charlesville. Dort war es zwar ebenso warm, aber die Luft war viel trockener und besser für ihr Asthma. „Rosalind wird sich freuen, und ich werde mich eine Woche lang umsorgen lassen“, dachte sie voller Vorfreude. Sie nahm wieder Platz, strich ihr geblümtes, leichtes Sommerkleid glatt und nahm den dumpfen Gong, der die Abfahrt des Expresszuges ankündigte, nur von Ferne wahr. Kaum dass sich der Zug mit einem leichten Vibrieren in Bewegung gesetzt hatte, begann sie auch schon zu dösen.

Marie-Luise erwachte wieder, als der Zug Toowoomba passierte und die Ausläufer des Great Range Gebirges schon flacher wurden. Sie hatte jetzt noch fünf Stunden Fahrzeit vor sich, deshalb bestellte sie sich beim Abteil-Service Tee und Sandwiches. Sie begann über die

Traumreste nachzudenken, an die sie sich nach ihrem kleinen Nickerchen noch erinnern konnte. Sie war darin wieder nach Deutschland zurückgekehrt, genauer gesagt nach München, wo sie 1950 begonnen hatte, Architektur zu studieren. Auf einem Faschingsball in Schwabing hatte sie damals ihren Traummann kennen gelernt, die Liebe ihres Lebens!

Der Expresszug hielt in Miles, die Hälfte der Strecke war zurückgelegt, die Sandwiches verzehrt, der Teerest kalt geworden. Marie-Luise versank, als der Zug wieder Fahrt aufnahm, erneut in ihren Erinnerungen. Karl hatte damals ebenfalls Architektur studiert, war vier Semester weiter und ein Draufgänger gewesen. Fast drei Jahre hatten sie zusammengelebt, aber Karl hatte sie betrogen, und so musste er, als ein Kind unterwegs war, heiraten; seine Frau hatte sie nie kennen lernen wollen. Karl Binder hatte sie noch einmal wiedergesehen, in einem kleinen Ort im Bayerischen Wald, wohin es ihn verschlagen hatte, damals, als sie so krank geworden war. Rosalind war in jener Zeit ihre einzige Stütze gewesen, sie hatte sie auch überredet, nach Australien auszuwandern, um Karl zu vergessen. Marie-Luise hatte in Brisbane Glück gehabt, sie konnte sich beruflich verwirklichen und war wohlhabend, ja sogar reich geworden, aber sie hatte nie aufgehört Karl zu lieben, auch nicht, nachdem er vor 24 Jahren verstorben war.

Marie-Luise blickte in das Spiegelbild, das die Fensterscheibe zurückwarf. Sie war noch immer eine gut aussehende Frau, schlank, das weiße Haar hochgesteckt, wenige Falten. Das Spiegelbild verschwand, die Vororte von Mitchell tauchten auf.

Nach Überquerung des Maranoa-Flusses würde der Zug erneut halten. Marie-Luise blickte verträumt nach draußen. Der Zug verlangsamte seine Geschwindigkeit. Die ersten Stahlträger der alten Eisenbahnbrücke zogen vorüber. Plötzlich erschütterte eine gewaltige Detonation das Abteil. Ein ohrenbetäubender Lärm durchbrach die Abteilstille. Eisen barst. Marie-Luise wurde gegen die Wand geschleudert und fiel zu Boden. Den Aufprall des Zuges auf der Wasseroberfläche des Maranoa erlebte sie schon nicht mehr, zu diesem Zeitpunkt war sie bereits tot.

Bei dem Zugunglück, ausgelöst durch einen Sprengstoffanschlag der militanten Tierschutz-Gruppe „Save the Dingo“, kamen weitere 163 Personen ums Leben. Der Mitchell- Chronical veröffentlichte die Namen aller Unglücksopfer in seiner Samstagsausgabe. Marie-Luise Schneider wurde von ihrer Freundin Rosalind Page auf dem Central Friedhof in Charlesville begraben.

Es geht los

Bamberg, Samstag, 5. Dezember 2009

„Guddi, an Zwetschgen-Glühwein trink ich noch, und dann pack mers!“, Urs Binder wandte sich an seine Frau Gudrun. Sie standen an einer Glühweinbude auf dem Bamberger Christkindles-Markt und genossen das vorweihnachtliche Treiben um sich herum. Urs, der zusammen mit seiner Frau ein kleines, aber feines Architekturbüro in Bamberg unterhielt, war ein Genussmensch, aber nur, was Essen und Trinken betraf, denn seinem „Weib“, wie er Gudrun etwas derb nannte, war er treu. Er liebte sie, auch wenn ihnen ihr sehnlicher Kinderwunsch nicht erfüllt worden war. Nun, nachdem sie beide kurz vor ihrem fünfzigsten Geburtstag standen, den sie im kommenden März groß feiern wollten, konzentrierten sie sich auf die leiblichen Genüsse des Lebens. „Noch zwei Zwetschgen-Glühwis“, orderte Urs bei dem Budenbesitzer in astreinem Fränkisch, „und zwei Schmalzbrote, bitte“. Georg Löchlein kam aus Langensendelbach bei Erlangen und hatte sich auf biologisch angebaute Beerenweine spezialisiert. Er war als fränkischer Obstbauer auch am Erhalt alter Obstsorten interessiert und hatte mit seiner kleinen Baumschule großen Erfolg. Die Holunderschlehe war durch ihn wieder heimisch geworden, und das kam nun seiner Glühwein-Kundschaft zu Gute. Georg Löchlein stand während der vierwöchigen Adventszeit jeden Tag zusammen mit seiner Frau in seinem Stand auf dem Bamberger Markt. Er, dick eingepackt in Thermojacke und Lederschürze, auf dem Kopf die klassische „Schiebermütze“, galt als „Original“ und konnte seine zahlreichen Gäste durch wunderbare Geschichten unterhalten. Heute musste er das nicht tun, denn seine Kundschaft stand dicht gedrängt am Tresen, die blaue Glühweintasse in der Hand und unterhielt sich angeregt, während Georg Löchlein abwechselnd Heidelbeerwein, Holunderschlehe, Kirschwein Jola-Beere oder den „Klassiker“, den Zwetschgenwein in Tassen füllte, kassierte und Griebenschmalz-Brote strich, die bestens zu den heißen und säuerlichen Beerenweinen passten. Urs hörte wie ein älterer Bamberger seinem Begleiter einen Witz erzählte: „Kommt a hochschwangere Frau in an Bäckerladen und sagt: Ich krieg an Laib Brot. Schaut der Bäcker auf ihrn Bauch, schüttelt sein Kopf und sagt: Zeuch gibt's!" Urs musste lauthals mitlachen, denn den Witz fand er richtig gut und auch Gudrun verschluckte sich fast an ihrem Glühwein. Urs sah sich zufrieden um und ließ seinen Blick über das bunte Treiben schweifen. Er liebte den Bamberger Weihnachtsmarkt, der sich zwischen Hauptwachstraße und Grünem Markt über den gesamten Maxplatz erstreckte. In sechs langen Reihen standen die geschmückten Verkaufsbuden dicht an dicht, durch vier Gassen wälzte sich heute der Besucherstrom. Es wurden nicht nur Glühwein und fränkische Bratwürste sowie Weihnachtsartikel aller Art angeboten, sondern zum Bamberger Christkindlesmarkt kamen auch Fieranten, die traditionelle Haushaltswaren, Filzpantoffeln oder Kleidung jeder Art vertrieben und ihre Stammkundschaft hatten. Vor allem die ältere Landbevölkerung besuchte am Wochenende den Markt und kaufte dort schon seit Generationen Wollsocken oder Kittelschürzen. Im hinteren Teil des Weihnachtsmarktes fand alljährlich eine Krippenausstellung statt. Urs und Gudrun schlenderten während der Vorweihnachtszeit häufig über den Markt und betrachteten sich die handgefertigten Krippen aus aller Welt. Sie ließen es sich auch nicht nehmen, die liebevoll angelegte Krippenausstellung in der kleinen Matern-Kapelle zu besuchen.

Urs hatte nun seinen Glühwein ausgetrunken und wandte sich an seine Frau: „Guddi-Weib, wenn du fertig bist, können wir gehn." „Nur net hudeln", antwortete sie, „vom Hudeln kommen die Kinder!!" Sie schob sich das letzte Stückchen Schmalzbrot in den Mund, hakte sich bei ihrem Urs ein und rief Georg Löchlein über die Schulter zu: „Adela, Herr Löchlein, am Montag sind wir wieder da, lassen's den Zwetschgen-Glühwi net kalt werden!" Dann machten sie sich auf den Weg zur Tiefgarage. Dabei kamen sie am täglich stattfindenden Wochenmarkt vorbei. Hobby-Koch und Gourmet Urs konnte sich hier kaum satt sehen. Im Volksmund hießen die Bamberger Gärtner früher „Zwiebeltreter", und was früher ein Schimpfwort war, war heute ein Gütesiegel für ihre frischen Gärtnereiprodukte – nicht zuletzt für die berühmten „Bamberger Hörnla“. Wer die hier am Wochenmarkt bestellt, wird von den merkwürdig krummen, kleinen Kartoffeln, die er dann bekommt, sicher zunächst enttäuscht sein, nicht aber von ihrem vorzüglichen Geschmack. „Guddi – Weib, brauch mer was“?, fragte Urs hoffnungsvoll, aber seine Frau winkte nur ab. „Wir wollen doch noch nach Forchheim auf den Weihnachtsmark und auf dem Rückweg beim Bio-Bräu Brotzeit machen. Und morgen sind wir doch bei den Baiers eingeladen. Do brauchen wir auch nix.“ Etwas ernüchtert ging Urs weiter, deutete aber mal bei diesem, mal bei jenem Stand auf typische Bamberger Gärtnerwaren.

Am „Gobelmoo“, der eigentlich „Neptunsbrunnen“ hieß, gingen sie geradeaus, überquerten – natürlich bei Rot – die Lange Straße – früher die erste Adresse für gehobenes Einkaufen, heute zur Fressmeile verkommen – und bogen in das „Brunzgässlein“ ein, das eigentlich Habergasse hieß und das seinen Namen wegen eines stets üblen Urin-Geruchs erhalten hatte. Zwei Minuten später waren sie an der Tiefgarage angekommen. „Lass mich fahren“, sagte Gudrun, du hast drei „Glühwis“. „Passt scho“, antwortete Urs, „du hast ja auch zwei, ich kann schon noch fahren. „Dann nimm wenigstens eines deiner furchtbaren Eukalyptusbonbons gegen die Fahne“, bot sie ihm an, griff in seine rechte Manteltasche, wo sich, wie vermutet, drei dieser Süßigkeiten befanden und reichte ihm das kleine, in grünes Papier eingewickelte Erkältungsbonbon. „Das sind die mit dem flüssigen Kern – Nimm schon!“ Urs wickelte das Bonbon aus und schob es in den Mund. Er liebte den braunen nach Spitzwegerich, Menthol und Eukalyptus schmeckenden weichen Kern. Gudrun hasste Eukalyptusbonbons und hätte eher rohes Fleisch gegessen, als sich eines dieser Dinger in den Mund zu schieben. Urs schloss seinen roten Porsche auf. Sie verließen die Tiefgarage und befanden sich schon nach wenigen Minuten auf der Autobahn A 73. Urs trat das Gaspedal durch und der rote Sportwagen schoss davon. „Urs, fahr bitte ein wenig langsamer“, bat Guddi, „sonst red ich dich den ganzen Tag mit deinem richtigen Vornamen an.“ Mit dieser Äußerung traf Gudrun Urs wundesten Punkt. Denn sein richtiger Vorname lautete Uriel, benannt nach dem vierten Erzengel. Sein Vater, überzeugter Atheist und passionierter Zyniker, hatte sich mit seinen vier Söhnen einen „Scherz" erlaubt und ihre Vornamen nach den Namen der Erzengel gewählt. Sein Hintergedanke war wohl die Gründung einer Architekten-Dynastie; in der Namensgebung wollte er vor allem seine Rolle als Patriarch zementieren. Was er damit seinen Söhnen, besonders Urs angetan hatte, ahnte er nicht. Urs war mittelgroß, untersetzt, rotblond und mit Naturlocken versehen, da bot sich, verbunden mit diesem Vornamen, der Spitzname „Engelchen" förmlich an. Uriel hatte aber schon vor rund fünfundzwanzig Jahren offiziell seinen Vornamen in „Urs" ändern lassen. Gudrun, groß, schlank und noch immer schwarzhaarig, liebte ihr „Engelchen" auch als Erzengelchen. Urs tat seiner Guddi den Gefallen und ging etwas vom Gas. Dennoch raste er mit rund 160 Stundenkilometern in Richtung Forchheim. Kurz vor der Abfahrt nach Buttenheim wollte sich Urs an Gudrun wenden, um anzudeuten, dass sie dort auf dem Rückweg abbiegen müssten. „Guddi, da müss mer…", brachte er noch röchelnd hervor, dann brach er hinter dem Lenkrad zusammen. Gudrun schrie erschrocken auf, sie versuchte ins Lenkrad zu greifen. Der Wagen schoss auf die Mittelleitplanke zu, prallte dagegen, wurde zurückgeschleudert und krachte seitlich an die Betonwand der Autobahnbrücke. Sekunden später ging er in Flammen auf. An eine Rettung der beiden aus dem Flammenmeer war nicht zu denken. Der Sportwagen brannte aus. Die herbei eilende Feuerwehr konnte nur noch die verkohlten Leichen bergen. Eine am Unfallort angeordnete Blutentnahme ergab bei beiden Opfern einen Blutalkoholgehalt von über 1,1 Promille. Der vom Landgericht Bamberg eingeschaltete Staatsanwalt gab später den alkoholisierten Zustand des Fahrers als Unfallursache an. Die weiteren Ermittlungen wurden eingestellt.

Es geht weiter

Waldkirchen im Bayerischen Wald, 5. Dezember, zur gleichen Zeit

Die Sonne tat sich schwer, an diesem Samstagvormittag den Hochnebel zu durchbrechen, aber gerade bevor die Stadtkapelle ihre Weihnachtsmatinee begann, geschah es. Die letzten Nebelschwaden schwanden und gaben den Blick frei auf einen blauen, klaren Winterhimmel. Die noch östlich stehende Morgensonne warf ihre Strahlen auf das goldenen Kreuz des „Bayerwald-Domes“, das die Spitze des fast siebzig Meter hohen Turmes der Stadtpfarrkirche St. Peter und Paul bildete, reflektierte von dort die christliche Botschaft bis hin zu Haidel und Dreisessel, die nächsten Berggipfel des Mittleren Bayerischen Waldes. Majestätisch erhob sich diese aus massiven Granitquadern erbaute Kirche und bildete eindrucksvoll das Wahrzeichen der Stadt. Hinter ihr schloss die „Alte Schule“ optisch das Oval des Marktplatzes ab.

Die späte Morgensonne beleuchtete aber auch das mehrgeschossige, stilvoll gestaltete Gebäude eines überregional bekannten und weit gerühmten Modehauses und verlieh ihm gebührenden Glanz. Wer im unteren Teil des Marktplatzes stand, dem fiel unwillkürlich dessen in großen, roten Buchstaben prangende Namenszug ins Auge. Schon in der vierten Generation wurden hier Textilien verkauft. Heute waren die Inhaber des Geschäftes die größten Arbeitgeber am Ort. Der Waldkirchner, der nicht hier einkaufte oder hier arbeitete, gehörte nicht zu Waldkirchen, das wusste auch Gabriel Binder, der, von der „Äußeren Ringmauerstraße“ kommend, ein 125 Jahre altes und sich noch immer in Familienbesitz befindendes Schreib- und Spielwarengeschäft links neben sich lassend, den Marktplatz betrat. Als vor rund zwei Jahrzehnten ein Großbrand das Dachgeschoss des Modehauses zerstörte, hatten sich viele Waldkirchener um den Fortbestand dieses Modegeschäftes gesorgt, und damit auch um die wirtschaftliche Zukunft des Marktfleckens. Als wenige

Tage später, wegen anstehender Umbauarbeiten, der Verkauf der preisreduzierten Waren begann, musste es zeitweise geschlossen werden, weil die Käufermassen die Aufnahmekapazität des Geschäftes sprengten. Gabriel wusste, dass vor allem Innovationskraft und modernes Firmenmanagement zu der anhaltend großen Blüte des Familienunternehmens geführt hatten.

Er stand nun vor dem Traditionsgasthaus „Meindl", in dem schon der Schriftsteller Hans Carossa und die lange Zeit unbekannte Dichterin Emerenz Maier Gäste gewesen waren. Er warf einen Blick in das Oval des Marktplatzes, in dem auch in diesem Jahr ein kleiner Weihnachtsmarkt aufgebaut war. Ihm fiel ein Plakat von Heinz Rühmann ins Auge, auf dem dieser, in Frack und Zylinder, ein Glas in der Hand haltend, dem Betrachter zuzwinkerte. Das Bild stammte aus dem Film „Die Feuerzangenbowle", den er in jungen Jahren mehrfach gesehen hatte, und es warb für das gleichnamige Produkt an diesem Glühweinstand.

Sechs kleine Holzhäuschen reihten sich aneinander und bildeten ein Pendant zu den alten viergeschossigen Bürgerhäusern, die nur durch den breiten, mit Granitplatten gepflasterten Gehweg von den Buden getrennt waren. Gegenüber dem Reisebüro befand sich ein Stand, der preiswerten Modeschmuck und Trend-Accessoires für Jugendliche anbot. In der Hütte darunter gab es Holzschnitzereien. Süßwaren und Keramik suchten ebenso ihre Käufer, aber nur vor dem Glühweinstand eines Waldkirchener Originals standen ein paar Weihnachtsmarktbesucher. Hinter den Holzhütten verlief im Sommer der in ein schmales, graniternes Bett gefesselte Marktbach; während des Winters hatte er Fließverbot. Dahinter reihten sich Autos aneinander, sämtliche im Halteverbot stehend. Hinter denen verlief wiederum die zweite Zufahrtsstraße, von der Jandelsbrunner Straße kommend, an der Stadtpfarrkirche entlang, führte sie rechts an dem mit einem Erkerturm bewehrten „Staudt-Haus" vorbei, mündete in die Jahnstraße, und führte von da aus zum Gymnasium und weiter zur Bannholzstraße.

Gabriel Binder konnte allerdings davon vieles nicht sehen, die hohen Tannenbäume der Weihnachtsdekoration verstellten ihm die Sicht. So entging ihm – Gott sei dank – auch der Blick auf die lange Reihe der regulär parkenden Fahrzeuge. Er erinnerte sich, dass er als junger Architekt vehement für die totale Verkehrsberuhigung des Marktes gekämpft hatte, jedoch waren die Kräfte für eine – in seinen Augen sinnlose – Teilberuhigung stärker gewesen. Vor Gabriels Augen tauchte wieder das Bild des Marktes aus den siebziger Jahren auf. Dort, wo heute der Marktbach verlief, war eine rechteckige, leicht erhöhte, mit Blumen bepflanzte Grünfläche angelegt gewesen, den oberen Mittelpunkt hatte die Marienstatue gebildet, den unteren der kleine Marktbrunnen. Die „AVUS für Arme" hatte Gabriel immer gedacht, und wie im großen Berlin hing auch im kleinen Waldkirchen ständig Benzingestank in der Luft, lärmten die Autos und scheuchten die Passanten auf die schmalen Bürgersteige.

Gabriels Blick wanderte nach links in die untere Hälfte des Marktplatzes. Ein paar Stahlpoller trennten dort den Verkehr von der „Mini-Fußgängerzone" ab, in der in einem Halbkreis sechs weitere Weihnachtsbuden standen. Hier konnte der Besucher CDs, Pizza und Holzspielsachen erwerben. Die größte Bude konnte man als Weihnachtsmarkt-Leitzentrale bezeichnen, denn da fanden die kulturellen und caritativen Veranstaltungen des Waldkirchener Werberinges statt. Eben hatte der Stadtpoet den Platz geräumt, wo er Weihnachtsgeschichten für uninteressierte Kinder vorgelesen hatte. Jetzt nahmen die Bläser der bekannten Stadtkapelle Aufstellung zur Weihnachtsmatinee, danach würde die Bude zum Los-Stand umgewandelt werden.

„Oh Tannenbaum, oh Tannenbaum ...", bei den ersten Takten dieses Weihnachtsliedes erinnerte sich Gabriel an seine Kindheit. Sein Elternhaus hatte auf dem Karoli, der höchsten Erhebung in Waldkirchen gestanden. Erbaut hatte es sein Vater Karl Binder, der sich 1953 als Architekt in Waldkirchen niedergelassen hatte. Sein ältester Bruder Michael war noch kurz zuvor in München geboren, Raphael zwei Jahre später schon im neuen Haus, Gabriel folgte wiederum zwei Jahre später und Uriel, das Nesthäkchen, kam erst 1960 zur Welt. Die Binder-Villa kannte damals in Waldkirchen jedes Kind. Das „Glashaus" nannten es die Einheimischen, denn sein

Vater hatte das Dachgeschoss als Studio ausgebaut. Je zwei verglaste Giebelerker sowie zwei verglaste Firstseiten bildeten nicht nur den Kontrast zu dem schwarzen Schieferdach, sondern ermöglichten eine optimale Naturbeleuchtung in dem einzigen Raum, der ausschließlich für die Zeichnung von Bauplänen gedacht war. Glas, so meinte der Vater stets, sei der Baustoff der Zukunft, und er liebte Glas in jeglicher Form. Vier Zeichentische mit schräg gestellten Reißbrettern standen in diesem Studio zu einem Quadrat zusammen. Hier herrschte sein Vater. Im Mittelgeschoss lagen die Schlafräume der Eltern. Die getrennten Schlafzimmer waren immer wiederkehrender Anlass für Gerüchte, die in Waldkirchen brodelten. Die Kinderzimmer, Bäder und Toiletten befanden sich ebenfalls auf dieser Etage. Im Erdgeschoss befanden sich Küche, Wohn- und Esszimmer und ein Empfangsraum für Besucher. Sein Vater war leidenschaftlicher Architekt gewesen, stets lief er in einem weißen Mantel umher, aus der Brusttasche ragten die Tuschfüller, in den Seitentaschen befanden sich Lineale und Rechenschieber unterschiedlicher Größe. Rechnen mit dem Rechenschieber, wie hatte er seine Kinder damit getrietzt.

Gabriel betrachtete unwillkürlich seine Hände, denn er, der als Kind im Rechnen nicht der Schnellste gewesen war, hatte Vaters Rechenschieber auch als Folterinstrument kennen gelernt. Überhaupt hatte er ihn vor allem als Choleriker in Erinnerung behalten, der innerhalb von Sekunden sich vom liebenden Vater zum tobenden Zerberus wandeln konnte. Vor allem er, Gabriel, galt in Vaters Augen als Weichling. Der „roate Bua“ wurde er wegen seiner rötlich blonden Haare genannt, gehänselt wurde er, weil Latein und leider auch Algebra nicht seine schulischen Stärken waren und geärgert wurde er, weil er schnell zu weinen anfing. Auf seine älteren Brüder konnte er sich nicht verlassen, denn Michael quälte ihn dann, wenn der Vater ihn in Ruhe ließ, Raphael war viel zu phlegmatisch veranlagt, als dass er ihm beigestanden hätte, und der kleine Uriel wurde von allen verzogen. Drei Tage nach seiner Schulentlassung am hiesigen Gymnasium hatte er seine Koffer gepackt und war nach München gezogen. Hier erst hatte er Ruhe gefunden und sich sein Leben nach seinen eigenen Vorstellungen eingerichtet. Er schätzte gutes Essen, klassische französische Weine, stilvolle Garderobe.

Schon zu Schulzeiten war im Markt das Gerücht entstanden, dass er Jungen lieber mochte als Mädchen, ein Gerücht, das seinen Vater, der als Weiberheld galt, ihm noch weiter entfremdete. Daher war dieser mit dem geplanten Umzug nach München rasch einverstanden gewesen. Michael und Raphael hatten zu dieser Zeit ihr Architekturstudium in Erlangen schon fast beendet. Gabriel hatte während seiner Jugendzeit nie so richtig darüber nachgedacht, warum er keine Freundin hatte. Angebote hatte es durchaus gegeben, Mädchen waren ihm aber immer suspekt geblieben. Dass er schwul sein könnte, wäre ihm in seinen Waldkirchener Jahren nie in den Sinn gekommen.

„Oh du fröhliche, oh du selige, gnadenbringende Weihnachtszeit …", dröhnte es an sein Ohr. Die Stadtkapelle beendete mit diesem Lied ihre Matinee und Gabriels Gedanken kehrten wieder in die Gegenwart zurück. Vor der Weihnachtsmarkt-Leitzentrale hatte sich eine kleine Menschentraube gebildet. Vom Glühweinstand gegenüber klang Betriebsamkeit zu ihm herüber. „Du, Willi, du musst mi moi für a paar Minuten vertreten, i muss Bratwürstl holn. Du Willi, host du gnua Glühwei-Beutl eikaft? Willi, gib fei Obacht, dass d' Bockwürstl net verbrenna! Oiso Willi, bis glei." Alfred Eisner, ein Waldkirchner Original, verließ nach dieser Flut von Anordnungen für seinen Kompagnon seinen Glühweinstand und eilte an Gabriel vorbei der Metzgerei zu. Erst im letzten Augenblick erkannte er Gabriel. „Mei Gabriel, bist leicht du wieda in Woidkircha, mir ham uns ja ewig scho nimmer gsehn. Wie geht's der denn ollerwei? Du mir pressierts jetzt stark, kummst hoid dann auf oan Glühwein rüber!"

Mit dieser Einladung endete Eisners Wortschwall und Gabriel konnte nur antworten: „Gut, freilich, ich komm gleich!", dann war Bratwurst-Alfred auch schon in der Metzgerei verschwunden. Gabriel Binder schlenderte über den Marktplatz und stellte sich in den Durchgang zum Baronhof. Hier tat er so, als betrachte er sich die Hochzeitsbilder, die in den beiden Schaufenstern des bekannten Fotogeschäftes ausgestellt waren. Der Anblick eines bärtigen Hochzeiters, der seiner angetrauten und angebeteten Zwei-

Zentner-Braut tief in die Augen blickte, brachte ihn erneut in die Vergangenheit zurück.

Es war gleich im ersten Semester passiert. Am Rosenmontagsball in der Phil-Fak, der philosophischen Fakultät, hatte Gabriel schon ein paar Gläschen Wein zu viel gehabt, als er nach einer Polonaise ins Straucheln geraten war. Dass er dabei einen Teil des Kalten Bufetts unter sich begraben hatte, war halb so schlimm gewesen, dass er in seinem Piratenkostüm in den Kartoffelsalat gefallen war, schon schlimmer, dass er aber auch eine große Schüssel Tomatenketchup mit sich gerissen hatte, war des Guten zu viel gewesen. Als wandelnde Piraten-Currywurst mit Kartoffelsalat wollte er den restlichen Abend doch nicht Fasching feiern, zumal er kaum noch stehen konnte, und so nahm er das Angebot eines Kommilitonen, der gleich um die Ecke wohnte, gerne an, sich bei ihm zu duschen und in Ordnung zu bringen. Die kleine Wohnung war überraschend geschmackvoll eingerichtet und auch im Bad herrschte peinlichste Sauberkeit. Gabriel zog sich aus, drehte in der Dusche das Wasser an und stellte sich unter den heißen Strahl. Als er sich die Haare wusch und das Shampoo ausspülte, merkte er, wie der Duschvorhang zur Seite geschoben wurde. Gerd, so hieß der Kommilitone, stellte sich zu ihm unter die Dusche und begann ihn langsam einzuseifen. Als Gerds Hände sein Glied berührten, war ihm das nicht unangenehm und als Gerd ihn wenig später sanft küsste, genoss es Gabriel. Sie nahmen sich Zeit sich gegenseitig abzutrocknen und dann führte Gerd Gabriel in sein Bett. In dieser Nacht begann für ihn ein neues Leben. Das Verhältnis mit Gerd hatte nicht lange gedauert, und es waren nicht viele Männer gewesen, die ihm gefolgt waren, denn Gabriel hatte fürchterliche Angst vor Aids und achtete peinlich genau auf „safer sex".

Nach Abschluss seiner Diplomarbeit war er dann für ein Jahr nach Australien gegangen und hatte dort in einem großen Architekturbüro Hochhäuser, Straßen und Einkauf-Malls geplant. Die Liebe zu seiner bayerischen Heimat hatte ihn jedoch wieder zurück nach Niederbayern gezogen, zumal ihm seine Brüder Raphael und Michael in Aussicht gestellt hatten, in Waldkirchen das vom Vater gegründete Architekturbüro auszubauen und eine wahre Architekten-Dynastie zu gründen. Damit wäre auch Vaters Traum in Erfüllung gegangen. Gabriel kehrte also nach Waldkirchen in sein Elternhaus zurück, eine Rückkehr, die nicht von langer Dauer sein sollte. Er erinnerte sich noch heute mit Schrecken an das Ende.

Sein Vater, Karl Binder, stand, seitdem er sich in Waldkirchen niedergelassen hatte, in dem Ruf, es mit der ehelichen Treue nicht so genau zu nehmen. Seine Frau Carla hatte er noch zu Studienzeiten in München kennen gelernt. Als sie schwanger wurde, gab sie ihr Studium auf. Karl hatte sein Architekturstudium zügig abgeschlossen und sich 1953 mit seiner Frau in Waldkirchen in der „Gläsernen Villa" niedergelassen. Er hatte an der langsamen wirtschaftlichen, infrastrukturellen und touristischen Erschließung des Bayerischen Waldes gut verdient, am Bau der Molkerei war er ebenso beteiligt gewesen wie – nach langen Diskussionen im Kreistag – am Neubau des Gymnasiums. Daran erinnerte sich Gabriel noch. „Der Goldene Steig macht uns alle reich!", hatte der Vater immer gesagt und er hatte in gewissem Maße auch Recht gehabt. Seinen Traum hatte er sich aber nicht verwirklichen können: sein eigenes Glasmuseum neben der Karoli-Kapelle. Auf dem Karoliberg hatte 1663 der Waldkirchner Händler Bernhard Linus eine Kapelle bauen und sie dem Heiligen Karl Borromäus weihen lassen. Daneben, so war es der Plan des Vaters, sollte ein mehrgeschossiges Museum aus Glas entstehen, in dem sich den gesamten Tag über das Licht bündeln sollte, um die Glasraritäten, die er aus der ganzen Welt zusammentragen wollte, zu beleuchten. Alle vier Söhne kannten die Baupläne, die er in einer alten, braunen Ledermappe verwahrte. Aber ihm fehlte stets das Geld, um das große Flurstück neben der Kapelle zu erwerben, denn ihr Vater hatte es auch stets geschafft, das Geld, das er auf der einen Seite einnahm, auf der anderen auch wieder zügig auszugeben. So hatte er in einige Bauobjekte investiert, die sich schnell als unrentabel erwiesen und ihn beinahe ruiniert hätten. Er brauchte neue Ideen, baute auf seine Söhne, wollte aber stets seinen Kopf durchsetzen. Die familiäre Hierarchie war nicht zu brechen. Der Vater bestimmte, Michael setzte es durch, Raphael war es egal und Gabriel litt.

Dann kam der Donnerstag, der 21. Februar 1985. Der Vater war an diesem Abend nicht nach Hause gekommen. Das war nicht ungewöhnlich, denn wenn er auswärts Baustellen besichtigte, übernachtete er gerne – und meistens nicht alleine – in einem der Dorfwirtshäuser. Und er besichtigte mit Leidenschaft auswärtige Baustellen, wie seine Mutter ironisch bemerkte. Sie hatte sich mit den Eskapaden ihre Mannes im Verlauf ihrer Ehe abgefunden, hatte resigniert und versuchte nun das Gerede so klein wie möglich zu halten, was in Waldkirchen allerdings nicht leicht fiel, denn die Waldkirchener reden, wie alle Menschen, gerne, und wo es nichts zu reden gibt, wird einfach etwas erfunden, in der Hoffnung, dass es schon stimmen möge. So gegen 10 Uhr vormittags klingelte das Telefon. Gabriel nahm den Hörer ab, eine ihm unbekannte männliche Stimme bat ihn unverzüglich in ein Wirtshaus in der Nähe von Aßberg zu kommen, denn dort habe man heute morgen seinen Vater tot aufgefunden. Umgehend informierte Gabriel seine beiden Brüder, gemeinsam machten sie sich auf den Weg. Das kleine Wirthaus war schwer zu finden. Die Brüder fuhren über Wollaberg, einem kleinen Ort, der schon von weitem zu sehen war, prangte doch auf dem Wollaberg eine alte, weithin sichtbare Kirche nach Aßberg und fragten dort nach einem kleinen Wirtshaus. „Bei der Stoß-Marga" wurden sie beschieden.

Auf der Straße nach Sonnen liegt abgelegen der Weiler Gsteinet. Direkt an der Straße befand sich ein kleines Wirtshaus. Hier hatte Karl Binder übernachtet, nicht allein, wie die Gastwirtin, eine kleine Frau in den Siebzigern mit faltigem Gesicht, aber hellwachen Augen, erklärte. Eine Geschiedene aus Schindelstatt hatte er mitgebracht, viel Bier und Schnaps seien geflossen, dann haben sich die beiden gegen Mitternacht auf ihr Zimmer zurückgezogen. Und da sei es noch lange laut hergegangen, wie die Gastwirtin augenzwinkernd bemerkte. Am Morgen, so gegen neun Uhr, sei dann die Geschiedene die Treppe herunter gerannt gekommen und habe geschrieen: „Er ist tot!" Der Bruder der Gastwirtin habe sofort die Familie angerufen, denn man wusste ja, wer der Gast war, und dann die völlig verzweifelte Frau nach Hause gebracht. Die Brüder riefen kurz darauf den Arzt aus Jandelsbrunn an, der wenige Minuten später erschien und bei dem Verstorbenen „Herzversagen“ auf dem Totenschein bescheinigte. In aller Stille wurde Karl Binder nach Waldkirchen überführt, in der Aussegnungshalle aufgebahrt und im engsten Familienkreis beigesetzt.

Nur wenige Tage nach der Beerdigung schilderte der Notar der Familie ihre prekäre finanzielle Situation. Karl Binder war hoch verschuldet gewesen. Die „Gläserne Villa“ musste verkauft werden. Vom Erlös blieb Carla Binder so viel, dass sie sich eine kleine Eigentumswohnung kaufen konnte, in der sie bis vor wenigen Jahren sehr zurückgezogen gelebt hatte. Als sie älter und gebrechlicher wurde, schließlich an Demenz erkrankte, übersiedelte sie dann in das Altenheim St. Gisela. Michael löste ihre Wohnung auf, nur wenig Mobiliar konnte sie mitnehmen, den Rest verteilte er unter den Brüdern. Er sichtete Unterlagen und Briefe, und die Brüder ließen ihn, weil die Erkrankung der Mutter fortschritt, notariell zu ihrem Bevollmächtigten bestimmen. Schon wenige Monate nach ihrem Umzug wusste sie nicht mehr, dass sie vier Söhne hatte, die sie in immer unregelmäßigeren Abständen besuchten. Die Brüder erhielten jeweils 10 000 D-Mark. Der Traum von der Architekten-Dynastie war jäh geplatzt. Michael ließ sich in Grainet nieder, Raphael in Salzweg, in der Nähe Passaus, und Gabriel hatte es nach Außernbrünst gezogen. Nur Uriel verließ Niederbayern und machte in Bamberg Karriere. Alle vier Brüder waren aber direkt oder indirekt ihren Wurzeln „Am Goldenen Steig“ verhaftet geblieben.

Gabriel Binder hatte sich in Außernbrünst ein kleines Häuschen gebaut. Nach der Öffnung der Grenzen zur Tschechischen Republik war für kurze Zeit ein kleiner Bau-Boom losgebrochen. Anbindungen zur Autobahn Passau-Nürnberg mussten neu gebaut, bestehende Straßen ausgebaut werden, Tankstellen entstanden. Auch Gabriel hatte davon profitiert. Von dem Geld hatte er sich einen kleinen Bungalow an der Straße nach Sölling geleistet, in dem er heute zurückgezogen lebte. Er verdiente nicht mehr viel, denn der private Wohnungsbau war fast zum Erliegen gekommen, die öffentlichen Aufträge nahmen rapide ab.

Der Landkreis Freyung Grafenau lag wirtschaftlich am Boden. Das geringste Pro-Kopf-Einkommen in Bayern, Schließung traditioneller

Unternehmen. So war erst vor Kurzem eine traditionsreiche Glasfabrik, deren Bleikristall-Schalen und -Vasen früher in keiner Aussteuer fehlen durften, in Konkurs gegangen. In fast allen Industriebetrieben der Region wurde kurz gearbeitet, und die Bezirksregierung erwartete für den Landkreis eine Abwanderungsquote von fast zwanzig Prozent der Bevölkerung. Schon in wenigen Jahren würden viele Grundschulen einfach schließen müssen, weil die Kinder fehlten. Mangelverwaltung war angesagt. Auch sein Berufsstand war bedroht. Das einzige Projekt, das Gabriel momentan betreute, war der Bau eines Naturfriedhofes auf einer Freifläche in der Nähe von Altreichenau. Eine Religionspädagogin, Burn-out-Opfer, und eine esoterische Geistheilerin hatten diese Marktlücke entdeckt: Jeder Mensch sollte in der Natur, also unter einem Baum, neben einem Granitfelsen oder einfach unter einem Wiesenstück bestattet werden können. Das war naturverträglich und billiger als die herkömmliche Bestattung, die sich schon kaum jemand mehr leisten konnte. Gabriel und die beiden, auch privat zusammenlebenden Frauen, hatten gemeinsam das Projekt geplant und es von der zuständigen Gemeinde, nach langem Hin und Her, auch genehmigt bekommen. Auch er spielte mit dem Gedanken sich später einmal dort bestatten zu lassen.

Gabriel lehnte noch immer am Eingangstor zum Baronhof und betrachtete sich das nunmehr buntere Treiben vor der „Weihnachtsmarkt-Leitzentrale“. Ein Mantelträger mit rotem Schal um den Hals und einem Mikrophon in der Hand pries Lose an: „Greifen Sie zu, jedes Los gewinnt, nur ein Euro, zugunsten der Kinderheime in Rumänien! Greifen Sie zu, jedes Los gewinnt, zugunsten der …“, da meldete sich Gabriels Handy in der Manteltasche mit einem lauten Alarm und der Titelmelodie aus dem Film „Spiel mir das Lied vom Tod“. Gabriel zog es hervor, dabei fiel ihm ein grünes Eukalyptus-Bonbon aus der Manteltasche. Während er sich danach bückte, nahm er das Gespräch an. Hannes, sein Lebensgefährte aus Passau, war am Apparat. „Gabriel, guten Morgen, wo bist du denn?“, fragte er. „In Waldkirchen, am Weihnachtsmarkt!“ „Das trifft sich gut, denn ich parke gerade in der Tiefgarage, weil ich noch ein paar Hemden brauche und in eurem Modetempel einkaufen will.“ „Komm doch schnell her, dann trinken wir noch beim Bratwurst-Alfred einen Glühwein miteinander und ich begleite dich beim Einkaufen", entgegnete Gabriel. „Ok, bis gleich."

Gabriel wickelte das Husten-Bonbon aus und steckte es in den Mund. Die Eukalyptus-Bonbon-Liebe hatte er, wie alle seine Brüder, vom Vater geerbt. Unter den Brüdern war es üblich, dass jedem Geburtstags- oder Weihnachtsgeschenk auch ein Päckchen Eukalyptus-Bonbons beigelegt wurde, natürlich „Karl Moors Echte", die mit dem weichen Kern. Und weil Gabriel erst vor zehn Tagen seinen 52. Geburtstag gefeiert hatte, war er mit diesen Süßigkeiten reichlich eingedeckt worden. Er schob das Bonbon in die linke Backe und strebte Bratwurst-Alfreds Glühweinstand zu. „Hallo Gabriel, mein Lieber", erklang hinter ihm Hannes Stimme und gleichzeitig erhielt er einen Klaps auf den Hintern. „Grüß dich, bist du aber schnell hier gewesen", begrüßte Gabriel seinen Lebensgefährten.

Dr. Hannes Winter war Internist und Kardiologe in Böhmzwiesel und lebte, zumindest an den Wochenenden und in der Urlaubszeit, mit Gabriel in dessen Haus in Außernbrünst. Im Gegensatz zu Gabriel, der nur mittelgroß und untersetzt, blass und etwas sommersprossig war, überragte ihn Hannes um einen Kopf. Er war schlank, schwarzhaarig, mit grauen Schläfen, braun gebrannt und sah so gut aus, dass seine Patientinnen stets nur „schade um diesen Mann" stöhnten, wenn sie von dessen sexueller Neigung erfuhren.

Auch Gabriel hatte sich in der Vergangenheit gefragt, was Hannes ausgerechnet an ihm fand, aber es mochte wohl sein ausgeglichener Charakter gewesen sein, der Hannes seit Jahren schon an ihn band. Vor vierzehn Tagen hatten sie in aller Heimlichkeit auf dem Standesamt in Röhrnbach ihre „eingetragene Lebenspartnerschaft" besiegeln lassen und waren jetzt ein „verheiratetes Paar".

„Alfred, geh, schenk uns zwei Glühwein ein", bestellte Gabriel, zerbiss noch schnell sein Hustenbonbon und schluckte es hinunter. Als das gewünschte Getränk dampfend vor ihnen stand und sie den ersten Schluck gekostet hatten, wussten sie, warum es das Originalrezept dieses Gesöffs nur in tschechischer Sprache gab. Alfred panschte seit Jahren in seinen Glühwein alles hinein, was es jenseits der Grenze günstig an Alkoholika zu kaufen gab, und so mancher Waldkirchner wunderte sich, warum er nach dem Genuss von drei Haferl Glühwein nicht erblindete.

Gabriel hatte seine Tasse schon zur Hälfte geleert, Hannes trank etwas langsamer, ihm stieg der Alkohol schon leicht zu Kopf. Deshalb tauschte er, als Gabriel das Bonbon-Papierchen in den Abfalleimer entsorgte, der neben ihrem Tisch stand, schnell die beiden Gläser aus. Gabriel erhob seine Tasse. „Prost, Hannes, mein Lieber, auf eine fröhliche Adventszeit!“ Sie stießen mit ihren Haferln zusammen und Gabriel leerte seine Tasse in einem Zug. „Dir schmeckt's aber“, nickte Hannes anerkennend, „trinkst du noch einen?“ „Nein, danke, einer reicht“, stieß Gabriel schwer atmend hervor. „Du Hannes, ich weiß nicht, mein Magen“, stammelte Gabriel. Sein Gesicht war kreidebleich, er krümmte sich, presste die Hand auf die Brust und sank röchelnd zu Boden. „Ruf schnell den Notarzt!“, rief Hannes dem Bratwurst-Alfred zu und der griff zu seinem Handy. „Gabriel, mach die Augen auf!“ Hannes schlug ihm mehrfach ins Gesicht, Gabriel erbrach sich und Hannes Winter wische ihm mit seinem Stofftaschentuch den Mund ab. „Gabriel, sprich mit mir!“, schrie er ihn an, doch sein Lebensgefährte gab kein Lebenszeichen mehr von sich. Minuten später war der Notarzt da. Alle Versuche Gabriel zu reanimieren schlugen fehl. Gabriel Binder war tot.

Sein Ableben verbreitete sich in Windeseile in der Stadt. Dr. Hannes Winter und der Notarzt bestätigten Herzversagen als Todesursache. Sämtliche äußeren Anzeichen sprachen dafür, von einer Obduktion wurde – aufgrund der Anwesenheit zweier Ärzte – Abstand genommen. Der Leichnam wurde von dem ortsansässigen Bestattungsunternehmer zur Einsargung abgeholt. Dr. Hannes Winter kümmerte sich um das, was jetzt zu tun anstand.

Grabesstille

Waldkirchen, Samstag, 5. Dezember, am Nachmittag

Kommissar Georg Kleintaler saß in seinem Büro in der neu erbauten Polizeidienststelle und erfreute sich an seiner schlechten Laune. Immer wenn er schlecht gelaunt war, verfiel er in Selbstmitleid, wurde ungerecht, brachte Berufliches und Privates durcheinander. Wie hatte er sich nur jemals für den Kommissar-Kurs anmelden können? Wie hatte er jemals nur heiraten können? Beides, so meinte er, war an seiner Weltuntergangsstimmung schuld. Dabei war er im Grunde glücklich verheiratet. Am 18. Mai hatte sich sein Hochzeitstag zum zwanzigsten Male gejährt, zwei Jahrzehnte waren er und Marianne nun schon ein Paar. Sie hatten es zu einem kleinen Haus mit Garten gebracht, das er vor wenigen Jahren um eine schöne, helle Ferienwohnung erweitert hatte, so dass sie Urlaubsgäste beherbergen konnten. Für Marianne war damit eine lukrative Nebenbeschäftigung geschaffen worden. Ach ja, seine Frau Marianne.

Anfangs war sie sehr stolz auf ihn gewesen, dass er als einfacher, junger Polizist in Waldkirchen seinen Streifendienst versah. Doch ihre Ehe blieb – trotz unzähliger Arzt- und Spezialisten-Besuche – kinderlos. Marianne wurde mit den Jahren ein bisschen üppiger und auch ein wenig unzufriedener mit seiner mangelhaften Karriereplanung. Nie hatte sie es wirklich akzeptiert, dass er, ihr Schosi, so sein Spitzname, als einfacher Streifenpolizist zufrieden, ja glücklich war, wenn er, auf dem Verkehrsübungsplatz an der Jahnstraße, direkt unterhalb des Gymnasiums Verkehrsunterricht für die Kindergartenkinder und Grundschüler erteilen durfte. Er liebte es, von Frühjahr bis Herbst dieses Verkehrssicherheitstraining zu leiten. Etwas fülliger geworden, stand er dann in seiner Uniform an den aufgezeichneten Kreuzungen und Abzweigungen. Er bediente die kleine Ampelanlage und erklärte den jungen Radfahrern das richtige Verhalten im Straßenverkehr. Er passte den Kindern die Radlerhelme an, schloss ihnen schon mal die

Anoraks und Fleece-Jacken, wenn der „Böhmwind“ gar zu arg blies. Er machte Eindruck. Zwar war er nicht sehr groß gewachsen, aber mit der Uniformmütze auf dem Kopf, dem dunklen Schnauzbart unter der Nase und braun gebrannt, verbreitete er unbedingte Autorität. Wenn die Kinder ihn dann mit noch mit „Du, Herr Polizist“ anredeten, war er richtig glücklich.

Ein unglücklicher Montag hatte dann seinen weiteren Lebensweg entscheidend verändert. Gegen elf Uhr morgens war in der alten Polizeidienststelle im Rathaus ein Anruf eingegangen, wonach von dem Parkplatz vor einem Elektro-Markt ein rotes Damenfahrrad gestohlen worden war. Er hatte sich zusammen mit einem Kollegen sofort auf den Weg gemacht, um den Diebstahl aufzunehmen und sich eine ordentliche Beschreibung des gestohlenen Rades geben zu lassen. Es hatte sich um ein dunkelrotes „Holland-Rad“ gehandelt, das im Bayerischen Wald, wo man mindestens ein 21-Gang-Mountain-Bike benötigt, sehr selten ist. Mit dem Diebstahlsprotokoll wäre der Fall normalerweise erledigt gewesen, denn alles, was Räder hatte, tauchte, wenn überhaupt, dann viel später und meist erst hinter der polnischen Grenze auf. Aber weit gefehlt.

Als Georg Kleintaler nach Dienstende noch schnell in die „NORMA“-Filiale einkaufen ging – wer radelte da an ihm vorbei? – ein junger Dachdeckerlehrling. Kleintaler rannte hinter ihm her und rief: „Bleib stehen, du Dieb!“ Der junge Bursche trat in die Pedale und wäre ihm entkommen, wenn ihm, Kleintaler, nicht der Zufall zu Hilfe gekommen wäre. Der Fahrraddieb raste gerade an dem einzigen, vollbärtigen Stadtberber oder Stadtstreicher, den sich Waldkirchen leisten konnte, vorbei, als dieser Kleintalers Ruf hörte. Geistesgegenwärtig warf er ihm eine seiner beiden prall gefüllten „LIDL“-Einkaufstüten, in denen er seine gesamten Habseligkeiten aufbewahrte, vor das Vorderrad, so dass der Jugendliche stürzte. Kleintaler, der hinterher gesprintet war, brauchte ihn nur noch festzunehmen. Der Kommissar spendierte dem Stadtberber eine neue Plastiktüte und 50 Euro für die schnelle Hilfeleistung.

Der Jugendliche wurde vorläufig festgenommen, das Damenrad der Besitzerin noch am gleichen Tag zurückgebracht, und er, Kleintaler, erhielt eine Belobigung und erschien am nächsten Tag mit Bild auf der Lokalseite der örtlichen Tageszeitung. Die selbstlose Hilfe des Stadtstreichers blieb natürlich unerwähnt.

Am nächsten Morgen hatte Johann Häusl, sein Chef, ihm die Bewerbung für eine Kommissarsstelle auf den Schreibtisch gelegt und als er dies seiner Frau mitgeteilt hatte, war sie ihm so lange in den Ohren gelegen, bis er sich dafür gemeldet hatte.

Seit einem halben Jahr war er nun Kommissar in Waldkirchen. Mit dem Verkehrsunterricht war es ein für allemal aus und vorbei. Nun saß er hinter seinem neuen Schreibtisch, hatte Wochenenddienst und bearbeitete einen brisanten Fall. In der Nacht auf Samstag war jemand in das DJK Vereinsheim in Karlsbach eingebrochen. Er hatte mit dem Betonsockel eines Sonnenschirmständers zunächst das Fenster eingeschlagen, dann den Kasten des Sparvereins heruntergerissen und entwendet. „Bei dem Täter muss es sich", so dachte Kleintaler, „um einen Idioten handeln. Denn hätte der Depp die Zeitung gelesen oder sich nur ein wenig umgehört, dann wäre er mit Sicherheit darauf gekommen, dass sich kein Geld in dem Sparvereinskasten befinden konnte, weil erst am Tag davor, also am Freitag, im Gasthaus in Karlsbach – vulgo „Country" – die große Sparvereinsleerung der DJK stattgefunden hatte. Und ich armer Hund darf diesen Knallkopf suchen", dachte sich der Kommissar gerade, als das Telefon klingelte. Kleintaler nahm den Hörer ab und meldete sich. „Krankenhaus Waldkirchen, der Franz, servus", sagte eine tiefe Stimme. „Ja, Franz, grüß dich. Hast du auch Wochenenddienst, du armer Hund?", entgegnete Kleintaler dem Chefarzt des Waldkirchener Krankenhauses.

„Ja, du weißt doch, die Besten trifft es immer zuerst", scherzte Dr. Stein weiter. Georg Kleintaler und Dr. Franz Stein kannten sich seit einigen Jahren. Zuerst hatten sie die gleiche Skigymnastik besucht und dann festgestellt, dass sie nicht nur gleich alt waren, sondern auch noch am gleichen Tag, dem 1. Mai, Geburtstag hatten. Später waren sie gemeinsam bei der Bergwacht tätig gewesen. Seit einiger Zeit spielten sie nun auch Golf miteinander, in Dorn oder in Poppenreut, wo seit ein paar Jahren eine neue 18-Loch-Anlage eröffnet worden war. „Du Schosi", wurde Dr. Stein nun wieder ernst, „ich habe da einen sonderbaren Bericht meines Notarztes auf dem Schreibtisch liegen. Heute Morgen verstarb gegen 11 Uhr am Marktplatz vor dem Glühweinstand vom Bratwurst-Alfred Gabriel Binder an einem Herzinfarkt. Zeuge war unter anderem auch Dr. Hannes Winter, der Kardiologe aus Böhmzwiesel. Also der Totenschein stimmt, ich habe mir den Verstorbenen angesehen, astreiner Herzinfarkt, blaue Lippen, verkrampfte Muskulatur, Pupillen geweitet. Also, das war schon die Pumpe, die kaputt gegangen ist, aber irgend jemand muss doch der Verwandtschaft Bescheid sagen. Und nachdem ich als „Zuogroaster" mich da nicht auskenne und du nur in deinen Computer schauen musst, dachte ich, das wäre ein Fall für die Polizei, ihr seid ja sowieso nicht ausgelastet." „Danke für dein Mitgefühl, Franz, aber in Ordnung, ich kümmere mich darum. Aber du weißt ja: „manus manum lavat". Mein Gesundheits-Check steht noch aus und bei den Arztkosten heute tut eine private Kostendämpfung ganz gut", frozzelte Kleintaler. „Gut Schosi, komm vorbei, wenn du Zeit hast, dann werde ich dich durch die Geräte lassen. Danke und tschüss", verabschiedete sich Dr. Stein.

Der Kommissar legte auf. Er begann nachzudenken. „Eigentlich müsste sich ja sein Lebensgefährte, dieser Dr. Hannes Winter um die Bestattung kümmern und vor allem zuerst die Familie informieren, aber na ja, ich habe es ja dem Franz versprochen, dass ich zusätzlich noch die Sache in die Hand nehme. Da wären Michael Binder, der wohnt in Grainet, Raphael Binder, der hat in Salzweg ein Haus gebaut, die beiden kenne ich noch von früher, obwohl sie doch einige Jahre älter sind als ich, und der jüngste, das war der Uriel – mein Gott, muss der Vater einen Schlag gehabt haben, den Kindern solche Namen zu geben – der ist irgendwo in Franken."

Georg Kleintaler setzte sich an seinen Computer, gab in das „Inpol-Such-Programm" den Namen „Uriel Binder" ein und einen Tastendruck später hatte er das Gewünschte: Uriel Binder, 1960 in Freyung geboren, Architekt, verheiratet mit Gudrun Binder, geborene Neumaier, wohnhaft in Bamberg, Kapuzinerstraße 32. „Um 18

Uhr, also in gut einer Stunde habe ich Dienstschluss, da fahre ich dann nach Grainet und informiere Michael Binder, das muss dann reichen. Aber ein Schlag ist das schon, wenn man seinen Bruder mit 52 Jahren verliert, und dann noch knapp drei Wochen vor Weihnachten. Das gibt eine traurige Bescherung", dachte Georg Kleintaler mitfühlend.

Er war tief in Gedanken versunken, denn es ging ihm immer nahe, wenn Schicksalsschläge die Menschen trafen. Er versuchte sich schon die Worte zurecht zu legen, mit denen er Michael Binder das Geschehene erklären wollte. Ein erneutes Klingeln des Telefons riss den Kommissar aus seinen Überlegungen. Er nahm den Hörer ab und meldete sich vorschriftsmäßig. „Polizeidirektion Waldkirchen, Kleintaler." „Kriminalpolizei Bamberg, Hauptkommissar Zoelle. Bin ich mit dem diensthabenden Beamten verbunden?", fragte eine dunkle Stimme. „Ja, Kommissar Kleintaler, was gibt es denn Herr Kollege?", entgegnete Kleintaler. „Wir bitten um Amtshilfe bezüglich eines Verkehrsunfalls, der sich heute Mittag im Gebiet der Polizeidirektion Bamberg ereignet hat. Sie bekommen den Vorfall noch auf Ihren Rechner. Ich möchte Sie aber vorab informieren. Heute, gegen 11.30 Uhr kamen auf der Autobahn A 73 zwischen der Anschlussstelle Buttenheim und der Anschlussstelle Forchheim Nord zwei Personen ums Leben. Es handelt sich dabei um Urs Binder, geboren 1960 in Freyung, und um seine Ehefrau Gudrun, beide wohnhaft in Bamberg in der Kapuzinerstraße 32."

Georg Kleintaler verschlug es vor Entsetzen die Sprache. „Das darf doch nicht wahr sein", dachte er, „zwei Brüder verunglücken zur gleichen Zeit, oh Gott, unfassbar!" „Sind Sie noch da, Herr Kollege?", fragte Hauptkommissar Zoelle nach. „Ja, ja schon ...", stammelte Kleintaler, „wie ist denn der Unfall passiert?", erkundigte er sich nun. „Der Fahrer, Urs Binder, war den ersten Untersuchungen zufolge stark alkoholisiert, seine Frau ebenfalls. Durch einen alkoholbedingten, offensichtlichen Fahrfehler – er fuhr zwischen 150 und 180 Stundenkilometer – kam er von der Fahrbahn ab, prallte gegen die Mittelleitplanke und von dort zurück gegen einen Brückenpfeiler. Der Sportwagen brannte aus. Die beiden Unfallopfer waren aber spätestens nach dem Aufprall auf den Brückenpfeiler schon tot." So schilderte Zoelle den Unfallhergang.

„Das ist ja unfassbar, Herr Kollege, wie können wir denn Amtshilfe leisten?", fragte nun Kleintaler. „Ja, nun, die beiden Verunglückten haben offenbar keine Verwandten in Bamberg, an die wir uns wenden können, deshalb bitten wir Sie, die Angehörigen zu informieren, was die Bestattung anbetrifft. Ein befreundetes Ehepaar hat sie trotz der Verbrennungen identifizieren können. Die beiden Toten werden", so Zoelle, „von der Staatsanwaltschaft Bamberg am Montag zur Bestattung frei gegeben." „Herr Zoelle", antwortete nun Georg Kleintaler, „ich werde mich gleich auf den Weg machen und die beiden Brüder informieren. Stellen Sie sich vor, Gabriel Binder, der ältere Bruder des verunglückten Urs Binder ist heute Mittag einem Herzinfarkt erlegen, wie mir gerade vom Chefarzt unseres Krankenhauses mitgeteilt wurde". „Das ist ja furchtbar, Herr Kollege. Zwei Brüder sterben fast zur gleichen Zeit. Sagen Sie, waren die beiden etwa noch Zwillingsbrüder? Da soll es ja schon mal vorgekommen sein, dass Zwillinge am gleichen Tag, aber weit von einander entfernt gestorben sind. Hm, es gibt schon merkwürdige Zufälle im Leben", antwortete Hauptkommissar Zoelle betroffen.

„Und das in der so staaden Adventszeit, wie man bei uns in Niederbayern so sagt", fügte Kleintaler noch an. „Ich werde mich um die Angelegenheit kümmern und halte Sie auf dem Laufenden. Trotzdem noch ein schönes Wochenende, Herr Kollege", verabschiedete sich Georg Kleintaler. „Ja, Ihnen auch, und wir hören voneinander, tschüss", damit legte Zoelle den Hörer auf. Er ließ einen sehr nachdenklichen Kommissar zurück.

Kleintaler hatte während des Telefonats den Flachbildschirm seines PCs nicht aus den Augen gelassen und noch während er auflegte, erschien die Mitteilung des Bamberger Kommissars auf dem Bildschirm. Kleintaler druckte sich die Mail aus und meldete sich bei dem Kollegen in der Leitzentrale ab. Er nahm seine Dienstmütze, zog sich die warme Winteruniformjacke an und stieg in seinen Polizeiwagen. Bevor er losfuhr, gab er seinen Standort und sein Fahrziel bekannt.

Kommissar Kleintaler bog links in die Industriestraße ein, fuhr an der Tankstelle und einem Spielcenter vorbei und musste nach zweihundert Metern wieder links abbiegen, in die Bahnhofstraße, von dort aus bog er nach 80 Metern rechts ab und fuhr über die Brücke Richtung Richardsreut, musste aber schon gleich nach der Brücke über den Autobahnzubringer wieder rechts abbiegen, um nach circa hundert Metern links in Richtung Böhmzwiesel fahren zu können. „Das ist die blödeste Verkehrslösung, die diesen Deppen hat einfallen können! Viermal abbiegen, um gradaus zu fahren", fluchte Kleintaler und meinte damit die berühmte „Waldkirchener Kreuzung", die als wahrer Schildbürgerstreich galt. Anstelle eines Kreisels war eine Mehrfach-Abbiege-Variante gewählt worden, welche die Waldkirchener Autofahrer zur Verzweiflung brachte. Viermal mussten sie abbiegen um in Richtung Passau zu fahren, viermal auch um „geradeaus" weiterfahren zu können. Sogar die Brücke hatte kurz nach dem Neubau umgebaut werden müssen, weil Lastkraftwagen nicht hatten einbiegen können. „Wer das Ding gebaut hat, der gehört mit einem nassen Lappen erschlagen", schimpfte Kleintaler weiter, wohl wissend, dass er sich gerade auf dem Weg zu jenem Architekten befand, der die Planung dieser Kreuzung vorgenommen hatte: Michael Binder.

Der Kommissar bog in Richtung Böhmzwiesel ein und sah in der Ortsmitte das Geschäftshaus, in dem sich die Arztpraxis von Dr. Hannes Winter befand. Da er selbst sein Patient war, wusste er, wie modern der Kardiologe das alte Haus umgebaut und seinen Ansprüchen angepasst hatte. Im Erdgeschoss befand sich die ganz in weiß eingerichtete Praxis, eine großräumige Anmeldung, zwei Wartezimmer, eines für Kassen- und eines für Privatpatienten. Da er privat versichert war, durfte er in dem mit weichen Fauteuils ausgestatteten Wartezimmer Platz nehmen und wurde mit leiser klassischer Musik sanft berieselt. Dass davon seine Herzbeschwerden auch nicht weniger geworden waren, hatte er sich dem Arzt nicht zu sagen getraut. Ein eigenes Labor und hochmoderner Ultraschall wirkten professionell. Und professionell war auch die Rechnung gewesen, die Kleintaler für die Behandlung damals bekommen hatte. Im ersten Stock und im

Dachgeschoss waren die Privaträume des Kardiologen untergebracht. Die kannte der Kommissar natürlich nicht, aber er wusste, dass Gabriel Binder Planung und Aufsicht bei dieser Umbaumaßnahme gehabt hatte.

Kleintaler ließ Fürholz hinter sich und näherte sich Grainet, als es heftig zu schneien begann. Im Licht der Scheinwerfer tanzten die schweren Flocken, wirkte das Schneetreiben schlimmer als es in Wirklichkeit war. Gleich nach der Abzweigung nach Hobelsberg lag das Anwesen von Michael Binder auf einer kleinen Anhöhe mit Blick auf den berühmten „Graineter Kessel". Ein etwa achthundert Meter langer, schmaler, geteerter Privatweg führte zu dem alten Bauernhaus, wobei Kleintaler wusste, dass der Begriff „altes Bauernhaus" nicht zutreffend war, denn Michael Binder hatte sich eine auf alten Fundamenten liegende, im „Landhausstil" gehaltene Prachtvilla erbaut, von der jetzt nur der Eingangsbereich, hell erleuchtet durch das Scheinwerferlicht, zu sehen war. Kleintaler schaltete den Motor seines Dienstwagens aus, zog die Handbremse an und gab über Funk seinen aktuellen Standort durch. Dann stieg er aus und klingelte.

Schon nach wenigen Sekunden wurde das kleine, vergitterte Ausguckfenster in der massiven Eichentür geöffnet und wieder geschlossen. Die Tür ging auf, und Kleintaler sah ein hübsches, junges Mädchen mit verweinten Augen vor sich stehen. Mit seinem geschulten Polizeiblick nahm er wahr, dass sie etwa 15 Jahre alt sein dürfte. Ihre langen rotblonden Haare waren naturgelockt und sahen etwas „vernudelt" aus, wie man hier zu sagen pflegte. Sie trug schwarze, verwaschene und zerrissene Hüftjeans und einen zu knapp sitzenden roten Pullover, der nicht nur einen Blick auf ihren Bauchnabel freigab, in dem der Kommissar sofort das Piercing erkannte, sondern auch einen tiefen Blick auf ihren jungen, festen Busen ermöglichte. Ihr Augen-Make-up war verwischt.

Der Kommissar nahm seine Dienstmütze ab und klemmte sie sich unter die Achsel. „Guten Abend, mein Name ist Kleintaler, Polizei Waldkirchen, ich hätte gerne Herrn Michael Binder gesprochen", stellte der Kommissar sich vor. „Ich bin Katharina Binder, mein Vater telefoniert gerade, kommen Sie doch bitte herein", entgegnete das junge Mädchen. Kleintaler war gerade dabei, sich die Füße abzutreten, als hinter der Tochter des Hauses eine bemerkenswerte Frau erschien. Ihm blieb vor Bewunderung der Mund offen stehen.

Eine Fülle feuerroter Locken umrahmte das schmale, leicht katzenhaft wirkende Gesicht, das zwei große, dunkelgrüne Augen dominierten. Ohne den Kranz an Lachfältchen und die beiden tiefen Längsfalten um die Mundwinkel, die ihr einen herben Zug verliehen, hätte die Frau viel jünger gewirkt als sie war. Kleintaler schätzte sie auf Mitte Vierzig. Sie trug schwarze Cordjeans und einen schwarzen, locker fallenden Rollkragenpullover. „Die hat ganz schön Holz vor der Hütten", beurteilte der Kommissar im Stillen und der Situation unangemessen, ihr Aussehen. „Guten Abend", ich bin Waltraut Binder, stellte sie sich vor und reichte dem Kommissar die Hand, „treten Sie bitte näher."

Während Katharina Binder die breite Holztreppe hinauf ging, betrat Kleintaler eine große, mit antiken Bauernmöbeln ausgestattete Eingangshalle, die als Garderobe genutzt wurde. „Möchten Sie ablegen?", fragte ihn die Dame des Hauses. Kleintaler hängte seine Uniformjacke an einen Kleiderhaken und seine Dienstmütze darüber. Er betrachtete kurz die große, schwere Holztreppe, die zu den oberen Räumen führte. „Ich darf vorgehen", mit diesen Worten drehte sich Waltraut Binder um und öffnete eine moderne Glastür, die den Weg in das große, rechteckige Wohnzimmer frei gab. Kleintalers Augen brannten sich förmlich auf dem apfelförmigen, knackigen Hinterteil der Architektengattin fest, die auf schwarzen Lederpumps voran stöckelte und ihm die Tür aufhielt. „Sapperlot, ist das eine scharfe Rote", beendete der Kommissar seine Begutachtung.

Kleintaler trat etwas befangen in das geräumige Wohnzimmer. Er wurde mit einer Handbewegung nach links zu einem schwarzen Ledersessel geführt. „Nehmen Sie doch bitte Platz, mein Mann kommt gleich, er telefoniert noch", forderte Frau Binder ihn höflich auf. „Danke, ich stehe lieber", entgegnete Kleintaler, der sich in dieser Situation und in Gegenwart dieser Frau etwas unbehaglich fühlte. „Sie wollen uns sicherlich die Nachricht vom Tod meines Schwagers Gabriel überbringen?", begann Waldtraut Binder das Gespräch. „Das ist sehr nett von Ihnen, aber wir wurden schon von Dr. Winter informiert. Ist das nicht entsetzlich, so jung und dann so ein jähes Ende.“ Sie begann zu schluchzen und der Kommissar bemerkte die feine Kette aus grauen Perlen um ihren Hals. „Ja, das ist wirklich entsetzlich“, pflichtete Kleintaler ihr bei. In diesem Augenblick wurde hinter dem Kommissar eine Tür geöffnet und der Hausherr trat ein.

Kleintaler drehte sich um und erschrak. Er hatte Michael Binder das letzte Mal bei der Einweihung der „Waldkirchener Kreuzung“, vor rund eineinhalb Jahren gesehen und da war er ihm noch viel jünger und größer vorgekommen. Der schlanke, leicht nach vorne gebeugte Mann, trug ein schwarzes Cordhemd, schwarze Jeans und schwarze Lederpantoletten. Seine Kleidung bildete einen starken Kontrast zu dem fast weißen Vollbart, der das hagere, schmale, faltenreiche Gesicht umrahmte und vor allem den kahlen Schädel, denn Michael Binder trug eine rasierte Vollglatze. „So was ist ja heute modern“, bemerkte Kleintaler für sich, „früher wäre man froh gewesen, wenn einem die Haare nicht von alleine ausgefallen wären.“ Hinter einer kleinen, randlosen Brille mit dicken, runden Gläsern fixierten ihn zwei dunkle Augen. Kleintaler war dieser Blick unangenehm. „Mein Gott, der ist ja fast blind wie ein Maulwurf“, urteilte der Kommissar, der sich darin täuschte, denn den wachsamen Augen entging nicht die kleinste Bewegung des Beamten.

„Guten Abend, Herr Inspektor“, begrüßte ihn der Hausherr, „entschuldigen Sie, dass ich Sie warten ließ.“ Kleintaler verzichtete darauf, seinen Dienstgrad richtig zu stellen, registrierte aber, dass ihm die Hand nicht gereicht wurde. „Es ist sehr nett von Ihnen, dass Sie extra zu uns heraus gekommen sind“, begann Michael Binder das Gespräch. Sie wollten uns sicher den entsetzlichen Tod meines Bruders Gabriel mitteilen, aber das wurde uns schon …“ „Ihre Frau hat mir das schon berichtet“, unterbrach Kleintaler die Ausführungen des Hausherrn. Er nahm nicht dessen ärgerlich funkelnde Augen wahr. „Ich muss ihnen leider noch eine weitere schreckliche und unfassbare Nachricht überbringen“, fuhr der Kommissar fort. „Vor einer halben Stunde bekam ich einen Anruf von Hauptkommissar Zoelle von der Kripo Bamberg. Er teilte mir mit, dass heute Vormittag, gegen 11.30 Uhr, ihr Bruder Urs Binder und seine Frau Gudrun bei einem Autounfall ums Leben gekommen sind".

Nun war es endlich heraus und Kleintaler fühlte sich ein wenig erleichtert. „Um Gottes Willen, nein!", schrie neben ihm Waltraut Binder auf. Sie sank schluchzend auf die schwarze Ledercouch. Michael Binder wurde noch eine Spur blasser, seine Nase wirkte jetzt spitz und hervorstechend in dem maskenartigen Gesicht. Leise, kaum vernehmbar fragte er: „Und Sie sind sich sicher, dass es mein Bruder und Gudrun sind?" „Der Wagen ist zwar ausgebrannt, aber die beiden konnten dennoch von einem Nachbarehepaar eindeutig identifiziert werden. Mein aufrichtiges Beileid zu dem fürchterlichen Verlust ihrer Familienangehörigen", brachte Kleintaler mit belegter Stimme hervor. Er reichte den beiden die Hand um würdevoll zu kondolieren. „Herzlichen Dank, Herr Kommissar", bedankte sich Michael Binder mit nunmehr sicherer Stimme. „So nehmen Sie doch bitte Platz, darf ich Ihnen etwas zu trinken anbieten? Wir müssen uns doch noch sicher darüber unterhalten, was jetzt zu geschehen hat. Ich bin völlig fertig". Die Worte sprudelten geradezu hervor.

Waldtraut Binder hatte sich langsam gefasst und ging weinend an ein Schränkchen, das sich als gut gefüllte Hausbar entpuppte. Sie kam mit drei Gläsern und einer Karaffe zurück, in der Kleintaler Cognac vermutete. „Für mich bitte nur ein Glas Wasser, ich bin im Dienst und muss noch fahren", lehnte Kleintaler, der in dem schwarzen Ledersessel Platz genommen hatte, den angebotenen Drink rasch ab. Frau Binder goss je zwei Fingerbreit der bernsteinfarbenen Flüssigkeit in zwei Gläser und holte für den Kommissar ein großes Glas Mineralwasser aus dem Nebenraum, wo Kleintaler die Küche vermutete.

Michael Binder nahm das Gespräch wieder auf. „Was ist für uns jetzt zu tun? Was passiert mit Urs und Gudrun?" „Das Beste wird sein, Sie setzen sich mit Hauptkommissar Zoelle in Verbindung, er wird Sie dann an den Bamberger Staatsanwalt verweisen. Nach meinem Kenntnisstand werden die Verunglückten am Montag von der Staatsanwaltschaft zur Bestattung frei gegeben. Da es in Bamberg keine Verwandten gibt, müssten Sie sich um die Bestattung kümmern.

Ich habe Ihnen hier die Nummer des Bamberger Kollegen notiert." Kleintaler legte Michael Binder, der, ebenso wie seine Frau, sein Glas mit einem Zug geleert hatte, einen weißen Notizzettel auf den Glastisch. Er nahm aus Höflichkeit einen Schluck von dem Mineralwasser und stand auf. „Noch einmal mein aufrichtiges Beileid. Wenn Sie noch Fragen haben, ich habe Ihnen auch meine Dienstnummer notiert. Ich wünsche Ihnen viel Kraft, das zu bewältigen, was nun noch auf Sie zukommen wird." Der Kommissar schritt zur Glastür. „Ich bringe Sie nach draußen", wandte sich nun Waltraut Binder an den Beamten, „und noch einmal herzlichen Dank für Ihre Mühen". „Ja, danke!", rief ihm auch Michael Binder hinterher. Georg Kleintaler zog seine Uniformjacke an, nahm seine Dienstmütze vom Haken, öffnete dann die schwere Haustür und trat ins Freie. Es schneite noch immer. Er setzte seine Mütze auf, ließ den Motor seines Polizeifahrzeugs an, bevor er sich bei der Funkleitzentrale anmeldete. Dann kehrte er sehr nachdenklich nach Waldkirchen zurück, wo er seinen Schichtdienst, eine Stunde später als vormittags noch geplant, beendete.

Wenige Minuten nachdem Kleintaler Michael Binders Anwesen verlassen hatte, tasteten sich die Halogenscheinwerfer eines schweren Geländewagens durch das dichte Schneetreiben zu der Villa von Michael Binder. Dort, wo noch die Reifenspuren des Polizeifahrzeuges im Schnee zu erahnen waren, parkte jetzt der weiße Audi Q7. Aus dem Fahrzeug stieg Raphael Binder, der zweitälteste Bruder. Er hastete schnell unter das Vordach des Eingangsbereichs und klingelte Sturm. Waltraut Binder öffnete. „Haben Sie etwas … Ach du bist es Raphi, komm herein", begrüßte sie ihn rasch, „ich dachte es wäre noch einmal der Polizeibeamte, der gerade da war."

„Polizei, was wollte die denn? Was hat denn die Polizei mit Gabriels Tod zu tun?", fragte Raphael, „Das war doch eindeutig ein Herzinfarkt, wie mir Winter mitgeteilt hat". „Komm erst einmal ins Wohnzimmer", bat ihn Waltraut, es gibt noch mehr schlechte Nachrichten." Mit einer nachdrücklichen Handbewegung schob sie ihn durch die Glastür ins Wohnzimmer, wo Michael schon auf seinen Bruder wartete. „Du kommst sehr spät", kritisierte er harsch das Erscheinen seines Bruders. „Ach was, ich habe ja erst um drei Uhr von Gabriels Tod erfahren, und ich hatte noch in Passau zu tun, deshalb ging es nicht schneller. Außerdem tot ist Gabriel ja noch länger!“, rechtfertigte sich der Jüngere. Raphael, der einen eleganten grauen Business-Anzug trug, dazu ein rosa Seidenhemd mit dezenter dunkelgrauer Krawatte und handgenähte italienische Stiefeletten, ließ sich leicht stöhnend auf die Ledercouch fallen. Er, knapp einen Meter neunzig groß, faltete seine langen Beine unter den Glastisch und lehnte sich zufrieden zurück. „Schwägerin, schöne“, wandte er sich mit einem strahlenden Lächeln an Waldtraut, „bring deinem Lieblingsschwager doch bitte einen kleinen Drink. Apropos Drink. Mit einer Glühweintasse an den Lippen zu sterben, ist doch auch kein schlechter Tod. In Österreich ist vor ein paar Jahren ein Bischof in einem Bordell verstorben, so direkt beim Vögeln, auch nicht schlecht!“ „Du bist pietätlos, schäm dich“, entgegnete ihm Waltraut und stellte ihm ein Glas mit Grappa, seinem Lieblingsschnaps, auf den Tisch. „Nein, das bin ich nicht, aber ihr wisst beide, wie ich zu ihm stand. In meinen Augen war er ein schwuler Looser“, rechtfertigte sich Raphael.

Der zweitälteste der vier Brüder strotzte vor Selbstbewusstsein und mimte den Erfolgsarchitekten. Tatsächlich hatte er in den vergangenen Jahren viel Glück gehabt, denn er war an der Planung und Gestaltung von Passaus Fußgängerzone, der „Neuen Mitte“ beteiligt. Dabei hatte er viel Geld verdient. Raphael war seit dieser Zeit in die Fußstapfen seines Vaters getreten und war zum Lebemann geworden. Er hatte sich scheiden lassen, seine Frau und seine beiden Söhne finanziell großzügig und endgültig abgefunden. Jetzt genoss er alle angenehmen Seiten des Lebens, Essen, Trinken, Frauen, vor allem reifere. Raphael sah sehr gut aus. Seine brünetten, naturgewellten Haare trug er kurz geschnitten und gegelt. Sein Gesicht war das ganze Jahr über sonnengebräunt. Den braunen Augen und seinem entwaffnenden Blick konnte nur selten eine Frau widerstehen. Raphael war fleißig, er arbeitete mindestens zehn Stunden pro Tag, denn er wollte sich diesen angenehmen und – wie er zugab – auch leicht rücksichtslosen Lebensstil noch lange ermöglichen. Aber Raphael gab auch viel Geld aus. Ein Leben am „Limit“ besaß für ihn einen besonderen Nervenkitzel.

„Rede nicht so schamlos über unseren verstorbenen Bruder“, herrschte ihn Michael an, „außerdem weißt du ja das Schlimmste noch nicht. Uriel und Gudrun sind tot, Autounfall, heute Morgen!“ Raphael, der gerade seinen Schnaps hinunter gekippt hatte, stellte das Glas so abrupt auf den Tisch, dass der dünne Stiel abbrach und das Glas zersplitterte. „Um Gottes Willen, das ist ja entsetzlich. Weißt du Näheres?“, fragte Raphael konsterniert. „Nein, nur das, was mir ein Kommissar Kleintaler aus Waldkirchen mitgeteilt hat“, erzählte nun Michael Binder. „Ich werde morgen früh gleich den leitenden Staatsanwalt in Bamberg anrufen und mich nach den genaueren Umständen erkundigen. Angeblich werden die Leichen am Montag zur Bestattung frei gegeben. Wenn es dir recht ist, rufe ich morgen das Bestattungsunternehmen „Ewigkeit“ an und beauftrage sie mit der Überführung.“ „Ist mir sehr recht, denn dafür habe ich wenig Zeit und Lust.

Vielleicht rufst du auch diesen Winter an, denn der hat ja auch bestimmte Rechte bei der Beerdigung“, forderte Raphael seinen Bruder auf. „Was meinst du mit „bestimmte Rechte“? Gabriel war schließlich unser Bruder und da ist die Beerdigung ja wohl unsere Angelegenheit“, fragte Michael nach. „Winter ist aber der offizielle Ehemann Gabriels, da hat er schon Rechte“, entgegnete Raphael.

„Du spinnst, seit wann denn das?“, schrie der Älteste aufgebracht! „Ich weiß das seit ein paar Tagen. Ein befreundeter Angestellter im Röhrnbacher Standesamt hat es mir mitgeteilt. „Eingetragene Lebenspartnerschaft“ heißt dieser schwule Blödsinn, gilt aber wie eine Eheschließung“, erregte sich Raphael. „Der ist ja dann auch erbberechtigt. Verdammte Scheiße, was unserem Gabriel nicht alles eingefallen ist“, schimpfte Michael, kreidebleich vor Wut und mit einem furchterregenden Blick. Waltraut war die ganze Zeit still im Hintergrund in einem Lehnstuhl gesessen und hatte aufmerksam zugehört. „Ja, das ist wirklich eine unangenehme Sache, die dem Gabriel da eingefallen ist“, fügte sie nachdenklich an. „Kann ich heute bei euch im Gästezimmer übernachten?“, fragte Raphael, „Ich will bei dem Wetter nicht mehr bis Salzweg fahren. Vielleicht kann ich euch morgen dann bei den Formalitäten helfen.“ Ohne eine Antwort abzuwarten erhob er sich, nahm ein großes Glas aus der Hausbar und schenkte es sich randvoll mit Grappa. Mit einem leisen „Schlaft gut, wenn ihr könnt“, verließ er das Wohnzimmer, um das Gästezimmer im ersten Stock aufzusuchen.

Raphael hatte mit seiner Vermutung recht gehabt, denn gut geschlafen hatte keiner von ihnen. Michael war nach einer Nacht des Grübelns schon um sechs Uhr morgens aufgestanden, hatte sich zu einem doppelten Espresso eine „Jose Benito Chico“ angezündet und sich in den Wintergarten gesetzt. Er, ein Zigarren-Narr, liebte diesen leichten Zigarillo am Morgen. Mit einem versonnenen Blick auf den Graineter Kessel hatte er auf den Tagesanbruch gewartet.

Seine Frau, deren Schlafzimmer sich im Dachgeschoss des Hauses befand, hatte sich in dieser Nacht in ihrem Bett unruhig von einer Seite auf die andere gewälzt, schließlich ihre Nachttischlampe angeschaltet und gelesen. Um sieben Uhr war sie aufgestanden, und betrat nun, frisch geduscht und dezent geschminkt, den Wintergarten. „Was gedenkst du heute zu tun?“, fragte sie ihren Mann. „Um acht Uhr rufe ich bei der Kripo in Bamberg an. Wenn ich dann Näheres weiß, beauftrage ich das Bestattungsunternehmen „Ewigkeit“ alles Notwendige zu tun. Gudrun hatte ja überhaupt keine Verwandten mehr und ich gehe davon aus, dass sie ebenso wie Urs verbrannt werden wollte. Das sollen die von der „Ewigkeit“ in die Wege leiten. Ich kümmere mich dann auch noch um ein Urnengrab in Waldkirchen. Tja, und irgendwann muss ich mich wohl mal mit dem Winter auseinander setzen, der wird ja wohl wissen, wie Gabriel beerdigt werden wollte. Um ein Requiem im Bayerwalddom mit anschließender ‚Totensuppe‘ werden wir als alte Waldkirchner Familie wohl nicht herum kommen“, stellte Raphael schließlich fest, „aber mehr als ein „saueres Lüngerl“ wird es nicht geben.

„Das ist doch was Feines“, meldete sich nun auch Raphael von der Treppe aus. „Wenn ich dir helfen kann, dann sag was. Ich fahr auf dem Rückweg auf jeden Fall beim alten Stadtpfarrer Flachauer vorbei, der hat Urs und Gabriel schließlich die Erstkommunion verpasst, der soll auch die Totenmesse lesen. Den neuen Stadtpfarrer kennt von uns ja keiner. Übrigens, was machen wir mit Mama? Ich halte es für unklug ihr diesen Schicksalsschlag mitzuteilen, denn auch wenn sie offensichtlich überhaupt nichts mehr mitbekommt, was um sie herum passiert, würde diese schreckliche Nachricht vielleicht dazu beitragen, ihren Gesundheitszustand weiter zu verschlechtern." „Du hast recht", pflichtete ihm Waltraut bei, „das Beste wird sein, wir sagen ihr nichts, denn ob sie dann noch die Beerdigung überstehen würde, ist fraglich."

Nachdem in dieser Frage Einigkeit hergestellt war, frühstückten die drei noch miteinander, und dann widmete sich jeder der vor ihm liegenden Aufgabe. Und es kam in etwa so, wie es die Familienmitglieder vorausgeplant hatten. Michaels Gespräch mit Hauptkommissar Zoelle ergab, dass die sterblichen Überreste von Urs und Gudrun am Montag Morgen überführt werden konnten. Er erreichte, obwohl es Sonntagvormittag war, auch noch den Geschäftsführer des Bestattungsunternehmens „Ewigkeit", der versprach, sich um alles zu kümmern. Kurz nach elf Uhr rief Michael auch noch im Pfarrhaus in Waldkirchen an. Er konnte das Requiem auf den kommenden Mittwoch um zehn Uhr vormittags festlegen. Der Architekt telefonierte schließlich noch mit Dr. Winter und vereinbarte mit ihm ein Treffen am frühen Nachmittag in Böhmzwiesel.

„Dr. med. Hannes Winter, Internist und Kardiologe" stand in schwarzen Buchstaben auf dem großen Messingschild. Michael Binder drückte den Klingelknopf unter dem „privat" stand und wenige Sekunden später surrte der Türöffner. Dr. Winter schien zu wissen, wer vor der Türe stand, denn eine Nachfrage durch die Sprechanlage erfolgte nicht. Michael betrat das Haus und stieg die alte, nach Bohnerwachs riechende Holztreppe hinauf. „Kommen Sie herauf!", erscholl von oben Winters tiefe Stimme. „Dass es in allen Arztpraxen gleichermaßen scheußlich stinken muss", monierte Michael Binder in Gedanken den Geruch nach Desinfektions- und Reinigungsmitteln. Dann stand er dem Arzt gegenüber. Der Architekt warf einen abschätzenden Blick auf Dr. Winter und fühlte sein Vorurteil bestätigt: „Ein Schönling, unser Schwuli", dachte er abwertend.

Winter trug zu einer legeren, braunen Breitcordhose einen karamellfarbenen Rollkragenpullover. „Kaschmirwolle", dachte Binder verächtlich. Seine Füße steckten in braunen Velourleder-Mokassins. „Guten Tag, Herr Binder, treten Sie doch ein". Mit einer einladenden Handbewegung bat er ihn in die kleine Diele. Binder legte seinen Mantel ab, hängte ihn in der schmalen Garderobe auf einen Bügel und betrat dann das große, stilvoll mit antikem Kirschbaummobiliar ausgestattete Wohnzimmer. „Nehmen Sie doch bitte Platz, Herr Binder, was darf ich Ihnen anbieten? Kaffee, Wein, Mineralwasser?", fragte Winter höflich. „Wenn möglich, dann nehme ich einen Espresso", bat Michael. Dr. Winter ging durch eine schmale Tür in die daneben liegende Küche. Er hörte die Kaffeemaschine zischen. Zwei Minuten später erschien der Arzt wieder mit einem Tablett in Händen. Zwei zierliche Espresso-Tassen, eine Zuckerdose und zwei kleine Gläser mit Wasser standen darauf. Er stellte das Tablett auf einen kleinen ovalen, mit Intarsien verzierten Tisch, um den herum sie Platz nahmen.

„Herr Dr. Winter", begann Michael Binder das Gespräch, „uns beide hat gestern ein schwerer Schicksalsschlag getroffen, mein Bruder Gabriel, ihr Lebensgefährte, ist verstorben, und gestern Abend teilte mir Kommissar Kleintaler auch noch mit, dass zur selben Stunde mein Bruder Urs und seine Frau in der Nähe von Bamberg bei einem Autounfall ums Leben gekommen sind. Sie können sich vorstellen, meine Familie und ich, wir sind wie vor den Kopf geschlagen." „Um Gottes Willen, das ist ja fürchterlich, das tut mir ja schrecklich Leid für Sie". Winters Mitgefühl klang aufrecht. „Wenn ich Ihnen irgendwie helfen kann, dann sagen Sie es bitte!" „Das können Sie in der Tat", rückte nun Binder mit seinem Anliegen heraus, „wissen Sie, welche Bestattungsform Gabriel wollte? Sprach er überhaupt einmal davon?" „Ich weiß ja nicht, ob Sie eine Familiengruft besitzen, in der Gabriel bestattet werden sollte", und weil Michael den Kopf schüttelte, fuhr Dr. Winter fort: „Gabriel hat doch diesen Naturfriedhof in der Nähe von Altreichenau geplant. Er hat mehrfach geäußert, dass er dort auch gerne einmal beerdigt sein möchte. Deshalb habe ich heute Morgen schon eine der Verwalterinnen dieses alternativen Friedhofs angerufen. Es wäre für sie eine Ehre, wenn Gabriel der erste wäre, der dort zur letzten Ruhe gebettet würde. Wenn Sie möchten, nehme ich das in die Hand und informiere Sie dann über den genauen Zeitpunkt der Beerdigung." „Ich bin damit einverstanden. Übrigens, das Requiem für die drei Verstorbenen findet am Mittwoch um zehn Uhr im Bayerwalddom in Waldkirchen statt. Sie gehören selbstverständlich zur Familie." Der letzte Satz war Michael Binder zwar schwer gefallen, war aber glaubwürdig über seine Lippen gekommen. Er trank seinen Espresso aus, verabschiedete sich von Dr. Winter und verließ das Haus.

Kommissar Kleintalers Dienst begann am darauffolgenden Mittwoch zwar erst um 7.30 Uhr, aber er war schon um fünf Minuten vor 7 Uhr im Büro. Ein kleiner Streit mit seiner Ehefrau Marianne hatte ihm das Frühstück vermiest und ihn ins Büro getrieben. Seine erste Amtshandlung war es, den Witz-Abreißkalender auf den aktuellen Stand zu bringen. Er riss das Blatt für den 8. Dezember ab und las auf der Rückseite: „In welcher Zeitung steht es, wenn ein Mann seine Frau im dritten Stockwerk eines Hauses aus dem Fenster wirft? – Na klar, in der BILD-Zeitung! Und wo steht es, wenn eine Frau ihren Mann aus dem dritten Stockwerk eines Hauses aus dem Fenster wirft? – Natürlich in „Schöner wohnen"! Kleintaler dachte verschmitzt grinsend daran, dass sein Haus nur zweigeschossig war. Er erinnerte sich noch mit Schaudern an den Streit mit Marianne, der sich an ihrem Wunsch nach einer neuen Küche entzündet hatte. Dafür hatte er momentan wirklich kein Geld übrig, in Zeiten, in denen alles teuerer wurde.

Das Klingeln des Telefons riss ihn aus seinen düsteren Gedanken. Sein Dienststellenleiter, Hauptkommissar Häusl, war am Telefon. „Kleintaler", schnarrte es aus dem Hörer, „Sie nehmen heute um zehn Uhr an dem Trauergottesdienst in der Stadtpfarrkirche teil. Stationieren Sie einen Wagen am Marktplatz, denn Sie wissen ja sicher, was da schon in den letzten beiden Tagen los war. Man könnte ja meinen, ein Fußball-Torwart würde beerdigt. Sie haben mich verstanden?“ „Jawohl, Herr Hauptkommissar!“, antwortete Kleintaler zackig. Er wusste genau, worauf sein Vorgesetzter angespielt hatte.

Seit vor zwei Tagen die Todesanzeigen für Gabriel Binder, seinen Bruder Urs und dessen Ehefrau in der Tageszeitung erschienen waren, herrschte in Waldkirchen und Umgebung Trauer-Event-Stimmung. Es hatte damit begonnen, dass vor dem Haus von Gabriel Blumengebinde niedergelegt und Grablichter angezündet worden waren. Die beiden Abiturjahrgänge, denen Gabriel und Urs, damals noch „Uriel“, angehört hatten, hielten Trauerwachen vor der Aussegnungshalle, und Kleintaler war zu Ohren gekommen, dass die 92-jährige Mater Asenia heute beim Requiem die Orgel spielen würde, in Erinnerung daran, dass sie den Binder-Kindern früher einmal Klavierunterricht erteilt hatte. Zu dem Trauergottesdienst wurden sehr viele Besucher erwartet. Wollte man Gerüchten aus dem großen Modehaus am Markt Glauben schenken, gab es seit gestern schwarze Herrenanzüge, schwarze Jeans und schwarze Hemden nur noch in Übergrößen, und ein zäher Kampf um schwarze Kleidung soll sich auch in der Damenabteilung abgespielt haben.

Kleintaler verstand die Welt nicht mehr, denn bei genauerem Hinsehen musste den Leuten doch aufgefallen sein, das Urs seit fast dreißig Jahren nichts mehr mit seiner Heimatstadt zu tun hatte, sondern in Franken lebte und dass sich Gabriel bewusst auf einem Weiler außerhalb des Marktfleckens niedergelassen hatte, weil er nicht wollte, dass seine „Neigung“ ständig Stadtgespräch war. Was also trieb die Menschen dazu, um jemanden zu trauern, den sie gar nicht kannten?

Kleintaler vermutete, dass die Ursachen tief in der menschlichen Psyche wurzelten. Die Menschen – nicht nur in dieser Region – waren verunsichert. Sie sahen, wie ihre angestammten Arbeitsplätze vernichtet und keine neuen geschaffen wurden, obwohl sie schon zu Billiglöhnen arbeiteten und auf Urlaubs- und Weihnachtsgeld seit Jahren verzichteten. Beschäftigte in angesehenen Berufen konnten von ihrem Einkommen ihre Familien nicht mehr ernähren. Kleintaler dachte an sein eigenes Einkommen. Die Ehefrauen mussten mit 400

Euro-Jobs aushelfen, um sich und die Familie über Wasser halten zu können. Dabei gingen die Familienstrukturen kaputt. Samstags- und Sonntagsarbeit waren mittlerweile selbstverständlich. Was taten die Kinder in der Zeit, in der sie allein gelassen waren? Am Computer spielen, im Internet surfen oder mit Leuten chatten, die ihre wirkliche Identität nicht preisgaben. Wie wollten Eltern ihre Kinder schützen, wie ihnen eine sichere Zukunft gestalten? Dabei sollten alle noch konsumieren, Dinge kaufen, die sie nicht brauchten, um einem Nachbarn zu imponieren, den man nicht mochte. Und alles nur, weil andere es auch so machten? Die Menschen verstanden ihre Welt nicht mehr, die Welt war für sie nicht mehr begreifbar. Und in einer nicht mehr begreifbaren Welt wird Sicherheit im Miteinander gesucht. Denn in der Masse ist der Einzelne sicher. Das ging früh los.

Kleintaler dachte an die Schulranzen seiner Radfahr-Grundschüler. Alles dieselbe Marke, gleiches Aussehen. Sich nur nicht abheben von den andern, nur nicht anders sein – dann lebst du in einer sicheren Welt. Die volksdümmlichen Musiksendungen der seichten Fernseh-Abendunterhaltung verkaufen diese blöd-romantisierte „Stadl-Welt" sogar noch als heile Welt. Wenn also kollektiv – weil sicher gefeiert wurde, dann war es doch nur logisch, dass auch kollektiv – weil sicher getrauert wurde. Kleintaler dachte aber auch über einen weiteren möglichen Grund nach. Wir leben ja in einer medialen Welt, und in einer medialen Welt spielt jeder Mensch eine Rolle, muss jeder einmal seinen Auftritt haben. „Big Brother", „Das Dschungel-Camp" oder alle Superstar- oder Supertalent-Shows zeigten doch tagtäglich Menschen, die einmal auf der großen Bühne des Lebens stehen wollten. Sind nicht auch kollektives Feiern oder kollektives Trauern Auftritte auf einer kleinen Bühne des Lebens, für die man aber auch gestylt werden muss, um einen erfolgreichen Auftritt zu haben?

Kleintaler blickte auf die Uhr und stellte fest, dass es Zeit zum Aufbruch war, denn in einer halben Stunde begann der Trauergottesdienst. Er ließ sich von der Besatzung eines Streifenwagen zur Stadtpfarrkirche fahren und wies diese an, an der Ecke des Marktplatzes Position zu beziehen und die Verkehrssituation zu beobachten. Bei besonderen Vorkommnissen sollten sie sich über Funk bei ihm melden. Sein Funkgerät würde auch während der Messe eingeschaltet bleiben.

Er stieg aus und ging bedächtig die wenigen Meter bis zum Hauptportal des „Bayerwalddomes“ zurück. „Also doch, Mega-Event ist angesagt“, dachte er bissig, als er die schwarz gekleideten Menschenmassen sah, die auch noch vor dem überdachten Eingangsbereich des gegenüber liegenden Modehauses warteten. Er hielt sich rechts und hastete die steilen Granittreppen zum rechten Seiteneingang hinauf, betrat aber die Kirche nicht durch die Seitentür, sondern öffnete die kleine, schwere Holztüre zu seiner Linken, die zur Orgelempore führte. Er ahnte nicht, dass sich hier, nur wenige Monate später, das Schicksal mehrerer Menschen entscheiden würde. Schnell stieg er die ausgetretenen Steinstufen hoch und öffnete die Tür zur Empore. Hier war er mit der alten Organistin, Mater Asenia, die schon an der Orgel saß, fast alleine. Nur eine Hand voll „Kirchenkundiger“ kannten den Weg hier herauf. Kleintaler setzte sich auf einen braunen Stuhl in unmittelbarer Nähe der Organistin. Von hier aus konnte er nicht nur das gesamte Kirchenschiff überblicken, sondern hatte einen ausgezeichneten Blick auf den Altarraum.

Es war, wie Kleintaler es sich ausgemalt hatte. Alle Kirchenbänke waren vollbesetzt, sogar in den Seitenschiffen waren noch Stühle aufgestellt worden. Hier saßen die Kirchgänger eng nebeneinander. Im hinteren Teil der Kirche standen die Besucher dicht gedrängt. Dem Kommissar fiel es schwer, all diese Menschen als Trauernde zu bezeichnen. Sein Blick schweifte zu den ersten drei Bankreihen auf der rechten Seite. In der ersten Reihe saßen nebeneinander Michael Binder, seine Frau Waltraut und seine Tochter Katharina. Mutter und Tochter trugen breite, schwarze Hüte. Der Kommissar vermutete, dass ein Schleier aus schwarzem Taft ihre verweinten Augen beschirmte. Neben dem jungen Mädchen saß Raphael Binder. Die Frau neben ihm musste seine geschiedene Frau, die beiden Jungen daneben seine Söhne sein. Neben ihnen hatte Dr. Winter Platz gefunden. Kleintaler erkannte ihn an den grau melierten Schläfen. „Aha, jetzt hat man ihn schon in die Familie aufgenommen, sauber …“, dachte sich der Kommissar, der Situation völlig unangemessen. Seine Augen suchten vergeblich nach Carla Binder. „Das ist vernünftig, dass sie die alte Dame im Altenheim gelassen haben, die bekommt doch eh nichts mehr mit. Das Gezerre in diese Öffentlichkeit würde ihrem Gesundheitszustand sicher nicht zuträglich sein", urteilte er. „Die drei schwarz gekleideten Herren rechts von Winter, die kenne ich nicht. Nun vielleicht kommen die aus Franken, der Urs soll ja dort ein kleines Architekturbüro gehabt haben.

Interessant, wer sonst noch alles da ist", setzte Kleintaler seine Beobachtungen fort. „Also der Bürgermeister und der gesamte Stadtrat sitzen in der dritten Reihe. Nun, die hatten ja beruflich mit Gabriel zu tun. Na ja, in den letzten Jahren mehr mit dem Michael, mit dem Gabriel weniger, der war ihnen etwas zu fortschrittlich mit seinen Ideen. Schau an, der Altreichenauer Bürgermeister ist auch da, sicher wegen des Naturfriedhofs – da wird der Gabriel ja auch beerdigt. So, jetzt kommen die Vereine und die Feuerwehr. Ach ja, der Gabriel war ja mal bei der Jugendfeuerwehr. Na, ja, das ist auch schon lange her."

Kommissar Kleintalers Beobachtungen wurden abrupt unterbrochen. Pünktlich um zehn Uhr erklang das Schellenspiel am Eingang zur Sakristei, und die Trauerfeier begann mit dem Einzug des Priesters und seinen Ministranten. Gleichzeitig erklang von der Orgel die Ouvertüre aus „Also sprach Zarathustra". „Ja sapperlot", dachte sich Kleintaler, „wie haben die Binders das hinbekommen? Anstelle des neuen Pfarrers hält der alte Stadtpfarrer Flachauer den Gottesdienst. Das ist schon ein Hammer, aber na ja, der hat die verstorbenen Binder-Brüder ja schließlich von Kindesbeinen an gekannt. Das ist schon vernünftig. Oh, alle Diakone sind auch da und jede Menge Ministranten, hm, großes Aufgebot." Kleintaler nickte zufrieden.

Pfarrer Flachauer beugte das Knie vor dem Allerheiligsten und sämtliche Ministranten mit ihm. Das mitgetragene Kreuz wurde in die Halterung gestellt, und der Priester begrüßte die trauernde Kirchengemeinde mit dem Eingangsgruß: Im Namen des Vaters, und des Sohnes und des heiligen Geistes, und die Gemeinde antwortete mit dem bestätigenden Amen. Die Kirchenbesucher, die sich beim Einzug erhoben hatten, nahmen wieder Platz und Pfarrer Flachauer wandte sich an die trauernden Hinterbliebenen. Er verließ kurz den

Altarraum und kondolierte jedem einzelnen der Familienmitglieder. Kleintaler sah, dass er sich viel Zeit nahm, jedem Trost zu spenden. Dann ging er wieder zurück. „Der sieht noch immer gut aus, ist immer freundlich und unterhält sich mit den Leuten", dachte Kleintaler. „Wenn der über den Marktplatz geht, dann braucht er für die paar Meter zwischen dem Stadtcafé und dem Modehaus bestimmt zwei Stunden."

Die Lesung war vorüber, und nach dem Halleluja hatte sich Pfarrer Flachauer zur Predigt an den Ambo begeben. In klaren Worten erinnerte er an die beiden verstorbenen Brüder, wie er sie als Kinder und Jugendliche gekannt hatte. Er erinnerte an Erstkommunion und Firmung, an die Bedeutung der Sakramente und nahm dann Gudrun Neumaier, Urs Frau, mit in seine Ausführungen auf. Er sprach von der Bedeutung des Sakramentes der Ehe sowie der großen Kraft der Liebe und wie Gudrun und Urs glücklich miteinander gelebt hatten und dass es ihnen leider nicht vergönnt war, eigene Kinder zu haben. Kleintaler hielt jetzt den Atem an. „Jetzt muss er doch was sagen über den schwulen Gabriel," dachte er aufgeregt und folgte der Predigt mit gespitzten Ohren. Pfarrer Flachauer nahm den Gedanken der Liebe wieder auf, sprach davon, wie der liebende Gott Vorbild für jede Art der Liebe sein soll und dass es Gott in seiner unendlichen Liebe auch zulässt, dass Frauen Frauen und Männer Männer lieben können, und dass dies dem großen Wert der Liebe keinen Abbruch tut, weil auch diese Liebe von Gott kommt. Dann hielt die Trauergemeinde den Atem an, denn Pfarrer Flachauer wurde persönlich. Er wandte sich an Dr. Winter, sah in offen an und sagte: „Ich weiß, dass Sie, Herr Dr. Winter, einen Menschen verloren haben, der Sie geliebt hat und den Sie geliebt haben. Er befindet sich nun bei Gott dem Herrn und seine Liebe zu Ihnen wird nun unendlich sein." Kleintaler war tief bewegt. Solche Worte konnten nur aus dem Munde eines einfühlsamen, lebenserfahrenen und altersweisen Priesters kommen. Er sah, wie sich Dr. Winter mit einem Taschentuch über die Augen fuhr und sich leise schnäuzte.

Nach dem Wortgottesdienst, der Eucharistiefeier und dem Schlusssegen waren die Trauerredner der Belegschaften, Vereine,

Verbände an der Reihe. Es waren sehr wenige, und die hielten sich kurz und inhaltsleer. Zuletzt trat dann Michael Binder an den Ambo. Er dankte allen Trauergästen für ihre Anteilnahme und lud sie zur „Totensuppe" – wie es Brauch ist – ein. Er machte darauf aufmerksam, dass die Beisetzungen zu einem späteren Termin im engsten Familienkreis stattfinden würden. Mit der Entlassung und dem Auszug des Priesters und seiner Ministranten endete der Trauergottesdienst. Mater Asenia hatte sich an der Orgel tapfer geschlagen.

Kommissar Kleintaler stieg die steinerne Wendeltreppe hinab. Er mischte sich kurz unter die Kirchenbesucher. „Tolle Predigt", „Des is halt a Pfarrer", „Ganz schön mutig, unser alter Monsignore". Solche Gesprächsfetzen drangen an sein Ohr und im Gesamttenor waren sie alle positiv. Darüber wunderte sich der Kommissar schon gewaltig, vor allem, wenn er als Fan seines Fußballvereins daran dachte, was er sich da Sonntag für Sonntag an Sprüchen über Homosexuelle auf dem Fußballplatz anhören durfte. Da war der Einwurf „du schwule Drecksau, du" vielleicht noch der harmloseste.

Kommissar Kleintaler wusste, dass Michael Binder in der Kirche nicht ganz die Wahrheit gesagt hatte, denn die Urnenbeisetzung fand um 13 Uhr an der neu errichteten Urnenwand neben der ebenfalls neuen Aussegnungshalle statt. Michael Binder hatte den Auftrag für dieses Objekt nicht erhalten. Nach der misslungenen Planung der „Waldkirchner Kreuzung", war ihm ein anderer Architekt vorgezogen worden. Einem Gerücht nach soll Michael Binder, als ihm der Bürgermeister diese unangenehme Nachricht mitteilte, einen derartigen Tobsuchtsanfall bekommen haben, dass dabei sogar der Kristall-Aschenbecher auf dem Schreibtisch des Stadtoberhauptes zu Bruch gegangen sein soll.

Der Kommissar wusste auch, dass für 14.30 Uhr die Beisetzung Gabriel Binder auf dem Naturfriedhof bei Altreichenau vorgesehen war. Die wollte er sich auf keinen Fall entgehen lassen. Deshalb stieg er in den Polizeiwagen, der noch immer unterhalb der Stadtpfarrkirche parkte. Er ließ sich zur Polizeistation zurückfahren, nicht aber ohne sich zuvor an einer Warmtheke mit drei „warmen Leberkäs-Semmeln" einzudecken. Nach der deftigen Brotzeit stieg er dann, kurz vor 14 Uhr, in seinen alten Passat und fuhr nach Altreichenau. Auf dem Weg nach Haidmühle kam er an dem ehemaligen Wellenbad vorbei.

Der Kommissar erinnerte sich, dass dieses Wellenbad einst eine große Attraktion in der Region gewesen war. Erst Anfang der 1960er Jahre war der „Nationalpark Bayerischer Wald" eröffnet worden. Mitte der 70er Jahre entstand dann das Projekt „Wellenbad", zu dem zwei Hochhäuser mit Ferienwohnungen sowie ein Gaststättenbetrieb gehörten. Tatsächlich hatte es der Ort in jenen Jahren geschafft, sich touristisch zu vermarkten. Kleintaler erinnerte sich, dass er selbst vor dreißig Jahren als Trachtenbub bei einem „Heimatabend" im Wellenbad-Restaurant aufgetreten war. 150 Gäste aus der Altreichenauer Partnergemeinde Strullendorf, in der Nähe von Bamberg, hatten damals ein langes Wochenende in der Ferienanlage verbracht. Nach der Grenzöffnung 1989, die zu einer Erweiterung des Nationalparks vor allem auf tschechischer Seite geführt hatte, musste der Bayerische Wald touristisch auch mit den Mittelgebirgsregionen in den „fünf neuen Ländern" konkurrieren. Der Ort hatte damals den Anschluss an den modernen Tourismus verloren. Vor zwei Jahren war das marode Wellenbad endgültig geschlossen worden. Kleintaler meinte sich zu erinnern, dass es heute für „indoor climbing" genutzt wurde, was bei der Fülle der umliegenden „outdoor climbing-Möglichkeiten" nun auch nicht gerade eine Alternativlösung sein konnte.

Der Kommissar ließ den Ferienort hinter sich und fuhr in Richtung Haidmühle. Wenige hundert Meter nach dem Parkplatz am Dreisessel-Skilift, der aufgrund des Schneemangels in diesem Jahr noch nicht in Betrieb war, musste er nach einem kleinen Wäldchen links abbiegen. Er folgte dem schwarzen Hinweisschild. „Zum Naturfriedhof Waldesruh' 500 m", war darauf zu lesen und Kleintaler wusste, dass er hier richtig war. Er parkte seinen alten Passat auf dem kleinen Parkplatz, auf dem heute schon mehrere Fahrzeuge der Luxusklasse standen. Er erkannte den Q7 von Raphael Binder, einen X7, der Michael Binder gehörte sowie den ML 400, der dem Kardiologen gehörte. Mit dem Touareg waren sicherlich Raphael Binders Söhne und seine Ex-Frau gekommen.

Kleintaler stieg aus und machte sich auf den Weg zu einem kleinen, kapellenähnlichen Holzhaus, an dessen doppelter Eingangstür das Schild „Naturfriedhof Waldesruh" angebracht war. Hier begann der rund 5 000 Quadratmeter große, parkähnlich angelegte Naturfriedhof. Johanna Kreuz, die Religionspädagogin, und ihre Lebensgefährtin Magdalena Wild hatten die Idee zu dieser neuen Form von Bestattung gehabt und sie gegen alle, teilweise erheblichen Widerstände durchgesetzt. Kleintaler erinnerte sich noch an Äußerungen in einer Bürgerversammlung, die einberufen werden musste, nachdem bekannt geworden war, dass die beiden Frauen den Grund für den Naturfriedhof äußerst günstig von einem „abgehausten" Milchbauern erstanden hatten. „Wir werben keine Touristen mit einem Friedhof!", „Wir bestatten unsere Toten immer noch katholisch!", „Die Toten verseuchen unser Trinkwasser!", „Bei uns beerdigt der Pfarrer, bei denen die Atheisten!" – So und so ähnlich hatten die Parolen geklungen, mit denen manche Einheimische diese Innovation verhindern wollten, nachdem Totschlagsargumente wie „Ha? Wos? Na!" oder „Des hommar noch nie net gmacht!" oder „Des war scho immer Brauch bei uns im Woid!" nichts gebracht hatten. Es hatte aber auch viele Stimmen gegeben, die sich für diese Einrichtung ausgesprochen hatten. Die Liebe der zukünftigen „Ruhenden" zur Natur, die Furcht vor ständiger Grabpflege sowie die Angst vor den immensen Kosten für eine einigermaßen angemessene, traditionelle Bestattung waren dabei am häufigsten genannt worden. Sie hatten dann auch bei den politisch Verantwortlichen deren Befürwortung begründet.

Kurz bevor Kleintaler das Holzhaus erreicht hatte, öffnete sich die Doppeltür und Johanna Kreuz und Magdalena Wild traten ins Freie. Beide Frauen trugen schwarze Umhänge, die mit einer Goldborte eingefasst waren. Johanna, schlank, cirka 1,80 Meter groß und hager, wirkte mit ihrer grauen Ivanhoe-Frisur wie aus einem Ritterfilm entlaufen. Neben ihr ging Magdalena, untersetzt und nur 1,60 Meter groß. Sie sah weniger wie eine „biblische Sünderin" aus, mehr wie ein „laufender Meter". Kleintaler erinnerten die beiden Frauen an die Hauptdarsteller in einem Pat und Patachon-Film, den er als Kind einmal gesehen hatte. Hinter den beiden wurde von vier kräftigen Männern, die der Polizeibeamte nicht kannte und in denen er Einheimische vermutete, ein schwarzer Handwagen gezogen, auf dem ein milchig weißer Sarg aus sonderbarem Material stand. Dahinter schloss sich, rautenförmig aufgestellt, die kleine Trauergemeinde an. Die Spitze bildete Dr. Hannes Winter. Michael, Waltraut und Katharina Binder folgten ihm in zweiter Reihe und Raphael, seine beiden Söhne sowie seine Ex-Frau schlossen den Trauerzug ab.

Der Kommissar war hinter einer großen Tanne stehen geblieben. Er folgte nun in großem Abstand, um nicht aufzufallen. Nachdem der Zug etwa zweihundert Meter auf einem schmalen Kiesweg zurückgelegt hatte, bog er rechts auf eine kleine, schneebedeckte Freifläche ein, wo zwei einzelne Tannen standen. Dazwischen war ein großes Grab ausgehoben worden. Hier hielt der Trauerzug an. Johanna Kreuz und Magdalena Wild stellten sich neben den Wagen, ernst blickten sie auf die Trauergemeinde.

„Liebe Trauernde", begann Johanna ihre Rede, „fassungslos stehen wir heute hier in unserem „Naturfriedhof Waldesruh", an diesem Ort des Friedens, um Gabriel Binder seine letzte Ruhe finden zu lassen. Er war der Vorkämpfer für die Idee, die Natur Natur sein zu lassen, ihm haben wir es zu verdanken, dass dieses Projekt „Naturfriedhof" Wirklichkeit geworden ist. Er war der Planer dieser naturnahen Ruhestätte, hier wird er wieder in die Natur zurückkehren. Liebe Trauernde, wie Sie wissen, gibt es auch für unseren Naturfriedhof eine Friedhofsordnung, die vorsieht, dass nur die Asche der Dahingeschiedenen in Urnen aus Maisstärke beigesetzt werden darf. Wir haben für unseren Freund Gabriel Binder bei der Gemeinde eine Ausnahmegenehmigung erwirkt, so dass er, eingehüllt in biologisch abbaubare Baumwollkleidung und bestattet in einem Sarg aus Maisstärke mit mehrfach gepresstem Unterboden, hier zwischen diesen beiden hundertjährigen Tannen beerdigt werden kann". „Sieh an", dachte Kommissar Kleintaler, „wer hätte das gedacht?"

Johanna Kreuz trat einen Schritt zurück, und Magdalena Wild ergriff das Wort. „Verehrte Hinterbliebene, wir alle haben mit dem Ableben von Gabriel Binder einen großen Verlust erlitten.

Aber blicken wir nach vorne und nicht zurück. Betrachten Sie sich diese beiden Tannen, zwei Säulen eines Naturgebäudes, eines Naturbahnhofs, Ausgangspunkt für die letzte Reise in die Ewigkeit." Magdalena warf einen Blick auf die Trauernden. Sie entdeckte im Hintergrund Kommissar Kleintaler, der sie freundlich anlächelte und ihr aufmunternd zublinzelte. „Na mach' schon, das klingt doch recht gut", wollte er ihr signalisieren, doch Magdalena missverstand ihn, geriet ins Stocken. Sie redete nach einem kurzen Räuspern aber weiter. „Wenn Gabriel von diesem Hauptbahnhof aus seine letzte Reise beginnt, dann startet er seine letzte Reise also hier. Ah … er checkt also hier für seine letzte Reise ein und äh … und befindet sich also hier am Natur-Hauptbahnhof schon am Abflug in die Ewigkeit. Wenn wir uns einmal die Entfernung zwischen hier und der Ewigkeit ansehen, dann stellen Sie fest, dass äh … Gabriel von hier aus schneller in der Ewigkeit ist, als von jedem anderen Friedhof aus. Das bedeutet aber auch, äh …, dass die Ewigkeit also schneller an den Naturfriedhof heranwächst, weil hier äh … im Bayerischen Wald viele Linien aus der Ewigkeit äh … zusammenlaufen. Lassen wir Gabriel also nun starten." Nach diesen Worten, die bei den trauernden Familienmitgliedern nur fassungsloses Kopfschütteln hervorgerufen hatten, ergriffen die vier Träger den Maisstärkesarg und versenkten ihn vorsichtig und mit Hilfe von Tragegurten in dem zwei Meter tief ausgehobenen Grab. Johanna und Magdalena warfen nacheinander mit einer kleinen Schaufel Erde ins Grab, dann kondolierten sie den Hinterbliebenen. Ihrem Beispiel folgten auch die vier Träger. Dann kehrten diese mit dem schwarzen Wagen zur Holzkapelle zurück.

Dr. Winter trat an das Grab, warf einen großen Strauß weißer Rosen hinein, bekreuzigte sich und ging davon. Michael Binder warf kopfschüttelnd, als könne er das Unglück noch immer nicht fassen, eine Handvoll Erde ins Grab. Schluchzend folgten Waltraut und Katharina seinem Beispiel. Nur Raphael murmelte einen letzten Gruß: „Machs gut Bruderherz und pass drüben gut auf dich auf!" Zuletzt erwiesen Raphaels Söhne und seine geschiedene Ehefrau Gabriel die letzte Ehre. Dann folgte auch sie den anderen auf dem Weg zum Parkplatz nach, wo sie in ihre Autos stiegen und wegfuhren.

Kommissar Kleintaler blieb noch hinter einer Tanne stehen und blickte zu den Familienmitgliedern hinüber. Er sah, dass Raphael, als Michael und Katharina in das Auto stiegen, Waltraut noch kurz beiseite nahm und ihr etwas zuflüsterte. Der Polizeibeamte meinte „Ruf mich bald an!“ von Raphaels Lippen abgelesen zu haben, und er spürte förmlich Michael Binders zornigen Blick, mit dem er durch die Windschutzscheibe starrte. Waltraut stieg ein, schloss die Beifahrertür und Michaels Geländewagen brauste davon. Als Kleintaler den Naturfriedhof verließ, sah er aus den Augenwinkeln, wie die vier Träger Gabriel Binders letzte Ruhestätte mit Erde verschlossen.

Staade Zeit

Passau, Donnerstag, 17. Dezember 2009

Raphael Binder saß am frühen Nachmittag in einem kleinen Kaffeehaus in der Passauer Altstadt, das wegen seiner hervorragenden Konditoreiwaren einen ausgezeichneten Ruf besaß. Er hatte einen mit Plüsch bezogenen Sessel gewählt, ein Kännchen nigerianischen Kaffee und eine Marzipankartoffel, sein Leibgebäck, bestellt und genoss den frühen Feierabend. „Lassen Sie es sich schmecken", murmelte die junge, etwas rundliche Bedienung, als sie das Bestellte auf den kleinen Marmortisch schob. Raphael bedankte sich und dachte: „Aha, eine Studentin aus dem Preußenland, spricht Hochdeutsch!" Dann füllte er seine Tasse mit dem dampfenden Kaffee, gab etwas Sahne hinzu und rührte mit dem kleinen, silbernen Kaffeelöffel um. In Gedanken versunken blickte er in seine Tasse, als ihn ein „Hallo Raphi, du bist ja pünktlich", in die Wirklichkeit zurück brachte.

Vor ihm stand Waltraut Binder. Raphael erhob sich. „Für dich, meine liebste Schwägerin, bin ich der pünktlichste Mensch auf der Welt". Er küsste sie auf beide Wangen, half ihr aus dem Mantel, den er neben sich auf den freien Sessel legte. Er rückte den gegenüber stehenden Stuhl zurecht, wartete bis Waltraut Platz genommen hatte und setzte sich. Raphael ließ einen bewundernden Blick über Waltrauts wohlgeformte Gestalt gleiten. Mit etwas belegter Stimme sagte er: „Du siehst wahnsinnig gut aus, Waltraut, was ist mein Bruder nur für ein Idiot, dass er das nicht zu schätzen weiß!" „Rede nicht so abwertend über Michael. Wir kommen schon miteinander klar", antwortete sie etwas spitz. „Hilf mir lieber etwas Vernünftiges zu bestellen." Auch sie entschied sich für Raphaels Lieblingskuchen in Verbindung mit einer Tasse Cafe-Creme.

Waltraut hatte ihr rotes Haar mit einem smaragdgrünen Samtband zu einem Pferdeschwanz gebändigt. Sie trug über einer weißen Bluse einen dunkelgrünen Pullover, der zu den schwarzen Cord-Jeans, ihrer

Lieblingshose, passte. Während sie genüsslich die Marzipankartoffel mit der Kuchengabel zerlegte, hatte Raphael Zeit sie ausgiebig zu betrachten. Ihr heller Teint und der kleine, dunkle Leberfleck auf der Oberlippe, die beide in einem wunderbaren Kontrast zu ihrer roten Lockenpracht standen, hatten ihn schon vor Jahren fasziniert. Waltraut war sich ihrer Wirkung auf ihrem Schwager wohl bewusst. Als sie den ersten Bisquithappen in den Mund schob, sah sie mit einem erwartungsvollen Blick aus ihren grünen Augen Raphael an. Sie kaute das süße Kuchenteilchen genüsslich, leckte sich mit ihrer kleinen spitzen Zunge über die sanft geschwungenen, vollen Lippen und registrierte den interessierten Blick ihres Schwagers.

Sie fragte: „Du wolltest mich sprechen, Raphi, was gibt es?“ „Du weißt, Waltraut, dass du mir nicht gleichgültig bist“, begann Raphael vorsichtig zu antworten, „und wenn du nicht meine Schwägerin wärst, hätte ich schon längst versucht dich anzumachen. Aber lassen wir das. Ich möchte dir ein geschäftliches Angebot unterbreiten.“ Raphael trank einen Schluck Kaffee, dann fuhr er fort: „Waltraut, du hast doch Innenarchitektur studiert und warst, bevor du Michael kennen lerntest, ja auch in diesem Beruf tätig. Aber seitdem Katharina auf der Welt ist, also seit über 15 Jahren, hast du nicht mehr gearbeitet. Stimmt doch? Katharina ist nun fast erwachsen und ich biete dir an, in mein Büro als gleichberechtigter Partner einzusteigen. Ich brauche eine gute Innenarchitektin.“ „Du weißt doch gar nicht, ob ich das noch kann, nach der langen Zeit, seitdem ich aus meinem Beruf raus bin. Außerdem ist Michael auch Architekt. Er wird über meinen Einstieg in dein Büro bestimmt nicht erfreut sein“, wandte Waltraut ein. „Du hast ja ansatzweise Recht“, pflichtete Raphael ihr bei, „aber Michael ist Tiefbauarchitekt, mit meinem Projekt kommen wir ihm nicht in die Quere. Im Gegenteil, es kann bei diesem Vorhaben auch für ihn noch etwas abfallen, wenn er sich nicht allzu dumm anstellt.“ „Um was für ein Projekt handelt es sich denn überhaupt?“ Waltraut war nun neugierig geworden. „Kein Wort zu Niemandem, das musst du mir versprechen, auch nicht zu Michael“, forderte Raphael ernst. „Ist versprochen, du kennst mich doch“, besänftigte Waltraut ihren

Schwager. Dieser senkte die Stimme und entwickelte ihr gegenüber in verschwörerischem Ton seine Pläne.

„Von einem guten Bekannten aus dem Verteidigungsministerium habe ich vor ein paar Tagen erfahren, dass der Minister daran denkt, 2010, im Zuge von Sparmaßnahmen, den Kasernen-Standort Freyung aufzulösen und die Einheiten auf andere Standorte zu verteilen. Diese Maßnahme würde aber den Landkreis Freyung-Grafenau wirtschaftlich so schwächen, dass ein politisches Erdbeben zu erwarten wäre. Das hätte wiederum Auswirkungen auf das Wahlverhalten der Bürger. Die politischen Mehrheitsverhältnisse in der gesamten Region könnten völlig auf den Kopf gestellt werden. Deshalb schlägt der Verteidigungsminister ein Kompensationsgeschäft vor, das folgendermaßen aussieht: Auf dem Gelände der ehemaligen Kaserne in Freyung entsteht eine moderne Campus-Universität. Die vorhandene, riesige Bausubstanz könnte weiterhin genutzt werden, wenn sie umgebaut und neu gestaltet würde. Das wäre dann genau deine Aufgabe. Die Kasernenbauten müssten in Verwaltungsbereiche, Hörsäle und Studentenwohnheime umfunktioniert werden. Hier hättest du ein riesiges Betätigungsfeld. Klingt verlockend, nicht wahr?", fragte Raphael neugierig.

„Ich beginne mich langsam dafür zu interessieren", antwortete Waltraut begeisterter. „Für den Landkreis wäre das ein tolles Geschäft", fuhr Raphael fort. „2011 gibt es in Bayern den doppelten Abiturjahrgang. Allein im Landkreis haben wir drei Gymnasien, an denen im übernächsten Jahr rund vierhundert Abiturienten ihren Abschluss machen. Da werden dann Studienplätze gebraucht, und die lägen direkt vor der Haustür. Und obwohl die Schülerzahlen in den nächsten Jahren langsam sinken, steigt noch die Zahl der Studienanfänger. Eine Universität in Freyung wäre eine Stärkung des ländlichen Raumes und ließe sich wahltaktisch so gut verkaufen, dass Bürgermeister und Landrat sich um ihre Wiederwahl in den nächsten fünfzehn Jahren keine Sorgen mehr machen müssten. Außerdem ist eine Universität ein enormer Wirtschaftsfaktor weit über die Landkreisgrenzen hinaus. Studenten brauchen Wohnungen ebenso wie Lebensmittel und Kneipen. Professoren und Verwaltungsangestellte bauen Häuser, planen Urlaube und vieles mehr. Die gesamte Region Südostbayern würde davon profitieren."

„Wie sähe denn mein Profit in diesem Projekt aus?", fragte Waltraut neugierig. „Du kannst dich bei mir als gleichberechtigte Partnerin für 100 000 Euro einkaufen. Du planst die Innengestaltung der zu Hörsälen, Fachbibliotheken, Büroräumen und Ähnlichem umgebauten Kasernen und du wirst zur Hälfte am Gesamtgewinn beteiligt. Bei einem Planungsvolumen von rund 50 Millionen Euro bleibt für uns beide schon etwas übrig", antwortete Raphael und grinste spitzbübisch. Waltraut beugte sich über den Tisch und küsste ihren Schwager spontan auf den Mund. „Ich bin mit im Boot, Raphi, auf gute Zusammenarbeit!" Raphael hielt sie leicht am Kinn fest und ließ seine Lippen länger auf den ihren ruhen, als sich dies unter Verwandten normalerweise geziemt. „So soll es sein", bestätigte er, erregt atmend, ihren mündlich geschlossenen Vertrag.

Sekunden später bereute sie jedoch schon ihren übereilt gefassten Entschluss. „Raphi, ich glaube, ich war jetzt doch etwas voreilig", wandte sie etwas kleinlaut ein, „denn es gibt ein paar größere Schwierigkeiten, die ich erst einmal mit Michael bereinigen muss". „Was genau meinst du", fragte Raphael, und seine Stimme klang hörbar enttäuscht. „Weißt du, zunächst einmal muss ich Michael beibringen, dass ich wieder berufstätig werden möchte, das wird schon schlimm genug sein, denn du kennst ja sein konservatives Weltbild – KKH – Kinder, Küche, Haus. Dazu ist nach seinen Vorstellungen die Frau geboren. Aber nachdem Katharina schon sechzehn Jahre alt wird, ist er vielleicht etwas einsichtiger und billigt mir ein wenig berufliche Selbstverwirklichung zu. Das zweite Problem ist aber noch größer. Wie du weißt, habe ich mein elterliches Erbe, rund 150 000 Euro, nach dem Tod meiner Mutter in sein Architekturbüro gesteckt, weil es uns damals, vor acht Jahren, finanziell nicht so gut ging. Ich muss ihn jetzt darum bitten, mir so mir nichts dir nichts 100 000 Euro auszubezahlen. Ich bin mir sicher, dass er das gar nicht kann. Selbst wenn er möchte, dauert es bestimmt seine Zeit. Zu guter Letzt muss ich ihm dann auch noch klar machen, dass ich bei seinem Bruder in dessen Architekturbüro einsteigen will. In seinen Augen schrecke ich nicht einmal davor zurück, ihn zu ruinieren – und ich bin mir sicher, genauso wird er es sehen. Raphael, je länger ich mit dir darüber rede, desto weniger glaube ich, dass aus unserer Zusammenarbeit etwas werden wird." Waltraut verstummte resigniert.

„Ok, das leuchtet mir alles ein", versuchte nun Raphael sie aus ihrem Stimmungstief zu reißen. „Lass uns noch einmal überlegen. Wenn ich mit ihm rede und ihm erkläre, dass ich dich als Innenarchitektin haben will, wird das nichts nützen, denn unsere Bruderliebe ist nicht so groß, dass wir uns untereinander in dieser Weise helfen. Außerdem weiß er auch, dass du mir gefällst, was ihn in mir den Nebenbuhler erahnen lässt. Wenn, dann geht es über zwei andere Schienen. Ich werde ihn morgen anrufen und ihm andeuten, dass ich ihn an einem Projekt beteiligen könnte, das viel für ihn abwirft, worüber ich ihm aber noch nichts Genaues sagen könnte. Tiefbauarbeiten in einer Größenordnung von cirka 5 Millionen Euro. Da könnte er anbeißen. Du könntest später seine gute Laune nutzen und ihn um die Zustimmung zu deinem beruflichen Wiedereinstieg bitten. Vielleicht wäre der Heilige Abend ein idealer Zeitpunkt."

„ Aber wie soll ich denn die Sache mit meinem Erbe dann angehen? Davor habe ich wirklich Angst, du weißt ja, wie jähzornig er ist", wandte Waltraut kleinlaut ein. „Unlängst hätte er mich beinahe geschlagen, nur, weil ich mir ein etwas teueres Kostüm geleistet habe." „Das ist nicht dein Ernst!" Raphael war fassungslos. „So kenne ich meinen Bruder ja gar nicht! Also dann müssen wir anders vorgehen. Pass auf, liebste Schwägerin, wir reduzieren die Summe auf 50 000 Euro, das ist eine durchaus übliche Summe für eine Geschäftsbeteiligung. Diese Summe ruiniert ihn nicht, die kann er akzeptieren, weil solche Beteiligungen in unserer Branche alltäglich sind. Ich sehe allerdings das Problem, dass er nicht zustimmen wird, weil du bei mir einsteigen willst. Aber da kann ich ihm ja noch eine Zusammenarbeit von unseren beiden Architekturbüros auf drei unterschiedlichen Eben – Tiefbau, Hochbau, Innenausbau – schmackhaft machen. Von so etwas hat unser Vater immer geträumt." „Na gut, schaun wir mal, dann sehn wir schon", antwortete Waltraut Binder etwas hoffnungsvoller.

Kurze Zeit später verließen sie gemeinsam das Kaffeehaus. „Ruf mich bitte an, wenn du mit Michael gesprochen hast, und ein frohes Fest wünsche ich dir von ganzem Herzen“. Mit einem Kuss auf die Wange verabschiedete sich Raphael von seiner Schwägerin.

Nur wenige hundert Meter entfernt saßen zur gleichen Zeit Kommissar Kleintaler und Dr. Winter in einem kleinen Passauer Kaffeehaus in der Nähe des Domes bei „Turner-Würsteln“ und dunklem Weißbier. Der Arzt hatte lange Zeit mit dem Begriff „Turnerwürstl“, für die Wiener- oder Frankfurter Würstchen, nichts anfangen können, bis Gabriel ihm einst eine mögliche Erklärung für diese Bezeichnung gegeben hatte. „Turnerwürstl“ heißen deshalb so, weil die Mitglieder der Turnvereine diese Würstl nach ihren Trainingsstunden im Wirtshaus als kleinen Imbiss bestellt hatten. Deshalb gibt es auch immer zwei Paar Würstl auf den Teller, denn von einem Paar wird ein normaler Mann ja nicht satt“. Das hatte ihm eingeleuchtet.

Die beiden saßen aber an jenem Donnerstagnachmittag nicht hier, um sich über Würstl zu unterhalten, viel mehr hatte der Kardiologe vor zwei Tagen Kommissar Kleintaler angerufen und ihn um ein Gespräch gebeten, aber nicht, wie er extra betont hatte, in der Polizeidienststelle in Waldkirchen. Kleintaler hatte an diesem Nachmittag dienstfrei. Weil er in Passau Weihnachtsgeschenke für seine Frau einkaufen wollte, hatte er dieses Kaffeehaus als Treffpunkt vorgeschlagen.

„Herr Dr. Winter, was gibt es denn so Geheimnisvolles, was wir nicht auch in Waldkirchen hätten besprechen können?“, fragte der Kommissar und biss von seinem ersten Würstchen ab, das er mit viel Senf bestrichen hatte. Während er genussvoll kaute, wartete er auf Winters Antwort. „Nach dem Tod meines Lebensgefährten bin ich zunächst in ein tiefes Loch gefallen. Ich war unfähig, einen klaren Gedanken zu fassen“, begann der Arzt seine Rede. „Gabriel war herzkrank – und ich bitte Sie jetzt um absolute Diskretion, weil ich an die Grenze meiner ärztlichen Schweigepflicht gehe: Von Gabriel weiß ich, seine Brüder sind es auch. Es ist eine Erbkrankheit. Sie erinnern sich bestimmt, wie der alte Karl Binder ums Leben kam: Herzinfarkt beim Koitus.“ Als Kleintaler etwas begriffsstutzig dreinschaute, erklärte ihm Winter den letzten Satz: „Beim Vögeln hat's ihn weggeblasen". Der Kommissar erinnerte sich dunkel an das, was in seiner Jugendzeit über den plötzlichen Tod des alten Architekten gemunkelt worden war. „Den hat's bei der Stoß-Marga erwischt, mit einer Geschiedenen! Du weißt schon, da in Gsteinet draußen, in dem Wirtshaus". „Ich habe Gabriel noch wenige Wochen vor seinem plötzlichen Tod untersucht und ihm ein neues, besseres Medikament gegen seine Herzschwäche verschrieben. Wir hatten diese Krankheit voll im Griff, aber ich machte mir Vorwürfe, möglicherweise etwas übersehen zu haben. Ich habe die letzten Tage Gabriels gesamte Krankenakten durchgesehen, auf der Suche nach einem möglichen Fehler, aber nichts. Ich war schier verzweifelt". Der Arzt hielt kurz in seiner Rede inne, trank einen Schluck Weißbier und ließ seine Turnerwürstl kalt werden.

Kleintalers Teller war schon leer. „Wie kann ich Ihnen denn helfen, Herr Doktor?", fragte Kleintaler. „Hören Sie mir nur zu", bat ihn der Kardiologe, „Sie sind gleich am Zug. Ist Ihnen, Herr Kommissar, denn nie der Verdacht gekommen, dass es sich bei den Todesfällen von Gabriel, seinem Bruder Urs und seiner Schwägerin Gudrun nicht nur um Unfalltod oder Tod durch Krankheit handeln könnte?" „Wenn ich ehrlich bin, nein", gab Kleintaler zu. „Mich hat zwar die Gleichzeitigkeit der beiden tragischen Ereignisse verblüfft, da sie aber rund dreihundert Kilometer weit von einander entfernt passiert sind, ist mir der Gedanke an etwas anderes nicht gekommen. Ich gehe nach wie vor von zwei tragischen Geschehnissen aus". „Von diesem Gedanken werden Sie sich wohl oder übel gleich verabschieden müssen", räumte Dr. Winter ein.

„Ich habe Gabriel, als er in Waldkirchen zusammengesunken ist und erbrochen hat, mit meinem Taschentuch den Mund abgewischt. Dieses Taschentuch habe ich an ein unabhängiges Münchner Institut geschickt, das für seine ausgezeichneten, gerichtsverwertbaren toxikologischen Analysen bekannt ist. Hier ist das Ergebnis." Mit einer raschen Handbewegung zog der Arzt drei zusammengefaltete Schriftstücke aus der Innentasche seines Jacketts und reichte sie Kleintaler.

Der Kommissar vertiefte sich in die Fotokopien, kam aber wegen der Fülle an Zahlen und der medizinischen Fachsprache nicht so recht mit seiner Lektüre voran. Dr. Winter erkannte an seinem Gesichtsausdruck seine Probleme. Er griff helfend ein. „Werfen sie einen Blick auf den ersten Absatz auf der letzten Seite“, bat er ihn. Kleintaler las leise vor: „Besonders auffällig erscheint bei der eingereichten Probe des Mageninhaltes der hohe Wert des Nervengiftes Nikotin. Der aus der Probe hochgerechnete Wert beläuft sich auf 90 Milligramm Nikotin, die oral zugeführt wurden“. „Das heißt ..., das heißt dann ... das heißt“ stammelte Kleintaler ungläubig, „dass Gabriel Binder vergiftet wurde? Um Gottes Willen!“

„Das Gutachten ist eindeutig“, fuhr nun Winter fort. „Nikotin befindet sich normalerweise in den Wurzeln der Tabakpflanze. Wenn diese nun reift, dann wandert es in die Blätter und dient dort zur Abwehr von schädlichen Insekten. Es blockiert das vegetative Nervensystem. Deshalb wurde es früher auch als Schädlingsbekämpfungsmittel eingesetzt, aber aufgrund der hohen Toxizität, also weil es so stark giftig ist, darf es seit über dreißig Jahren nicht mehr für den Pflanzenschutz eingesetzt werden. Um einen Menschen zu töten genügt ein Milligramm pro Kilogramm Körpergewicht“. „Da wollte bei Gabriel Binder aber einer auf Nummer sicher gehen, bei dieser Dosis“, fügte Kleintaler an. „Sieht ganz danach aus“, antwortete Winter ruhig. „Bei Urs und Gudruns Tod mag ja ein Unfalltod vorliegen. Gabriel Binder ist aber ermordet worden“, stellte der Kommissar sachlich fest. „Aber warum?“ „Das müssen Sie, Herr Kleintaler herausfinden“, wandte sich der Arzt nun direkt an den Polizeibeamten. „Ich werde meinen Vorgesetzten informieren, dann geht der Fall an die Kripo in Passau“, antwortete Kleintaler.

„Nein, Sie müssen den Fall lösen. Die Kripo in Passau hat erst im letzten Jahr, noch dazu bei einem hochrangigen Kollegen, schlampige Arbeit geleistet“, wandte der Arzt ein. „Und Ihren Vorgesetzten müssen Sie auch noch nicht informieren. Sie haben jetzt die Gelegenheit zu zeigen, was in Ihnen steckt. Ich glaube an Sie. Herr Kleintaler, ich bin mir sicher, Sie werden den Täter finden.“ Der Arzt versuchte die Bedenken des Polizeibeamten zu zerstreuen. „Vielleicht sollten Sie zunächst einmal überprüfen, wie sich der Unfall von Urs Binder wirklich abgespielt hat. Aber jetzt lassen Sie erst einmal die Weihnachtsfeiertage vorübergehen, vorher können wir sowieso nichts tun", beruhigte Winter den Kommissar. „Was heißt da „wir?", hakte Kleintaler nach, „Wollen Sie sich etwa auch als Detektiv betätigen?" „Nein", beschwichtigte Winter ihn, „ich habe meinen Lebenspartner verloren, deshalb will ich, dass sein Mörder seine gerechte Strafe erhält. Aber ich werde meine Beziehungen spielen lassen, um Ihre Arbeit etwas zu erleichtern. Ich werde mich ein wenig mit Gabriels Brüdern und deren Umfeld beschäftigen. Dabei falle ich nicht auf, aber vielleicht fällt mir etwas auf – ein Motiv zum Beispiel, denn es muss ja einen Grund für Gabriels Tod geben."

„Gut", lenkte Kleintaler ein, „ich spiele mit, aber wenn mir die Geschichte zu gefährlich wird, dann muss ich meinen Vorgesetzten informieren. Daran führt dann kein Weg vorbei, sonst riskiere ich ein Disziplinarverfahren und meinen Rauswurf aus dem Staatsdienst. Ich will nach den Feiertagen mit meiner Frau nach Bamberg fahren, denn das fränkische Städtchen soll ja ein wahres mittelalterliches Schmuckstück sein. Ganz zufällig werde ich mich dort mit meinem Kollegen Zoelle von der Bamberger Kripo treffen. Dann schaun wir mal. Wir bleiben auf jeden Fall in Verbindung. Ich informiere Sie über jede neue Erkenntnis, was ich umgekehrt auch von Ihnen verlange, Herr Dr. Winter". Kleintalers letzter Satz hatte etwas drohend geklungen. Der Arzt war mit dem Vorgehen des Kommissars einverstanden. Nachdem beide ihr Weißbier ausgetrunken und gezahlt hatten, trennten sie sich, jedoch nicht ohne sich vorher „Frohe Feiertage" gewünscht zu haben. Auch wenn keiner von beiden wirklich daran dachte, dass dieses Weihnachten so froh werden würde.

Grainet, Heiliger Abend

Michael Binder ließ knallend den Korken aus der Champagnerflasche schießen und goss die prickelnde, überschäumende Flüssigkeit in drei Sektschalen aus Bleikristall. Er war an diesem Heiligen Abend bestens gelaunt. Beim Einschenken dachte er noch an das Gespräch mit seinem Bruder Raphael. Der hatte ihn vor drei Tagen angerufen und ihm – wie aus heiterem Himmel – eine Zusammenarbeit angeboten. Die konnte er nicht nur finanziell gut gebrauchen, sondern sie sollte auch seinen Ruf als bester Tiefbauarchitekt der Region wieder in neuem Glanze erstrahlen lassen. Ein Projekt in Freyung hatte sein Bruder ihm in Aussicht gestellt, Gesamtvolumen 5 Millionen Euro. Das bedeutete für ihn, bei einem Architektenhonorar von 10 Prozent, circa 500 000 Euro, allerdings vor Steuer. Deshalb konnte er heute schon ein Fläschchen vom Besten aufmachen. Michael war mit sich und der Welt rundum zufrieden.

Der Tisch im Esszimmer war geschmackvoll eingedeckt, aus der Küche stieg ihm der wunderbare Geruch einer im Backofen vor sich hinschmorenden Ente in die Nase. Er liebte „Ente orange" als Weihnachtsessen, mit frisch zubereiteten Reiberknödeln und einem ebenso frischen, „handgeschnittenen" Blaukraut. Und in der Orangensoße ein Hauch geriebenen Krens. Töpfe klapperten in der Küche. Katharina half ihrer Mutter beim Kochen.

Früher, als sein Vater noch gelebt hatte, war am Heiligabend immer ein Wurstkessel auf den Tisch gekommen und dazu Sauerkraut und Brot. „Der Heilige Abend ist ein Fastentag, hatte sein Vater immer verkündet. Ausgerechnet er, dem Fasten ansonsten ein Graus gewesen war. Und wie sein Vater, so hielt auch Michael nichts vom Fasten – nur stand er, im Gegensatz zu ihm, zu seiner Schwäche. „Waltraut, Katharina, habt ihr einen Augenblick Zeit", rief er in die Küche, „damit wir auf Weihnachten anstoßen können?" „Wir kommen gleich!", hallte es zurück, und tatsächlich erschienen Mutter und Tochter ein paar Sekunden später im Esszimmer. Michael verteilte die Gläser, seine Augen funkelten erwartungsfroh hinter den dicken Brillengläsern. „Er erhob seinen Sektkelch und sagte feierlich.: „Ich wünsche uns allen ein glückliches, frohes und zufriedenes Weihnachten“. Ein heller, glockenähnlicher Klang durchzog den Raum, als alle drei ihre Gläser aneinander stießen.

„Wann ist denn die Ente so weit und wann wollen wir uns an die Bescherung machen?“, fragte Michael aufgekratzt. „Das Essen ist pünktlich um acht Uhr fertig. Ich würde sagen, dass wir nach dem Essen Bescherung feiern. Anschließend habe ich noch eine kleine kulinarische Überraschung für euch“, kündigte Waltraut an. Ihr kam die gute Laune ihres Gatten durchaus gelegen, denn bei der „kulinarischen Überraschung“ wollte sie das Gespräch auf ihren beruflichen Wiedereinstieg lenken. „Gut“, sagte Michael, nahm noch einen tiefen Schluck aus seinem Sektkelch und füllte ihn sofort wieder neu, „dann habe ich ja noch Zeit mich ein wenig festlicher zu kleiden“. „Diese gedrechselten Redewendungen verwendet er nur, wenn er in bester Stimmung ist“, stellte Waltraut zufrieden fest.

„Ihr wisst aber schon, dass mich Marion um zehn Uhr abholt, weil wir bei ihr auch Weihnachten feiern wollen. Nur unsere Clique“, wandte nun Katharina ein. „Hast du ihr diesen Blödsinn erlaubt? Bisher war es so, dass wir Weihnachten gemeinsam gefeiert haben. Das kommt überhaupt nicht in Frage, dass du am Heiligen Abend verschwindest!“, blaffte Michael Frau und Tochter an. „Marion ist, wie du weißt, Katharinas beste Freundin, und deren Eltern holen sie ab, damit sie im Partykeller von Marions Eltern mit ihrer Clique noch miteinander Weihnachten feiern können. Das ist alles ganz harmlos“, beschwichtigte Waltraut ihren Gatten. „Außerdem haben wir dann den ganzen Weihnachtsabend nur für uns. Das ist doch auch einmal sehr schön“, versuchte Waltraut ihn zu besänftigen. „Na, meinetwegen, ich will ja heute nicht so sein. Aber das nächste Mal erwarte ich, dass so etwas mit mir abgesprochen wird.“ Michael beruhigte sich und verließ das Zimmer um sich umzuziehen. „Das war aber haarscharf, beinahe hätte er uns noch den ganzen Abend verdorben“, atmete Katharina erleichtert auf. „Was nicht ist, kann ja noch werden“, orakelte ihre Mutter.

Pünktlich um acht Uhr nahmen die Familienmitglieder um den Esszimmertisch Platz. Michael trug über seinem weißen Hemd eine schwarze Weste. Um Waltrauts Körper schmiegte sich ein kurzes, schwarzes, tief ausgeschnittenes Abendkleid, das nicht nur einen Blick auf ihr üppiges Dekolleté zuließ, sondern auch ihre roten Locken prächtig zur Geltung brachte. Katharinas enger, herzförmig ausgeschnittener, roter Pullover, der zu ihren geliebten Bluejeans passte, wirkte dagegen züchtig. Waltraut hatte die Bauernente gekonnt tranchiert. Die Fleischteile lagen auf einer Wärmeplatte in der Mitte des Tisches. In zwei großen Schüsseln dampften die Reiberknödel und das Blaukraut um die Wette. Michael goss sich gerade einen Schöpflöffel der fruchtig-scharf duftenden Orangensoße über ein Stück Entenbrust. Mit einem „Guten Appetit allerseits" eröffnete er das Weihnachtsessen. Auch Waltraut und Katharina, ansonsten eher der fleischarmen Küche zugeneigt, ließen sich die Entenbrust gut schmecken. „Mami, deine Knödel sind einfach ein Gedicht", lobte die Tochter die bayerische Spezialität. „Und das Blaukraut erst. Waltraut, du kochst wunderbar", lobte nun auch Michael die Kochkünste seiner Frau. „Es macht ja auch Spaß für euch zu kochen, weil ich weiß, dass es euch schmeckt", wehrte Waltraut die Komplimente ab.

Plötzlich verstummte das Gespräch und für mehrere Minuten hing jeder seinen Gedanken nach. „Was wohl Dr. Winter jetzt macht?", fragte Katharina in die Stille hinein. „Wie kommst du denn jetzt auf den?", Michael richtete seine Augen streng und fragend auf seine Tochter. „Ja stell dir vor, Papa, was heute Abend hier los wäre, wenn Mama oder du vor knapp drei Wochen gestorben wären. Ich würde doch keinen Bissen runter bringen", antwortete sie. „Kathi hat schon Recht. Wir hätten Hannes eigentlich heute Abend einladen können, aber ich bin wegen der ganzen Hektik in den letzten Tagen gar nicht auf die Idee gekommen", gab Waltraut entschuldigend zu. „Ich rufe ihn morgen früh an, und wenn es euch recht ist, dann lade ich ihn für den zweiten Feiertag zum Mittagessen ein". „Das kommt überhaupt nicht in Frage", brauste ihr Ehemann auf. Zwischen seinen Augenbrauen hatte sich eine tiefe Zornesfalte gebildet, seine Augen funkelten böse. „Du weißt, dass ich Gabriel gegenüber sehr reserviert war, und das hatte seinen Grund in seiner Homosexualität. Ich habe sie schließlich akzeptiert, mich aber nie damit wirklich abgefunden. Und ich möchte nicht mit diesem Winter an einem Tisch sitzen, tut mir leid!" Waltraut schwieg, denn sie wollte Michael bei Laune halten. „Mensch Paps, sei doch nicht so, Schwule sind doch auch Menschen. Außerdem ist der Hannes doch sehr nett, und einsam ist er bestimmt auch", versuchte Katharina ihren Vater umzustimmen. „Halt du deinen Mund, sonst bleibst du heute Abend zu Hause auf deinem Zimmer!", fuhr er sie an. Zornesröte stieg in sein Gesicht. Am Esszimmertisch herrschte nun Schweigen, jeder starrte auf seinen Teller.

„Was wollen wir denn an den beiden Feiertagen unternehmen?", fragte Waltraut nach ein paar Minuten, um das Gespräch in unverfänglichen Bahnen wieder in Gang zu bringen. „Ich werde arbeiten müssen", antwortete ihr Ehemann versöhnlich, „denn ich muss noch ein paar statische Berechnungen durchführen wegen der zwei Parkdecks in der Freyunger Tiefgarage". „Ich habe es mir schon an beiden Feiertagen nachmittags mit meinen Freundinnen ausgemacht,. Ich bin nach dem Mittagessen weg", gab Katharina ihr Programm bekannt. „Ihr erwartet doch nicht, dass ich mich zwei Vormittage lang in die Küche stelle, um euch zu bekochen. Und zur Belohnung darf ich mich nachmittags alleine langweilen. Da hört sich doch alles auf, das kommt überhaupt nicht in die Tüte", reagierte Waltraut aufgebracht. „Geh doch zum Langlaufen oder entspann dich in der Sauna", schlug ihr Mann vor. „Danke, da fällt mir schon noch etwas Besseres ein", antwortete sie eingeschnappt und begann den Tisch abzuräumen. Katharina half ihr dabei, während Michael im Wohnzimmer die Christbaumkerzen anzündete und die Geschenke unter die prächtig geschmückte Silbertanne legte. Er hasste die künstliche Christbaumbeleuchtung. Nach einer Viertelstunde war das Wohnzimmer in sanftes Kerzenlicht getaucht und ein Duft von Bienenhonig lag in der Luft.

Michael bediente sich wie zu Kinderzeiten eines kleinen silbernen Glöckchens mit schwarzem Griff, um Ehefrau und Tochter zur Bescherung ins Wohnzimmer zu bitten. Als die beiden eintraten, entfuhr ihnen wie aus einem Munde ein bewunderndes „Oh, wie ist der schön!" ob des herrlichen Christbaumes, der wie jedes Jahr rechts neben dem Kachelofen stand. „Bevor es die Geschenke gibt, wird wie immer gesungen", befahl Michael, „Stille Nacht, Heilige Nacht, aber alle drei Strophen!" Diese Sentimentalität war ihm nur am Heiligen Abend zu eigen. „In Ordnung, wenn es sein muss", gab sich Katharina versöhnlich. Wie jedes Weihnachten füllten sich Waltrauts Augen spätestens bei der zweiten Strophe mit Tränen, weil sie die Entstehungsgeschichte dieses Weihnachtsliedes so sehr rührte. Sie dachte an die Armut der Menschen in jener Zeit und bewunderte wie stark sie in ihrem Glauben gewesen waren. Waltraut schniefte leise, als sie Katharina umarmte, ihr einen schmatzenden Kuss auf die Wange drückte und ihr fröhliche Weihnachten wünschte. Michael nahm seine Frau in den Arm, hauchte ihr einen flüchtigen Kuss auf den Mund und sagte: „Schöne Weihnachten, mein Schatz". Waltraut war etwas verblüfft, so dass sie nur antworten konnte: „Dir ebenfalls!" „So, und jetzt ran an die Geschenke!" Damit gab Michael Binder den Startschuss für die Bescherung.

Es war seit einigen Jahren üblich, dass sich er und Waltraut nur eine Kleinigkeit schenkten und dafür Katharina um so mehr verwöhnten. Michael öffnete ein kleines, längliches, in rotes Geschenkpapier eingewickeltes Päckchen. Er entnahm daraus einen silbernen Zigarrenschneider. „Den hast du dir doch schon lange gewünscht und dein alter funktioniert doch nicht mehr so richtig", erklärte sich Waltraut als Schenkende. Katharina jauchzte auf. „Oh, das ist toll, ein Netbook! Das habe ich mir doch sehnlichst gewünscht! Danke Paps!" Michael unterstützte die Computerleidenschaft seiner Tochter, was seine Frau nicht so gerne sah. Aber heute machte sie gute Miene zu diesem Geschenk, neben dem die Fülle an „Klamotten" und Schminkutensilien, die sie ihrer Tochter geschenkt hatte, fast unbeachtet blieb.

„Mach doch dein Geschenk auf", wandte sich Michael an seine Frau. Waltraut lächelte, denn sie meinte Michaels Ungeduld deuten zu können. „Er will in diesem Jahr mit seinem Geschenk bestimmt unsere kleine Abmachung durchbrechen", dachte sie lächelnd. Sie hatte vor wenigen Tagen auf dem Schreibtisch ihres Mannes eine

Quittung entdeckt, ausgestellt von einem Passauer Juweliergeschäft. Fast sechstausend Euro waren für den Kauf einer Kette aus Tahiti-Perlen bezahlt worden. Als sie die Quittung am nächsten Tag, wegen der Summe, jedoch noch einmal genauer studieren wollte, war sie verschwunden gewesen. Waltraut hatte der Betrag fast umgehauen. Sie war sich sicher, dass Michael sie damit heute Abend überraschen wollte.

Sie griff nach einem kleinen Päckchen und wickelte es langsam aus seiner goldenen Verpackung. „Oh, eine blaue Schmuckschatulle – also doch“, dachte sie überrascht und erfreut, „ich bin gespannt, wie die Perlenkette aussieht!“ Sie öffnete vorsichtig den goldenen Klappverschluss, hob den Deckel an und nahm das schmale Samtkissen ab, welches das Schmuckstück schützen sollte. „Gefällt sie dir?“, fragte ihr Mann neugierig. Waltraut war sprachlos. Vorsichtig entnahm sie ein kleines, dünnes Goldkettchen, an dem ein feines, schlichtes Goldkreuz baumelte.

„Das muss ein Irrtum sein, wo sind denn die Tahiti-Perlen?“, überlegte sie. Waltraut sah Michael an. Sie versuchte in seinem Gesicht zu lesen. Waltraut kannte seine zynische Art. Vielleicht wollte er sie etwas zappeln lassen und dann den Irrtum – und nur um einen solchen konnte es sich handeln – mit einem Lächeln aufklären. Aber er blickte sie sicher und ernst an. „Ja schon“, stammelte sie verwirrt, „aber war sie nicht recht teuer? Wir wollten uns doch wirklich nur eine Kleinigkeit schenken.“ „Der Meinung bin ich auch. Das soll auch in Zukunft so bleiben“, antwortete er bestimmt.

Tränen der Wut und der Enttäuschung füllten ihre Augen. „Oh, dieser Kerl, speist mich mit diesem lumpigen Kettchen ab. Ich möchte nur zu gerne wissen für wen die Perlenkette ist. Ich werde doch wohl noch wissen, was auf der Quittung stand. Jetzt stehe ich da wie der letzte Trottel und muss auch noch heulen. Oh, ist das gemein!“ „Schau, Paps, Mami weint vor Freude.“ Katharina missverstand die Situation ebenso wie Michael. „Du musst doch wegen des Goldkettchens nicht weinen.“ Er sah sie verständnislos an. „Das ist doch wirklich nur eine Kleinigkeit, wie verabredet“, bestätigte er erneut. „Ich weiß“, versuchte Waltraut die Situation zu retten, „aber ein Kreuz und das am Heiligen Abend, da darf ich doch etwas gerührt sein." Michael merkte gönnerhaft an: „Waltraut, ich freue mich, wenn du, wenn ihr alle glücklich seid".

Seine Ehefrau schniefte laut und verkündete mit unsicherer, leicht ironisch klingender Stimme: „Ich bin reich beschenkt worden, danke. Jetzt kommt meine kulinarische Überraschung". Sie verschwand schnell in der Küche, wo sie versuchte Ärger und Enttäuschung mit lebhafter Hausfrauentätigkeit zu kompensieren. Während sie das Dessert zubereitete, hörte sie aus dem Wohnzimmer die dozierenden Worte ihres Mannes. Er gab Katharina gerade einen Nachhilfekurs in „Wie gehe ich mit einem Netbook um". Waltraut erinnerte sich trotz allen Zorns an ihre Absicht, Michael ja bei Laune zu halten. Denn noch heute Abend wollte sie ihre berufliche Zukunft ansprechen. Jetzt erst recht! Die Frage, für wen die teure Perlenkette war, ging ihr aber nicht aus dem Gedächtnis. Waltraut stellte die Dessertteller und -bestecke auf ein großes Tablett, wärmte zwei Cognac-Schwenker vor, stellte eine Karaffe mit einem 70 Jahre alten Hennessy darauf und holte die Keramikschüssel mit dem heißen Dessert aus dem Backofen. Sie erwärmte etwas Orangen-Likör, goss ihn über das Baiser und entzündete ihn. Es war ein faszinierendes Bild, als sie mit der flackernden Nachspeise ins Wohnzimmer kam.

„Wow, Mami, was ist denn das?", fragte Katharina neugierig, die sich auf dem Wohnzimmersofa räkelte. „Frag Papa, es ist sein Lieblingsnachtisch", antwortete sie rasch. „Omelette surprise, dass du dich daran erinnerst. Das haben wir uns damals geleistet, als wir uns kennen lernten!", gab sich Michael gerührt. Er saß bequem in seinem Ledersessel. Waltraut hatte in der Zwischenzeit das Tablett auf den Wohnzimmertisch gestellt und das Flambee gelöscht. Sie schnitt mit einem Messer das Dessert in vier gleiche Teile und hob drei Teile auf einen kleinen Teller. „Was ist das denn?", wiederholte Katharina ihre Frage. „Vanilleeis auf einem Bisquit-Kuchenboden, auf kandierten Früchten, mit Eiweißschaum bedeckt und überbacken. Dann mit Orangenlikör flambiert," erklärte Michael. „Das schmeckt fantastisch!" Vater und Tochter machten sich über den Nachtisch her, während sich Waltraut mit ihrem Dessert in den zweiten Wohnzimmersessel setzte.

„Für wen ist wohl diese Perlenkette? Hat Michael eine heimliche Geliebte?", argwöhnte sie und versuchte krampfhaft nach Indizien für ein mögliches Verhältnis zu suchen. Aber sie kam zu keinem Ergebnis. „Du musst jetzt ruhiger werden", dachte sie, „jetzt geht es um deine berufliche Zukunft. Der Sache mit der Perlenkette gehst du später nach!" Waltraut überlegte, wie sie beginnen sollte.

„Du Michael, was hältst du davon, wenn ich wieder berufstätig werden würde?", äußerte sie sich vorsichtig. „In welchem Beruf willst du denn arbeiten? Als Verkäuferin?" Das war seine zynische Antwort. Waltraut wurde langsam zornig. Das war typisch Michael, kein vernünftiges Wort, nur Abwertung. „Du vergisst, dass ich immerhin ein abgeschlossenes Studium als Innenarchitektin vorweisen kann und auch schon ein paar Jahre, bevor wir uns kennen gelernt haben, in diesem Beruf tätig war", entgegnete Waltraut sicher. „Das ist aber schon fast siebzehn Jahre her! Wer nimmt dich denn da heute noch? Oder willst du dich etwa selbständig machen?" Michaels Ton wurde schärfer. Seine Augen hatten sich hinter seiner kleinen Brille zu Schlitzen verengt und ein böses Lächeln umspielte seine Lippen. Katharina hörte dem Gespräch kaum zu. Sie war noch immer mit ihrem Netbook beschäftigt und mit der Frage, wie sie es ihren Freundinnen noch heute präsentieren würde. „Ja und nein, oder eigentlich beides", antwortete Waltraut sibyllinisch. „Aha, die frustrierte Ehefrau sucht eine neue Herausforderung, sie will sich selbst verwirklichen. Probier es doch! Dich stellt doch eh keiner mehr an!", fauchte Michael verletzend und mit vor Zorn gerötetem Gesicht.

Katharina schaute erschrocken auf. Waltraut beschloss, das Gespräch an dieser Stelle zu beenden. „Warten wir es ab", antwortete sie kurz angebunden, „ich möchte mich heute Abend mit dir nicht streiten." Das Klingeln an der Wohnungstür erleichterte ihr Vorhaben. „Das ist sicherlich deine Freundin Marion!", rief sie rasch ihrer Tochter zu, „Mach ihr bitte die Türe auf!" Katharina ging hinaus, um ihre Freundin einzulassen. Waltraut hörte Marions Stimme: „Hey, frohe Weihnachten! Bist du fertig? Hast du fette Beute gemacht?" „Ja", hörte sie ihre Tochter antworten, „gleich, und ich bring auch alles mit." Katharina stürmte noch einmal ins Wohnzimmer um ihr Netbook und die anderen Geschenke zu holen. Hinter ihr steckte Marion ihren Kopf zur Tür herein. Sie trug einen dicken schwarzen Daunenmantel. Ein selbstgestrickter roter Schal und eine Pudelmütze in der gleichen Farbe ließen von ihrem Gesicht nur Augen und Nasenspitze erkenne. „Frohe Weihnachten, Frau Binder, schöne Weihnachten, Herr Binder", rief sie fröhlich ins Zimmer. „Morgen Vormittag bringen meine Mutter und ich die Katharina wieder nach Hause." „Dir und deiner Mutter auch schöne Weihnachten", bedankte sich Waltraut und auch Michael ließ sich etwas versöhnlicher vernehmen: „Ja, Frohe Weihnachten, und tschüss, bis morgen." Katharina rief von der Eingangshalle aus: „Einen schönen Abend euch beiden. Tschüss. Zum Mittagessen bin ich wieder zuhause!" Dann fiel die Eingangstür ins Schloss und wenige Minuten später hörten sie Marions Mutter davonfahren.

Waltraut nahm die beiden Cognac-Schwenker vom Tablett, spülte sie kurz mit heißem Wasser aus, dann trocknete sie sie ab. Zurück im Wohnzimmer, füllte sie einen großen Schluck des französischen Weinbrands in die Kristallgläser. Eines reichte sie ihrem Mann. „Prost, mein Lieber, auf einen ruhigen Weihnachtsabend." Sie stieß mit ihm an, merkte jedoch an der angeschwollenen Zornesader an seiner rechten Schläfe, dass ihm ihr leicht ironischer Unterton nicht passte. „Lass uns doch wie vernünftige Menschen miteinander reden", nahm Waltraut den Gesprächsfaden von vorhin wieder auf. Sie setzte sich ihrem Mann gegenüber in den schwarzen Sessel. „Sag mal, was spricht denn eigentlich dagegen, dass ich wieder in meinem alten Beruf tätig werde? Katharina ist fast sechzehn Jahre alt und braucht mich nicht mehr den ganzen Tag um sich. Du bist sowieso ständig im Büro oder unterwegs, warum soll ich mich dann alleine langweilen?" „Frauen gehören in die Küche und haben sich um die Kinder zu kümmern. Du kennst meine Ansicht", entgegnete Michael laut und stellte das leer getrunkene Cognacglas hart auf den Tisch. „Ja, diese antiquierte Ansicht kenne ich, und ich teile sie auch, aber nur, wenn die Kinder noch klein sind. Das ist ja bei uns nicht mehr der Fall. Außerdem wäre ich ja nicht den ganzen Tag außer Haus, sondern nur ein paar Stunden in der Woche. Vieles könnte ich hier erledigen, schließlich habe ich ja ein Arbeitszimmer."

Die Selbstsicherheit, die aus Waltrauts Worten herauszuhören war, reizte Michael zu einer zynischen Replik. „Das klingt ja gerade so, als hättest du schon eingehend Pläne gemacht. Meinst du nicht, dass du dich etwas überschätzt. Du hast doch von Innenarchitektur keine Ahnung mehr!" Langsam wurde auch Waltraut böse. „Ich bin lernfähig, mein Lieber. Außerdem, was heißt keine Ahnung, schließlich war ich ja einige Jahre in dem Beruf tätig. Übrigens, was spricht eigentlich gegen eine Selbständigkeit?", fragte sie und leerte ihr Glas mit einem Zug. „Dir fehlen die Beziehungen. Du bist Jahrzehnte aus dem Beruf raus. Woher willst du denn Partner nehmen, die eine Innenarchitektin brauchen. Dein Denken ist doch hirnrissig!", schrie er sie an. „Für so hirnrissig wie du meinst, scheinen mich andere wohl doch nicht zu halten", schrie Waltraut zurück. „Kein Geringerer als dein Bruder Raphael hat mir ein sehr interessantes Angebot gemacht, und ich gedenke es anzunehmen!" Waltraut sah wie sich die Augen ihres Mannes zu engen Schlitzen verengten. Sein Gesicht wurde kreidebleich vor Wut. Seine weißen Barthaare schienen sich zu sträuben. Die Backenknochen mahlten. Waltraut hatte schlagartig ihren Fehler erkannt. „Ach, das ist es also!", schrie er. „Du hast dich hinter meinem Rücken mit meinem ehrenwerten Herrn Bruder verbündet. Ihr wollt mich fertig machen! Jetzt verstehe ich auch seinen Anruf und sein Angebot! Alles nur Lug und Trug, und meine eigene Frau hintergeht mich!" „Ich möchte auch gerne wissen, wer hier wen hintergeht", gab Waltraut ruhig zurück.

„Was soll das heißen?" Michael war aufgesprungen. Er stand nun drohend vor seiner Frau. „Ich will wissen, für wen du sechstausend Euro ausgibst! Für wen ist die Perlenkette, die du in Passau gekauft hast?", fragte Waltraut sachlich. „Wenn du für ein Weibsbild so viel Geld ausgeben kannst, dann kannst du mir ja auch 50 000 Euro aus meinem Erbteil zurückzahlen!" „Du spinnst ja! Soll ich etwa deine intriganten Selbstverwirklichungspläne auch noch bezahlen?", fragte er gehässig. Je wütender Michael wurde, desto mutiger wurde seine Frau. „Ja, du hörst ja, 50 000 Euro will ich haben, aus meinem Erbe, das ich in dein Büro investiert habe", antwortete sie ruhig.

Diese Ruhe reizte ihren Mann. Er schrie mit vor Hass verzerrtem Gesicht: „Eher schlag ich dich tot!“ Dann holte er aus. „Untersteh dich, mich zu schlagen“, warnte Waltraut ihn, „Das kannst du vielleicht mit deiner Nutte machen, aber nicht mit mir!“ „Das sagst ausgerechnet du, du Schlampe!“, Michael hatte die Hand noch erhoben. Er schlug Waltraut mit der flachen Hand ins Gesicht. Sie hob schützend ihre linke Hand vor den Kopf. Völlig verstört und ungläubig sah sie ihn an. Michael hatte sie zum ersten Mal geschlagen. „Dafür mach ich dich fertig! Du brutaler Kerl, du tickst ja nicht mehr richtig!“, heulte sie. In diesem Augenblick prasselte eine Serie von Schlägen auf sie ein. Sie spürte, wie Blut aus ihrer Nase lief. „Hör auf du Schwein!“, kreischte sie. Dann schlug sie ihm den kristallenen Cognac-Schwenker, den sie noch immer in der Hand hielt, an die Stirn. Dies brachte ihren Mann zur Besinnung. Er ließ von ihr ab, richtete sich auf und warf einen hasserfüllten Blick auf sie. „Du Miststück wirst mich noch kennen lernen!“ Dann verließ er das Wohnzimmer. Wenige Minuten später hörte sie, wie er mit seinem Auto davonbrauste.

Waltraut bebte vor Schmerz, ein Weinkrampf schüttelte ihren Körper, sie schluchzte: „Diese miese Ratte, ich hasse ihn!“ Sie wischte sich mit dem Handrücken die Tränen von den Wangen und leckte über ihre Lippen. Das Blut, das noch immer aus ihrer Nase sickerte und sich mit ihren Tränen vermischte, hinterließ einen metallischen Geschmack auf der Zunge. Noch immer wurde sie von Weinkrämpfen geschüttelt. In ihrem Kopf dröhnte es. Fast monoton wiederholte sie nur einen Satz: „Diese miese Ratte, oh diese miese Ratte! Wenn er mich noch einmal anfasst, bringe ich ihn um“. Sie stand auf, ihre Beine zitterten. Sie ging leicht schwankend ins Bad und betrachtete sich im Spiegel. Ihr Gesicht war blutverschmiert. Das Nasenbluten hatte bereits aufgehört. Sie nahm einen Waschlappen und reinigte sich mit warmem Wasser vorsichtig das Gesicht. Mit einem weichen Handtuch tupfte sie es trocken. An der linken Schläfe würde ihr ein „Veilchen“ bleiben. „Du schaust aus wie Wladimir Klitschkow nach einem 12 Runden-Fight“, stellte sie ironisch fest. Sie strich etwas Heilcreme auf die verletzten Stellen, schüttelte ihre Locken. Dann ging sie ins Wohnzimmer zurück. Dort schenkte sich noch einen großen Cognac ein und trank ihn in hastigen Zügen leer.

In ihrem Kopf summte es; sie war noch nicht in der Lage einen klaren Gedanken zu fassen. Mechanisch nahm sie ihr Handy und wählte, ohne zu überlegen, Raphaels Nummer. „Ja, Waltraut, liebste Schwägerin, frohe Weihnachten …“, meldete sich ihr Schwager schon nach wenigen Sekunden, und sie war davon so überrascht, dass sie nicht sofort zu antworten vermochte. „Waltraut, was ist denn, sag doch etwas, was ist denn?“, Raphaels Stimme klang aufgeregt. „Raphi, entschuldige, ich verderbe dir deinen Heiligen Abend, aber kannst du vorbei kommen? Michael hat mich verprügelt und ich weiß nicht, was ich machen soll“, flüsterte sie stockend. „Um Gottes Willen. Ich komme so schnell ich kann. In einer guten Viertelstunde bin ich bei dir!“ Nachdem das Gespräch beendet war, begann Waltraut das Geschirr, das noch am Wohnzimmertisch stand, in die Spülmaschine zu räumen. Untätig herumsitzen konnte sie nicht. Kaum dass sie fertig war, klingelte es Sturm an der Haustür.

Sie öffnete, nicht ohne vorher einen Blick durch den vergitterten „Spion“ geworfen zu haben. Sie hatte Raphael erkannt, hastig die schwere Eichentür geöffnet und sich ihm an die Brust geworfen. „Raphi, es war so fürchterlich!“ Bei der Erinnerung an das Geschehene begann Waltraut wieder zu schluchzen, sie bebte erneut am ganzen Körper. „Du Ärmste, was war denn los? Wie konnte Michael so etwas nur tun?“. Raphael nahm sie fest in seine Arme, strich ihr vorsichtig über ihre roten Locken. Erst nach langen Sekunden löste er sich von ihr. „Lass uns ins Haus gehen, hier ist es ganz schön kalt“, bat er. Er trat ein, schloss die Tür, die Waltraut so versperrte, dass der Schlüssel quer stand und ein Öffnen von außen unmöglich machte. Sie gingen ins Wohnzimmer, das noch immer in ein stimmungsvolles Licht getaucht war. Raphael deutete in Richtung des Weihnachtsbaumes. „Soll ich sie ausblasen?“, fragte er. „Lass sie noch etwas brennen“, bat ihn Waltraut, „schließlich ist ja immer noch Heiliger Abend. Und nimm dir etwas zu trinken“.

Sie beobachtete ihn, wie er ein hohes Glas aus der Hausbar nahm, sich einen doppelten Grappa einschenkte und genüsslich daran nippte. Er sah sehr gut aus in seinem Smoking, den er anlässlich des Weihnachtsabends trug. Raphael wandte sich ihr wieder zu, stellte sein Schnapsglas auf den Glastisch und fragte mit sanfter, warmer Stimme: „Nun erzähl mal, was ist denn vorgefallen?" Waltraut nahm auf dem schwarzen Ledersofa Platz, dann begann sie stockend den Verlauf des Abends zu schildern. Die Sache mit der Perlenkette und ihren Verdacht, dass Michael eine Geliebte haben könnte, verschwieg sie. Ihr Schwager war hinter ihr stehen geblieben und hörte aufmerksam zu. Bei der Erinnerung an den Satz „Eher schlag ich dich tot" und an die darauffolgenden Schläge, begann Waltraut zunächst erneut leise zu weinen, wurde dann aber wiederum von einem Weinkrampf geschüttelt. Raphael setzte sich neben sie, nahm sie in die Arme und strich ihr mit der Hand sanft über das Haar. „Du Ärmste", flüsterte er leise und hauchte einen Kuss in ihre Haare, „und ich bin an allem schuld". „Nein, das bist du nicht." Sie löste sich aus seinen Armen. In ihren Augen funkelte Entschlossenheit. „Du kannst nichts dafür, dass Michael so ein egoistischer Tyrann ist. Gott sei Dank bist du ganz anders. Und ich sage dir eines, ich lasse mich von ihm nicht unterkriegen. Diese Chance wieder berufstätig zu werden, lasse ich mir nicht von ihm kaputt machen!"

Waltraut hatte zu weinen aufgehört. Raphael sah sie erstaunt an und begann zu lachen: „Du müsstest dich sehen können, liebste Schwägerin, ein blaues Auge, eine demolierte Nase, aber fauchen wie eine Raubkatze". Da schlich sich in das Gesicht seiner Schwägerin ein sanftes Lächeln. „Weil's doch wahr ist!" Sie stampfte heftig mit dem Fuß auf. Ihr Schwager war aufgestanden, sah sie liebevoll an, trank sein Glas Grappa leer und sagte: „Weißt du was, du trinkst jetzt einen Schnaps und gehst schlafen. Morgen sieht die Welt ganz anders aus, dann hast du etwas Abstand zum heutigen Abend gewonnen. Wenn du dich beruhigt hast, kannst du auch klare Gedanken fassen und Entscheidungen treffen. Und vielleicht ist dann auch Michael zur Vernunft gekommen. Ich bleibe heute nacht hier und schlafe im Gästezimmer, ok?" „Vielleicht hast du recht, aber Schnaps mag ich keinen", sagte sie und stand auf. „Ich lösche die Kerzen und bring dir noch etwas zu trinken vorbei. Was möchtest du denn?", fragte er. „Im

Esszimmer steht noch Champagner, er ist bestimmt nicht mehr sehr kalt, aber darauf hätte ich Lust. Bringst du mir ein Glas davon nach oben?"

Sie verließ den Wohnraum um ihr Schlafzimmer im Dachgeschoss aufzusuchen. Raphael löschte die Kerzen, ging ins Esszimmer, nahm die Flasche Champagner aus dem Kühler und zwei Gläser aus der Vitrine. Er stieg die Treppe zu Waltrauts Schlafzimmer empor. Das Licht im Flur würde von alleine ausgehen. Er wartete ein paar Sekunden, bevor er vorsichtig anklopfte, die Türklinke lautlos niederdrückte und eintrat. Er zog die Türe leise hinter sich zu. „Da bist du ja, Raphael". Klang da etwas Unsicherheit in Waltrauts Stimme mit? Sie lag schon in ihrem großen, weißen Bett. Eine Jugendstillampe verbreitete dezentes Licht. Sie richtete sich auf und Raphael sah, dass sie ein cremefarbenes, fast durchsichtiges Neglige trug. „Ich habe den Schampus mitgebracht". Raphael hielt Flasche und Gläser hoch, er ließ keinen Blick von ihr. „Dann schenk uns einen Schluck ein und setz dich zu mir", bat sie ihn. Sie warf ihm einen erwartungsvollen Blick aus ihren grünen Katzenaugen zu, den Raphael noch nicht zu deuten wusste. „Darf ich zuerst noch mein Jackett ausziehen? Du hast es sehr warm hier", fragte er. „Ist es dir hier etwa zu heiß geworden?", fragte sie doppeldeutig. „Das gerade noch nicht", konterte er schlagfertig. Er ließ die Smokingjacke achtlos zu Boden gleiten, füllte die Champagnergläser und setzte sich zu ihr auf die Bettkante. Er reichte ihr ein Glas, sie stießen an. Waltraut warf keck ein: „Auf uns und unsere gemeinsamen Ziele." Beide nippten an ihren Gläsern, stellten sie dann auf das Nachtkästchen. Raphael sah Waltraut in die Augen, sah die kleinen Smaragde erwartungsvoll funkeln, beugte sich über sie und küsste sie zärtlich. Sie schlang ihre Arme um ihn, küsste ihn wie eine Ertrinkende. Ihre kleine Zunge schob sich in seinen Mund, spielte mit seiner, saugte sanft daran. Raphaels Hände griffen vorsichtig in ihre roten Locken, behutsam hielt er ihren Kopf fest und seine Zunge drang nun tief in ihre Mundhöhle. Nach ein paar Minuten ließen sie etwas von einander ab. „Du weißt gar nicht, wie sehr ich mir das gewünscht habe, Liebes", flüsterte er heiser. „Lass mich heute Nacht nicht allein, Raphael", bat sie.

Seine Antwort ließ nicht lange auf sich warten. Blitzschnell hatte er sich ausgezogen und war unter ihre Bettdecke geschlüpft. Er zog sie an sich, seine Lippen wanderten zärtlich über ihre Augenbrauen. Mit einer Vielzahl kleiner Küsse liebkoste er ihren blau verfärbten linken Schläfenbogen. Seine warmen Lippen strichen sanft über den kleinen Kranz lustiger Lachfältchen bis sie das Ohrläppchen erreichten. Er begann leicht daran zu saugen. Waltraut stöhnte leise. Währenddessen begannen seine Hände ihren reifen Körper zu erforschen. Seine Rechte strich leicht über ihre Pobacken, griff in das weiche schwellende Fleisch ihrer Hüfte und aufwärts zu ihrer linken Brust. Er suchte die steif gewordene Brustwarze, massierte sie kreisend. Dann suchte er den Verschluss ihres Negliges, fand das Band, das es zusammenhielt, löste es und streifte es ihr von den Schultern. Die Nachttischlampe warf ein warmes Licht auf ihren nackten Oberkörper. Raphael sah die weiße, fast durchsichtig scheinende Haut ihrer üppigen Brüste, sah die großen, hellrosa Warzenhöfe und die kleinen aufstrebenden Brustwarzen. Er konnte sich nicht satt sehen. „Du bist wunderschön", flüsterte er heiser. Seine Hand glitt tastend abwärts zwischen Waltrauts Schenkel. Sie trug kein Höschen mehr. „Komm zu mir", flüsterte sie verlangend.

Kurze Zeit später lagen sie erschöpft nebeneinander. Waltraut hatte sich in Raphaels rechten Arm geschmiegt, er küsste zärtlich ihre Stirn und flüsterte: „Es war wunderbar mit dir." Waltraut schwieg. Hinter ihrer Stirn arbeitete es fieberhaft. Der Sex mit Raphael war wirklich sehr schön gewesen. Lange hatte sie diesbezüglich darben müssen. Aber heute Abend hatte sie zum ersten Mal ihren Mann betrogen. Noch dazu mit seinem eigenen Bruder. Sie war viel zu durcheinander, um einen klaren Gedanken fassen zu können. Sie hörte wie von fern Raphaels Stimme. „Waltraut, ganz egal, was passiert, ich stehe zu dir. Wenn du Michael verlassen möchtest, kannst du zu mir ziehen. Katharina selbstverständlich auch. Ich bin da und helfe dir, auf mich kannst du dich wirklich verlassen."

Waltraut sah ihren Schwager zärtlich an. „Raphael, danke, ich weiß, dass ich auf dich zählen kann. Ich weiß auch, dass du mich magst, aber ich muss morgen zunächst einmal mit Michael reden. Was weiß ich, wie er sich nach dem Vorfall unser Zusammenleben vorstellt. Ich weiß auch nicht, ob ich überhaupt bereit bin mit ihm weiterzuleben. Ich weiß aber, ich kann ihn nicht verlassen und dann schnurstracks bei dir einziehen, ohne das Geschehene verarbeitet zu haben. Was ich brauche, Raphael, ist einfach Zeit. Zeit zum Nachdenken. Und ich brauche niemanden, der Druck auf mich ausübt." Raphael schwieg etwas verunsichert. „Aber ...", versuchte er nach zwei Minuten das Gespräch wieder in Gang zu bringen. „Pst", unterbrach ihn Waltraut und küsste ihn auf den Mund. „Sag nichts und halte mich einfach fest." Raphael zog sie an sich. Sie schwiegen. Nach einer Viertelstunde fragte Raphael rücksichtsvoll: „Soll ich nach oben ins Gästezimmer gehen?" „Du Dummkopf", antwortete Waltraut sanft, „mach lieber das Licht aus und komm her."

Waltraut und Raphael erwachten sehr früh an diesem ersten Weihnachtstag. Draußen war es noch dunkel, nur am östlichen Horizont kündigte ein blassroter Schimmer den kommenden Tag an. Sie hatten sich nachts noch einmal geliebt, waren danach kurz eingeschlafen, aber an einen erholsamen Schlaf war nicht zu denken gewesen. Dazu waren beide viel zu aufgewühlt. Deshalb waren sie schon um halb sechs Uhr aufgestanden. Waltraut behandelte im Bad ihr lädiertes Auge. Nach dem Duschen war sie in ihre bequemen Cordjeans geschlüpft und hatte sich einen warmen Fleece-Pullover übergezogen. Raphael hatte in der Zwischenzeit die Kaffeemaschine bedient und brachte Waltraut einen dampfenden und duftenden Cappuchino ins Wohnzimmer. Er hatte sich mit einem doppelten Espresso begnügt.

Nachdem er sich aus seines Bruders Kleiderschrank einen Skipullover entliehen hatte, den er zu seiner Smoking-Hose trug, wollte er nun nach Salzweg zurückfahren. Er stand in der Eingangshalle um sich von Waltraut zu verabschieden. „Ruf mich an, wenn du mit Michael gesprochen hast. Ruf mich an, wenn ich kommen soll. Und vor allem, Waltraut, ruf mich an, wenn du Hilfe brauchst. Ich habe Angst um dich." „Raphael, jetzt übertreib nicht. Michael hat mich zwar geschlagen, aber er wird mich nicht tot schlagen. Außerdem kommt Kathi nach Hause, da wird er sich doch nicht trauen noch einmal auszurasten." „Ich glaube, so argumentieren alle verprügelten Frauen", warf Raphael ein. „Schleich dich jetzt, du Schwarzseher", entgegnete sie lächelnd und drohte scherzhaft mit dem erhobenen Zeigefinger. Sie drückte ihm einen zärtlichen Kuss auf den Mund, dann verabschiedete sie ihn mit einem leisen „Fahr vorsichtig – und danke für alles." Raphael schloss die Eingangstür auf und trat in den dunklen Weihnachtsmorgen hinaus. Wenige Minuten später zeigte eine nur noch leichte Schneefahne den Weg an, den sein Geländewagen genommen hatte. Waltraut blickte ihm versonnen nach, bevor sie ins Haus zurückging.

Während sie begann, in der Küche die Töpfe und Schüsseln vom Vorabend zu spülen und zu verräumen, erinnerte sie sich wieder an die Handgreiflichkeit ihres Mannes. Noch nie war sie so gedemütigt worden. Zuerst die Enttäuschung über das „falsche" Weihnachtsgeschenk, dann die Schläge. So etwas hatte Michel vorher noch nie getan. Er war zwar manchmal schon ausgerastet, hatte getobt und auch die Hand erhoben, aber geschlagen hatte er sie gestern Abend zum ersten Mal. „Und es wird das einzige Mal bleiben", schwor sie. Was hatte ihn nur so wütend gemacht? Hatte er ihre Verletztheit wegen der Perlenkette gespürt oder ihr aufkeimendes Misstrauen? Hatte er sich ertappt gefühlt? Sie wusste keine Antwort, aber eines war ihr klar: Dafür würde er bezahlen müssen. Und sie würde clever dabei vorgehen. Immerhin hatte sie jetzt in Raphael einen Verbündeten, auf den sie sich verlassen konnte.

Neben den Rachegedanken beschlich sie dennoch leise Eifersucht. Wem hatte Michael wohl diese Tahiti-Perlen geschenkt? Sie suchte erneut nach Indizien, die für sein Fremdgehen sprachen. Ihr fielen noch ein paar hohe Master-Card-Abrechnungen ein, die sie abgelegt hatte. Hohe Rechnungen aus Regensburger Herren-Boutiquen. Michael hatte sie mit der lapidaren Bemerkung: Ich brauche auch mal ein paar neue Klamotten, nicht immer nur du und Kathi!" begründet. Tatsächlich hatte sie zwei neue Anzüge, Hemden, Krawatten und neue Schuhe in seinen Schränken entdeckt. Ein Gedanke durchzuckte und paralysierte sie. Was war, wenn der gestrige Vorfall nur inszeniert war, wenn Michael den Streit vom Zaun gebrochen hatte, um möglichst schnell in die Arme seiner Geliebten eilen zu können? Den Heiligen Abend mit ihr zu verbringen, war sicher angenehmer, als der Gedanke sich mit der eigenen Ehefrau vor dem Weihnachtsbaum zu langweilen. Außerdem war die Geliebte bei dem Geschenk bestimmt um einiges williger im Bett. Waltraut merkte wie sie wütend wurde. Sie würde hinter sein Geheimnis kommen und ihn bluten lassen. Aber Greifbares hatte sie gegen ihn nicht in der Hand. Sie überlegte weiter.

Michael war Mitte Oktober für vierzehn Tage zu einem Architektenkongress nach Florida geflogen. „Eine Woche dauert der Kongress und wenn ich schon „drüben" bin, dann möchte ich noch etwas Urlaub machen und mir das Land anschauen", hatte er die Verlängerungswoche begründet. Da es keine Ferienzeit war, hatte sie wegen Kathi zuhause bleiben müssen. Flugticket und Urlaub waren von ihr selbst bei ihrer Freundin Irene gebucht worden, die am Flughafen in München bei American Airlines arbeitet. Sie hatte ihr sogar noch seine „Miles & More"-Nummer durchgegeben, damit ihm die Bonuspunkte gut geschrieben würden, auf die er immer so viel Wert legte. Daran war nichts Auffälliges gewesen. Sicher, er verfügte als Architekt immer über genug Schwarzgeld, so dass er den Urlaub für seine Geliebte hätte unbemerkt mitbezahlen können. In den USA hätte er sie dann als seine Frau oder Lebensgefährtin vorgestellt. Nach seiner Rückkehr war ihr keine Veränderung an ihm aufgefallen, außer dass er sehr zufrieden und ausgeglichen gewirkt hatte. „Das ist nach einem Urlaub doch normal", dachte Waltraut. „Aber irgend ein Geheimnis hat er, da bin ich mir sicher. Ich werde dahinterkommen. Dann wirst du bluten. Das schwöre ich dir!" Ihr war bewusst, wen sie sich dann mit ihrem Ehemann zum Gegner machen würde. Oft genug hatte Michael bewiesen, wie sehr er zu Unberechenbarkeit neigte, wenn er sich bedroht fühlte.

Waltraut schaltete gegen zehn Uhr den Fernseher im Wohnzimmer ein, um sich die Aufzeichnung des Weihnachtskonzerts der Wiener Philharmoniker vom Vorabend anzuhören. Nach wenigen Minuten hörte sie Michaels Auto vorfahren. Dann sperrte sein Schlüssel im Schloss der Eingangstür. Michael hängte seinen Mantel in die Garderobe und betrat das Wohnzimmer.

Waltraut, die in dem Durchgang zum Esszimmer stand, drehte sich bei seinem Eintreten um, sah ihn an und wurde ganz ruhig. Ihr Ehemann hielt einen großen Strauß roter Rosen in seiner Hand. Langsam ging er auf sie zu. „Rote Rosen", dachte sie entsetzt und wütend, „aber die werden dir jetzt auch nichts nützen!" Michael blickte sie zerknirscht an. Sie sah, wie er ihr blau verfärbtes Auge betrachtete. Waltraut versteifte sich unwillkürlich. „Ich möchte mich bei dir entschuldigen." Seine Stimme klang rau und unsicher. „Ich habe dir weh getan und dich tief verletzt, das tut mir von Herzen leid. Ich verspreche dir, dass ich so etwas nie wieder tun werde. Ich bitte dich, verzeihe mir noch einmal." Waltraut schwieg. „Nein, mein Freund, so einfach kommst du mir nicht davon.", dachte sie. „Du meinst wohl mit einer kurzen Entschuldigung und etwas Gesülze ist alles vergessen. Oh, da täuschst du dich!" „Sag doch etwas. Was soll ich deiner Meinung nach jetzt tun? Soll ich auf die Knie fallen? Wenn du das möchtest, dann tue ich das auch" Und tatsächlich – Michael traf Anstalten sich vor sie hin zu knien.

„Du kannst ruhig stehen bleiben", antwortete Waltraut. Sie wusste nicht, woher sie ihre Ruhe nahm. „Du hast mich in einer Weise gedemütigt und verletzt – das ist nicht mit einem „Entschuldigung und jetzt ist bitte alles vergessen" abgetan. Ich weiß überhaupt nicht, ob ich mit dir noch weiter zusammenleben kann. Ich bin zum ersten Mal in meinem Leben von einem Mann und dazu noch von meinem eigenen Ehemann geschlagen worden. Weißt du überhaupt, was das heißt? Das kannst du mit einem Strauß Blumen nicht aus der Welt räumen." Als Michael merkte, dass er noch immer den Blumenstrauß in der Hand hielt, legte er ihn achtlos auf den Wohnzimmertisch. „Ich brauche Zeit um mir darüber klar zu werden, wie sich unser Leben in Zukunft gestalten soll. Ich weiß noch nicht, wie wir miteinander umgehen sollen." „Willst du die Scheidung?", fragte Michael überrascht. „Nein, du wirst deine Chance bekommen, das Geschehene vergessen zu machen, aber du musst zeigen, dass du dich ändern möchtest. Anders geht das nicht!" „In Ordnung, das sehe ich ein. Lass uns einen Neuanfang versuchen.

Ich habe die Nacht in meinem Büro verbracht und über deinen Wunsch nachgedacht, wieder in deinem alten Beruf tätig zu werden. Vielleicht ist das gar nicht mal so schlecht. Du hättest eine Aufgabe, wir hätten Distanz geschaffen und könnten über die berufliche Zusammenarbeit wieder zueinander finden. Denn schließlich liebe ich dich ja, auch wenn ich das gestern Abend wohl vergessen habe." Michael hatte zunehmend an Sicherheit gewonnen, wie Stimme und Körpersprache deutlich zeigten. „Aha, jetzt sind wir beim Geschäft gelandet, auch nicht schlecht. Die Liebeserklärung hast du ja ganz gut hin bekommen, sie nützt dir jetzt aber auch nichts. Liebe musst du erst beweisen!", kommentierte Waltraut in Gedanken Michaels Äußerungen. Tatsächlich antwortete sie: „Das ist eine gute Idee, zusammenarbeiten und zu einander finden. Aber wie stellst du dir denn unsere Zusammenarbeit vor?" „Ich habe mich an das Gespräch mit Raphael erinnert. Bei dem Projekt, das er mir skizziert hat, könnte ich mich um den Tiefbau, er sich um den Hochbau und du dich um die Innengestaltung der neuen geplanten Universitätsräume kümmern. Das hieße natürlich, dass die gesamten Einnahmen in unserer Familie blieben. Wir könnten in Zukunft gemeinsam alle Großprojekte in der Region angehen." Jetzt war Michael bei der Zukunftsplanung angelangt und da kannte er – wie Waltraut wusste – keine Grenzen. Sie unterbrach ihn deshalb. „Du bist also bereit, mir mein Erbe teilweise auszubezahlen?", fragte sie konkret nach. „Ich habe dir heute Nacht schon 100 000 Euro überwiesen, wenn du noch mehr Startkapital brauchst, dann zahle ich dir selbstverständlich auch die übrigen Fünfzigtausend aus." Jetzt war Waltraut sprachlos. Damit hatte sie nun wirklich nicht gerechnet. „Danke, das hilft mir sehr", antwortete sie lächelnd und dachte: „Wo ist hier der Haken? Das tust du nicht ohne Hintergedanken. Ich werde auf der Hut sein müssen." In diesem Augenblick klingelte es an der Eingangstür. Katharina war zurück. „Wie siehst du denn aus, Mami!", rief sie als sie das „Veilchen" ihrer Mutter sah, „Was ist dir denn passiert?" „Ich habe mich gestern am Küchenschrank gestoßen", antwortete sie ihrer Tochter. „Also wenn ich nicht genau wüsste, dass gestern Abend Heiliger Abend war, hätte ich fast den Verdacht, dass du in eine Schlägerei geraten bist", gab sie schelmisch lachend zur Antwort.

Bamberg, Samstag, 9. Januar 2010

„Marianne, wir sind da!“ Mit diesem leisen Ruf weckte Kommissar Kleintaler seine Frau aus tiefem Schlaf. Vor wenigen Minuten hatten sie das Ortsschild „Bamberg“ passiert, bogen nun rechts zum Schillerplatz ein. Das Navigationsgerät hatte sie sicher bis an ihr vorläufiges Ziel geführt. „Was schon, das ging aber schnell“, gab ihm seine Ehefrau zur Antwort. Sie gähnte verschlafen. „Wir sind ja gerade erst in Waldkirchen weggefahren.“ „Das war vor zweieinhalb Stunden, und du hast die ganze Fahrt über gepennt.“ Der Kommissar parkte seinen Wagen auf einem Gästeparkplatz des Frühstückhotels. Nachdem er den Motor abgestellt hatte, stieg er aus und öffnete den Kofferraum. Ächzend hob er zwei schwere Koffer auf den Bürgersteig, dann zog er seinen Lodenmantel an. Auch hier in der Regnitz-Stadt war es winterlich kalt. Marianne hatte die Beifahrertür geöffnet. Sie stieg langsam und bedächtig aus dem Wagen. „Brrr, ist das eisig hier, dagegen ist es bei uns in Waldkirchen ja beinahe tropisch warm.“ Sie schüttelte sich verfroren und gähnte verschlafen. Die brünetten Haare standen ihr etwas wirr um den Kopf. Auch sie beeilte sich ihren dicken Daunenmantel anzuziehen. „Komm schon, Marianne, es wird gleich wärmer!“ Kleintaler verschloss den Wagen, ergriff die Koffer, und mit seiner Frau im Schlepptau eilte er auf die Eingangstür des Hotels zu.

Kurze Zeit später fanden sie sich in einem großen, freundlichen Zimmer wieder. Der Kommissar sank auf das breite Doppelbett und stöhnte erleichtert: „So, jetzt kann ich endlich schlafen!“ Wenige Sekunden später erklang nur noch ein leises Schnarchen. Währenddessen nutzte Marianne die Zeit, um sich in einem Kunstführer mit der Weltkulturerbe-Stadt vertraut zu machen. Kleintaler erwachte erfrischt nach einer halben Stunde. „Hab ich jetzt einen Mordshunger. Hoffentlich gibt es hier irgendwo etwas zu essen.“ „Laut Kulturführer gibt es in Bamberg „Klöß mit Soß“ zu jeder Tages- und Nachtzeit“, versicherte ihm sein Eheweib. „Also, dann ziehen wir uns warm an und dann schau mer mal“, zitierte Kleintaler eine ehemalige Fußball-Lichtgestalt.

Es war schon später Nachmittag, die Dämmerung brach an, als die beiden sich in Richtung Altstadt in Bewegung setzten. Ein paar Minuten später kreuzte sich ihr Weg in der Langen Straße mit dem von Gudrun und Urs Binder damals, als diese sich auf dem Weg zur Tiefgarage befunden hatten, um dann in ihren Tod zu rasen. Aber das wusste Kommissar Binder zu diesem Zeitpunkt noch nicht.

Die beiden wandten sich der Altstadt zu und landeten schließlich in der Sandstraße, der Kneipenstraße der Domstadt. In einem kleinen vollbesetzten Lokal, das sich „Kachelofen" nannte, fanden sie an einem Biertisch noch zwei Plätze. Ein freundlicher Kellner in Lederhosen reichte ihnen die Speisekarte und fragte im schönsten Bamberger Dialekt: „Was möchten's denn trinken?" „Zwei Rauchbier, bitte", bestellte der Kommissar für sie beide. Sekunden später stellte der Ober zwei Halblitergläser mit dem fast schwarzen Gerstensaft vor sie hin. „Zum Wohl, hobt ihr scho gwählt?", wollte er ihre Essensbestellung aufnehmen. Kleintaler deutete auf die große Platte am Nebentisch und erkundigte sich: „Was essen denn die da drüben?" „Des is a Bratwurstplatten, aber für zwei Leut", bekam er zur Auskunft. „Das mögen wir auch!", bestätigte er schnell. „Kommt gleich", wurde seine Bestellung registriert. Georg Kleintaler erhob sein Glas und prostete seiner Marianne zu: „Auf einen schönen Urlaub, mein Schatz!" Sie probierten einen Schluck und während der Kommissar anerkennend nickte, verzog seine Frau leicht angewidert der Mund. „Nach dem dritten Gläsla schmeckt's Ihnen auch, gute Frau", bemerkte ein älterer Herr, der neben ihnen saß. Er nickte Marianne aufmunternd zu. „Hoffen wir es", antwortete sie höflich.

Schon Mitte Dezember hatte Georg Kleintaler seiner Frau das Angebot unterbreitet, eine Woche Urlaub in Bamberg zu machen. Marianne war damals sofort Feuer und Flamme für diesen Vorschlag gewesen. Ein paar Tage Urlaub würden ihrer Beziehung bestimmt gut tun, denn in letzter Zeit hatten sie doch recht viel miteinander gestritten. Tatsächlich hatten sie die Weihnachtszeit und die Zeit zwischen den Jahren für viele Diskussionen genutzt und hatten sich wieder versöhnt. Beide wussten, dass sie einander liebten. Nur durfte diese Liebe nicht dem Alltagsstress geopfert werden. Außerdem hatte

Kleintaler seiner Marianne eine neue Küche versprochen – allerdings erst nach der nächsten Gehaltserhöhung. Er hatte ihr aber auch gleichzeitig erklärt, dass er in Bamberg ein wenig außerdienstlich recherchieren wollte und deshalb ein Treffen mit seinem Kollegen Zoelle vereinbart hatte. Die vermutete Ermordung Gabriel Binders hatte er ihr verschwiegen, um sie nicht zu beunruhigen. Schließlich kannte er den ängstlichen Charakter seiner Frau. Kleintaler nahm noch einen tiefen Schluck von seinem Rauchbier. „Mach mir a weng Platz“, der Kellner meldete das frühe Abendessen an. Er stellte eine große Silberplatte vor sie auf den Tisch. „An Gudn“, wünschte er und verschwand. „Das schaut ja fein aus“, stellte Marianne Kleintaler zufrieden fest. Sie machten sich sofort und mit großem Appetit über die vielen unterschiedlichen Bratwürste her, die in einem Sauerkrautbett ruhten, umgeben von Kartoffelbrei und Röstzwiebeln.

Während sie genussvoll aßen, betrachtete Georg Kleintaler liebevoll seine Frau. Für ihre zweiundvierzig Jahre sah sie noch immer gut aus. Sie hatte ein rundes, fast faltenfreies Gesicht, aus dem zwei große braune Augen frech blickten. Ihre brünetten Haare trug sie kurz, was ihr ein schelmisches Aussehen verlieh. Marianne war nicht sehr groß und „gut beieinander“, wie der Volksmund sagt, aber nicht dick. Die Proportionen stimmten. Kleintaler mochte keine dünnen Frauen, und so liebte er seine Marianne mit all ihren vollweiblichen Rundungen. Georg und sie aßen beide gerne. Deshalb dauerte es auch nicht lange, bis die Bratwurstplatte geleert vor ihnen stand. Der Kommissar hatte sich ein drittes Rauchbier bestellt, Marianne zur Verdauungsförderung für sie beide zwei fränkische Zwetschgenwasser. Nach zwei weiteren Schnäpsen bezahlte Kleintaler, wunderte sich über die niedrige Rechnung und versprach wiederzukommen. Als er mit seiner Frau am Arm durch die Altstadt schlenderte, war es 21 Uhr. „Was machen wir denn mit dem angebrochenen Abend?“, fragte er erwartungsvoll. „Wie wäre es denn, wenn du dich mal ausgiebig um deine Frau kümmern würdest. Zeit hätte ich heute Abend.“ Der Kommissar versprach es, und sie eilten ihrem Hotelzimmer zu, ohne noch einen Blick auf die hell beleuchteten Sehenswürigkeiten der historischen Altstadt zu werfen.

Am nächsten Morgen saßen zwei zufriedene, wenn auch noch leicht müde Kleintalers am Frühstückstisch und sahen sich glücklich und neu verliebt in die Augen. „Marianne-Maus, du bist wunderbar." Auch wenn sich der Kommissar dabei die Kaffeetasse neu füllte, klang sein Kompliment aufrichtig. „Danke, mein Schatz, ich habe ja auch einen tollen Liebhaber als Mann", gab sie das Kompliment zurück, während sie ihr Croissant in die Kaffeetasse tunkte und vorsichtig davon abbiss. Sie hatte bei den übrigen Frühstücksgästen beobachtet, dass es hier anscheinend üblich war, die Butterhörnchen im Volksmund „Bamberger Hörnla" genannt, einfach in den Kaffee zu tauchen, und tatsächlich – es schmeckte ausgezeichnet.

„Was machen wir denn heute?" fragte sie ihren Gatten, „Guldur, nix als Guldur", versuchte Kleintaler etwas ungelenk den heimischen Dialekt zu imitieren. „Zuerst schauen wir uns das Alte Rathaus an und dann den Dom, übrigens der einzige in ganz Deutschland mit vier Türmen." „Die müssen hier in Bamberg aber viel Geld haben. Vier Türme. Unser Bayerwalddom hat nur einen und der verschlingt schon Unsummen", gab Marianne kritisch zu bedenken. „Du wirst heute noch vielmehr Gemeinsamkeiten zwischen Bamberg und Waldkirchen kennen lernen, wart's nur ab", versprach ihr Mann. Eine Stunde später begaben sich die beiden auf ihren „Guldur-Dribb".

Vor einer kleinen, mehrgeschossigen Häuserzeile blieben sie stehen. „Das kleine grün gestrichene Fachwerkhaus ist das E.T.A Hoffmann-Haus. Hoffmann war nach Goethe wohl das größte deutsche Genie. Er war Jurist, Dichter und Musiker. Das „A" in seinem Namen hat er in Anerkennung an Amadeus Mozart eingefügt, den er sehr verehrte." Marianne blickte nach oben, und tatsächlich sah es so aus, als ob aus einem der Fenster noch der Dichter persönlich heraus schauen würde. „Weißt du was das Witzige hier in Bamberg ist?", fragte der Kommissar seine Frau. Als sie den Kopf schüttelte, dozierte ihr Mann weiter. Das E.T.A.-Hoffmann-Museum steht am Schillerplatz, und das Karl May-Museum steht in der E.T.A. Hoffmann-Straße." „Sag mal, mein kleiner Klugscheißer, woher weißt du denn das alles?", fragte Marianne bewundernd. „Na ja, ich habe mich etwas eingelesen, damit ich dir auch eine schöne Stadtführung bieten kann", gestand er. „Das ist aber richtig lieb von dir“, erklärte Marianne gerührt. Zur Belohnung gab sie ihm einen dicken Kuss auf den Mund.

Sie schlenderten weiter und befanden sich kurze Zeit später auf einem hölzernen Steg, der über die Regnitz führte. Marianne blieb vor Staunen der Mund offen stehen. Vor ihnen stand das Alte Rathaus. „Das steht ja mitten im Wasser!“, rief Marianne erstaunt aus. „Der Sage nach haben die Bamberger Bürger in der Mitte des 15. Jahrhunderts keine Erlaubnis vom Fürstbischof, welcher der Stadtherr war, erhalten, auf seinem Grund ein Rathaus zu bauen. Deshalb stellten sie es auf eine künstlich errichtete Insel im Fluss.“ „Das kleine Fachwerkgebäude ist wohl noch das erste Rathaus, oder?“, fragte sie ihren Mann. „Ich denke schon. Ich weiß, dass hier einmal das Stadtgefängnis war. So sollte man heute einmal die Verbrecher unterbringen, da würde es sich so mancher überlegen, ob er kriminell wird oder nicht!“ „Sicher“, pflichtete ihm seine Ehefrau bei. „Das Gebäude dahinter ist ja auch wunderschön. Und die Fassadenmalerei erst!“ Marianne war begeistert. „Das ist das barocke Rathaus, das ist Mitte des 18.Jahrhunderts entstanden. Die Fürstbischöfe hatten mitunter die „Bauwut“, wie sie früher sagten. Sie haben Unsummen an Geld in die Stadt gepumpt und wundervolle Prachtbauten erstellt.“

Marianne und Georg gingen weiter in Richtung Dom. „Schosi, schau, da waren wir doch gestern!“, rief Marianne erfreut aus, als sie ihr Lokal vom Vorabend wiedererkannte. „Da gehen wir noch einmal hin, da war es gestern ganz toll“, schwärmte sie, „vor allem auch hinterher.“ Dann stiegen sie die steilen Treppen des „Katzenberges“ hinauf und standen nach zwei Minuten, heftig schnaufend, vor der berühmtesten Kirche der Stadt. „Ja, ist das eine wundervolle Kirche. Gott ist die groß! Ich habe immer gemeint, der Bayerwalddom sei schon eine große Kirche!“

Dann betraten sie den Dom. Im Inneren umfing sie eine heilige Stille. Die Ausstrahlung dieses romanisch-gotischen Bauwerks begann zu wirken. Langsam am Grabmal Papst Clemens II. vorbeischreitend, entdeckten sie die Schönheiten dieser Kirche. Vor einer mächtigen Säule blieben sie stehen. „Schau mal da rauf, Schatz“, flüsterte Georg seiner Frau ins Ohr. Marianne erblickte ein großes Reiterstandbild.

„Das ist der berühmteste Bamberger, der Bamberger Domreiter. Man weiß bis heute nicht, wen dieser junge, schöne König auf dem Pferd darstellt. Man vermutet, es ist der König Stefan von Ungarn." „Welcher denn?", fragte Marianne leise. „Etwa der Ehemann von der Heiligen Gisela?". Georg zog seine Frau hinter die Säule, um ihr leise etwas Nachhilfeunterricht in Geschichte geben zu können.

„Ich habe dir doch heute Morgen gesagt, dass die Verbindungen zwischen Bamberg und unserm Waldkirchen viel enger sind als du meinst. Also, Kaiser Heinrich II. hat, als er noch König war, dafür gesorgt, dass Bamberg ein Bistum wurde, denn die Bischöfe und die Geistlichen waren damals die wichtigsten Beamten, sozusagen die Stützen des Reiches. So wie wir Beamte heute in Bayern. Heinrich wollte Kaiser werden, deshalb hat er sich mit dem Papst in Rom gut gestellt. Eine Bistumsgründung kam da gut an. Außerdem hatte er diese kleine Stadt auf den sieben Hügeln auch deshalb so gern, weil sie ihn ständig an Rom und des Sitz des Papstes erinnerte!" „Und was hat das mit Waldkirchen zu tun?", unterbrach Marianne seinen Redefluss. „Das erkläre ich dir ja gerade", fuhr er ungeduldig fort. „Heinrichs Vater hatte auch noch eine Tochter, und das war die Gisela. Die verheiratete er mit dem jungen Stephan, dem späteren König von Ungarn. Damit Heinrich II., auch der heilige Kaiser genannt, seine Macht nach Südbayern, Österreich und Böhmen ausdehnen konnte, schenkte er dem kleinen Kloster Niedernburg, also unserem Niedernburg, große Ländereien, das sogenannte Abteiland. Er unterstellte es allein dem Reich. Das sollte sich auszahlen, denn als Königin Gisela nach dem Tod ihres Mannes aus Ungarn fliehen musste, fand sie im Kloster Niedernburg Zuflucht. Sie wurde dort Äbtissin und vergrößerte die Bedeutung des Klosters."

Kleintaler war am Ende seiner Ausführungen angekommen. „Soll das heißen", fragte seine Frau nach, dass es das Abteiland und die Besitzungen des Kloster Niedernburg ohne den „Franken-Kaiser" Heinrich II. gar nie nicht gegeben hätte?" „Ja, irgendwie nicht", kam jetzt auch der Kommissar ins Grübeln. „Das hieße ja auch", fuhr Marianne fort, „nein, das kann nicht sein!" Sie schien erschüttert. „Schosi, du, wir feiern doch heuer das 1 000-jährige Jubiläum unseres

„Goldenen Steigs". Das heißt doch, dass es ohne den „Franken-Kaiser" auch unseren geliebten „Goldenen Steig" nicht gegeben hätte?" „Richtig", antwortete ihr Mann mit leichtem Zögern, „denn weißt du, genau am 19. April 1010 schenkte König Heinrich dem Kloster Niedernburg alle Einnahmen aus dem „böhmischen Zoll". Das waren die Einnahmen aus dem Salzhandel auf dem Goldenen Steig. Dadurch ging es mit unserer Region erst so richtig aufwärts. Marianne, du siehst, hätte es den „Franken-Heini" nicht gegeben, wäre Südostbayern immer noch Entwicklungsland." „Schosi – mein Lieber", fragte seine Frau verunsichert, „meinst du, dass unsere Heimatpfleger das alles wissen?"

Nach dieser tiefgreifenden Erkenntnis setzten sie ihren Rundgang durch den Dom fort. Eine halbe Stunde später verließen sie die Kirche und wagten sich, trotz eisiger Temperaturen, in den gegenüber liegenden Rosengarten. „Von hier aus haben wir einen Blick über ganz Bamberg", hatte Georg seiner Frau angekündigt und nicht zu viel versprochen. „Ich habe Hunger", stellte Marianne bei ihrem Blick über die weite Ausdehnung der Weltkulturerbestadt nüchtern fest. „Dann lass uns etwas essen gehen", schlug ihr Mann vor. Bei ihm hatte so viel Kultur auch Magenknurren erzeugt. Sie kehrten der geistlichen Stadt den Rücken und tauchten wenige Minuten später in die Bürgerstadt ein. „Kachelofen" oder „Schlenkerla", was ist dir lieber?", fragte der Kommissar seine Gemahlin. „Schlenkerla", ihre Antwort kam wie aus der Pistole geschossen.

Kaum hatten sie die älteste Rauchbierkneipe der Domstadt betreten und in der alten Gaststube an einem langen Eichentisch Platz gefunden, da standen schon – ungefragt – zwei Halblitergläser schwarzes Rauchbier vor ihnen. „Prost Marianne, jetzt wären wir wieder so weit wie gestern", erhob Georg sein Glas. „Gestern war es sehr schön", flüsterte Marianne und sah ihren Schosi mit einem viel versprechenden Blick ihrer rehbraunen Augen an. „Was isst man denn hier so?" fragte Kleintaler einen neben ihm sitzenden graubärtigen Mann mit kurz geschnittenen, rötlich grauen Haaren und einer Gleitsichtbrille auf der Nase. „A Schäuferla, was sonst", war die kurze Antwort des circa 55-jährigen Mannes, der, als wäre sein Mund nach dieser langen Antwort förmlich ausgetrocknet, sofort einen tiefen Schluck aus seinem Bierglas tat. „Entschuldigen Sie, was ist denn das,“ a Schäuferla“, fragte Kleintaler etwas schüchtern nach. „Guter Mann“, a Schäuferla ist eine gebratene Schweineschulter, also a riesiges Drum Fleisch mit zwei Klöß und einem Wirsching-Gemüse. Und des schmeckt saugut!“ Nach dieser eingehenden Erklärung leerte der wohlgenährte Herr sein noch halb volles Bierglas in einem Zug und bedeutete der Bedienung durch ein Handzeichen, dass er noch ein weiteres Rauchbier wünsche.

Kleintaler, der aus dem Gespräch seines Tischnachbarn mit dessen Gegenüber erfahren hatte, dass es sich bei ihm scheinbar um den Direktor des Bamberger Stadtarchivs handelte, wandte sich wieder an ihn und fragte: „Entschuldigen Sie, ich habe mitbekommen, dass Sie der hiesige Stadtarchivsdirektor sind ...“ „Oh nein, das ist nicht richtig, ich bin der Chef vom Staatsarchiv, das ist etwas anderes“, stellte der Graubärtige sofort richtig. „Aber was möchten Sie denn?“ „Also, Sie kennen sich doch bestimmt in Bamberg gut aus. Ich habe gehört, hier gibt es eine Besonderheit, genannt das „Apfelweibla.“ Wo finde ich denn das?“ „Georg, lass doch den Herrn in Ruhe, bestell lieber unser Essen“, unterbrach ihn Marianne. „Wissens was“, antwortete der Graubärtige, „Sie essen jetzt ihr Schäuferla und ich male Ihnen unterdessen auf, wie sie des „Apfelweibla“ finden, in Ordnung?“ Damit war das Gespräch zunächst zu beiderseitiger Zufriedenheit beendet. Die Kleintalers konnten sich wenige Minuten später in aller Ruhe der fränkischen Spezialität widmen. Zwei Bier und einen Zwetschgenschnaps später schob der Direktor des Staatsarchivs Georg Kleintaler einen kleinen Zettel vor sein Bierglas und erklärte ihm anhand einer kleinen Skizze den Weg zu der gesuchten Sehenswürdigkeit. „Merken Sie sich nur Eisgrube, Hausnummer 14, dann finden Sie das „Apfelweibla“ bestimmt. Der Kommissar nahm den Zettel, bedankte sich und zahlte.

Tatsächlich, kaum eine Viertelstunde später, standen Georg und Marianne Kleintaler vor der genannten Haustür. „Wo ist denn jetzt dein mysteriöses Apfelweib“, fragte Marianne ungeduldig. „Du musst dich bücken und genau hinsehen.“ „Ja ist das goldig. Das ist ja ein

Türknopf! Der schaut ja super aus!", entfuhr es einer begeisterten Marianne. Tatsächlich hatte der zirka zehn Zentimeter große halbrunde Türknauf das Gesicht einer wohlgenährten, pausbackigen Frau mit einer ordentlichen Knollennase. „Schosi, du überrascht mich immer mehr. Woher weißt du, dass es überhaupt ein „Bamberger Apfelweibla" gibt?" „In einem Kulturführer habe ich davon gelesen. Weißt du, wer das „Apfelweibla" das erste Mal erwähnt hat? Das war wieder der E.T.A. Hoffmann in seinem Märchen „Der goldene Topf". So, jetzt gehen wir in unser Hotel zurück, denn ich habe noch eine Überraschung für dich." „Ist es dafür nicht noch etwas zu früh?" fragte Marianne verschmitzt lächelnd. „Nicht das, was du jetzt meinst", antwortete Kleintaler mit gespielter Entrüstung. „Wenn du mir einen Kuss gibst, dann verrate ich sie dir gleich. Marianne nahm ihren Schosi in den Arm und küsste ihn lange und zärtlich, dann blickte sie ihn erwartungsvoll an. „Ich habe für heute Abend zwei Karten für die „Bamberger Symphoniker." „Oh, Schosi, das ist ja ganz fantastisch, da freue ich mich aber. Komm lass uns schnell ins Hotel, ich muss mich ja noch konzertfähig machen", drängte nun sie. Es sollte für die beiden ein unvergesslicher Musikgenuss und ein wunderbarer Abend werden.

„Jetzt ist das Wochenende schon vorbei und wir haben nur noch fünf Tage von unserem Urlaub übrig", jammerte Marianne Kleintaler am nächsten Morgen, als sie sich beim Frühstück wiederum ein „Bamberger Hörnla" in ihren Kaffee tunkte. „Leider hast du recht, aber ich muss wirklich ab Samstag Mittag wieder Dienst schieben. Sieh es halt andersrum: wir haben noch vier Tage und vier Nächte für uns. Das ist doch auch nicht schlecht. Außerdem kannst du heute Vormittag in aller Ruhe „shoppen" gehen, denn ich habe um zehn Uhr ein Treffen mit Hauptkommissar Zoelle", beruhigte Kleintaler seine Frau. „Mit deiner Scheckkarte oder mit meiner", fragte sie frech, erwartete aber keine Antwort von ihrem Gatten. Um Viertel vor zehn Uhr trennten sich ihre Wege.

Während Marianne Kleintaler sich in den Winterschlussverkauf stürzte, fuhr ihr Mann zur Dienststelle der Kriminalpolizei. Hauptinspektor Zoelle hatte sein Büro im ersten Stock. Kleintaler klopfte an und betrat nach einem fröhlichen „Herein“ das Dienstzimmer. Gleich auf den ersten Blick bemerkte er, dass sich alle Polizeidienststellen irgendwie gleichen. Dieses Büro sah aus wie seines, nur dass seines eben nagelneu war. Hauptkommissar Zoelle saß hinter seinem Schreibtisch. Zwei freundlich blickende graue Augen. Grau war die Hauptfarbe an jenem Mitfünfziger. Graue Haare, ein blasses, schmales Gesicht, hellgraues Hemd, dunkelgrauer Pullover. „Nur die Jeans sind blau“, dachte Kleintaler, als Zoelle aufstand und ihm die Hand reichte. „Sie müssen Kommissar Kleintaler aus Waldkirchen sein“, begrüßte er ihn mit tiefer Stimme. Kleintaler schüttelte seine Hand und fragte, ob er sich per Dienstausweis legitimieren sollte, was Zoelle jedoch ablehnte. „Nicht nötig, Herr Kollege, ich kenn ihr Gesicht aus dem Computer. Nehmen Sie bitte Platz!“ Beide Polizisten setzten sich. „Sie kommen wegen des tragischen Unfalls von Urs und Gudrun Binder am 5. Dezember letzten Jahres. Ich erinnere mich genau. Wollen Sie die Akte der Staatsanwaltschaft einsehen, ich habe sie mir kommen lassen. Zoelle holte aus seinem Schreibtischfach eine rosa Kladde mit Aufdruck „Staatsanwaltschaft Bamberg“ heraus und öffnete sie. „Was interessiert sie denn besonders an diesem Unfall?“ „Haben Sie irgendwelche Anzeichen dafür gefunden, dass es kein Unfall gewesen sein könnte?“, stellte Kleintaler die Gegenfrage. „Ich weiß nicht, aber schauen wir uns die Unterlagen doch mal an.“

Zoelle holte einige Fotographien im Din-A4-Format heraus. Er breitete sie vor seinem Kollegen aus. „Nein, nichts Außergewöhnliches, aber sehen Sie selbst.“ Georg Kleintaler betrachtete die Bilder des zerstörten und ausgebrannten Sportwagens. „Die KTU hat keinerlei Manipulationen am Fahrzeug feststellen können. Die Aussagen der Unfallzeugen lassen den Schluss zu, dass Urs Binder bei hoher Geschwindigkeit, ungefähr 160 Stundenkilometer, einen Fahrfehler begangen hat. Er streifte die Mittelleitplanke, wurde zurückgeschleudert – jetzt kommt der tragische Moment – das Auto prallte gegen die Betonwand der Autobahnbrücke. Der Aufprall zerlegte es und ließ es in Flammen aufgehen. Nur ein paar Meter weiter, die beiden wären im Acker gelandet und hätten, zwar schwer verletzt, den Unfall überlebt.“ „Also doch ein Unfall“, murmelte Kleintaler. „Haben Sie etwas anderes erwartet, Herr Kollege?“, fragte nun Zoelle interessiert. „Eigentlich nicht, aber Sie wissen ja, am gleichen Tag und fast zur selben Stunde ist Urs Binders Bruder Gabriel verstorben. Da gibt es nun große Zweifel an dessen natürlichen Tod. Näheres kann ich zu diesem Zeitpunkt noch nicht sagen. Aber was hat denn der Obduktionsbericht über die beiden Unfallopfer ergeben?“ „Lesen Sie selbst, bitte.“ Zoelle reichte Kleintaler zwei mehrseitige Berichte, die dieser aufmerksam zu studieren begann. „Beide waren offensichtlich stark alkoholisiert, Urs Binder hatte 1,27 Promille Alkohol im Blut, seine Frau 1,09 Promille. Sonst sehe ich nichts Auffälliges. Keine Spuren von Drogen. Eine Analyse des Mageninhalts wurde bei beiden nicht vorgenommen?“ „Das schien der Staatsanwaltschaft bei der Eindeutigkeit des Unfalls nicht notwendig, ist aber auch nicht zwingend vorgeschrieben“, stellte Zoelle klar.

„Moment!“, Kleintaler las das Ergebnis der Blutanalyse von Urs Binder noch einmal genau durch. „Hier steht, dass im Blut von Urs Binder Spuren von Nikotin gefunden wurden. Wie erklären Sie sich das, Herr Kollege?“, fragte Kleintaler. „Das ist mir auch aufgefallen, Herr Kleintaler. Vor allem, weil im Blut von Gudrun Binder kein Nikotinrest zu finden war. Ich habe daraufhin unseren Rechtsmediziner angerufen. Er bestätigte die geringe Menge von Nikotin im Blut, die allerdings weit unter einer letalen Konzentration liegt. Er meinte, dass das Unfallopfer kurz vor dem Unglück ein paar Zigaretten oder Zigarillos geraucht hat.“ „Wissen Sie, ob Urs Binder Raucher war?“ „Wir haben nicht nachgeforscht. Wäre das so wichtig für Sie?“, fragte nun Zoelle interessiert. „Es wäre schon interessant das zu wissen. Aber selbst wenn er Nichtraucher war, kann er aus Höflichkeit eine ihm angebotene Zigarette geraucht haben. Selbst wenn er keine Lungenzüge gemacht hat, dringt das Gift über die Schleimhäute in die Blutbahn ein. Wenn, dann müsste man ganz genau wissen, ob er Rauchen gehasst hat. Aber wie will man das herausbekommen?“, stellt Kleintaler etwas resigniert fest, „Urs Binder und seine Frau sind eingeäschert worden.“ „Wir könnten immerhin die Nachbarn fragen“, schlug Zoelle vor. „Im Übrigen, Herr Kollege, wissen Sie was mit der Eigentumswohnung in der Kapuzinerstraße 32 geschehen soll? Wissen Sie wer erbt, oder ob ein Testament vorhanden ist?“ Kleintaler schüttelte der Kopf. „Haben Sie in der Wohnung kein Testament gefunden?“, erkundigte sich Kleintaler. „Das ist nicht unsere Angelegenheit. Der Tod der beiden Verunglückten wurde an das Nachlassgericht gemeldet, die Sache liegt jetzt bei denen. Genauso wie die Wertgegenstände, welche die beiden Toten bei sich hatten. Ich habe also auch keinen Schlüssel zu der Eigentumswohnung“, erklärte der Hauptkommissar. „Schade“, antwortete Kleintaler, „ich hätte schon Lust gehabt mich umzusehen.“ „Wissen Sie was“, schlug Zoelle vor, „wir fahren jetzt mal in die Kapuzinerstraße und hören uns bei den Nachbarn um. Vielleicht gewinnen wir neue Erkenntnisse.“ „Guter Vorschlag, Herr Kollege“, stimmte Kleintaler zu, „mein Auto steht unten auf dem Besucherparkplatz. Lotsen Sie mich durch die Stadt, dann lerne ich Bamberg noch besser kennen.“

Eine knappe halbe Stunde später parkte Kleintaler seinen Wagen in der Kapuzinerstraße vor dem Haus Nummer 32. Gegenüber dem barocken Prachtbau, der erst kürzlich saniert worden war, befand sich das Clavius-Gymnasium, die „Alte Oberrealschule“, wie sie im Volksmund immer noch hieß. „Hier bin ich auch ein Jahr zur Schule gegangen“, teilte Zoelle dem Kollegen mit, „aber mit geringem Erfolg. Ich bin gleich im ersten Schuljahr sitzen geblieben. Dann wechselte ich an das damals neu gebaute Dientzenhofer-Gymnasium. Von da ab hat es mit der gymnasialen Schulbildung einigermaßen geklappt!“ „Sitzen geblieben bin ich nicht, aber dafür habe ich nur Realschulabschluss“, gestand Kleintaler. Zoelle studierte das Messingschild mit den Namen der Mieter oder Eigentümer. Er drückte den Knopf neben dem Namensschild „Badum“, das sich oberhalb des Namensschildes „Binder“ befand und wartete. „Ja bitte?“, meldete sich eine freundliche Frauenstimme. „Frau Badum?“, fragte Zoelle, „Ich bin Kommissar Zoelle von der Bamberger Kriminalpolizei. Mein Kollege und ich möchten Sie bezüglich ihrer verstorbenen Nachbarn Binder etwas fragen.“ Er hatte noch nicht richtig ausgesprochen, schon summte der Türöffner.

Die beiden Beamten stiegen die breite, alte Holztreppe hinauf bis in den zweiten Stock. Hier erwartete Frau Badum die beiden schon an der geöffneten Wohnungstür. „Grüß Gott, Frau Badum“ begann Zoelle das Gespräch, „ich bin Kommissar Zoelle, das ist mein Kollege Kleintaler aus dem Bayerischen Wald.“ Beide zückten wie auf ein Kommando ihre Dienstausweise. Zoelle war in der Tat von der Person, die ihm gegenüber stand, überrascht. Er hatte eine ältere Frau erwartet und sah nun eine äußerst gepflegte Dame, die vermutlich nicht einmal fünf Jahre älter war als er. Frau Badum war mittelgroß, vollschlank und schien eine Vorliebe für die Farbe „rosenholz“ zu haben, vermutlich, weil die einen wunderbaren Kontrast zu ihrem gebräunten Teint bildete. Sie blickte die beiden Beamten mit großen meerblauen Augen an und lächelte freundlich. Sie trug ihre mittelblond getönten Haare straff nach hinten gekämmt, hatte sie zu einem dicken Zopf geflochten, dessen Ende wiederum am Hinterkopf festgesteckt war. Das rosenholzfarbene Kostüm, unter dem sie, Ton in Ton, eine gleichfarbige, leicht dekolletierte Bluse trug, schien ob seiner Eleganz nicht nur das halbe Monatsgehalt eines Polizeikommissars gekostet zu haben, es ließ auch einen üppigen, immer noch straffen Busen erahnen. Ihre Beine steckten in zart schimmernden Nylonstrümpfen, ihre Füße in rosenholzfarbenen Pumps. Sie war dezent geschminkt. „Kommen Sie doch herein, meine Herren“, bat sie die beiden Polizisten, „wir müssen uns doch nicht im Treppenhaus unterhalten. Sie trat zur Seite und die Kommissare betraten den langen, hohen Flur einer luxuriösen Barockwohnung, der geschmackvoll mit wenigen, aber passenden Antiquitäten eingerichtet war. „Sapperlot“, dachte Kleintaler, „da passt aber alles zusammen. Wenn ich an unsere Möbel denke, die fast alle von einem bekannten skandinavischen Hersteller stammen.“ Er verfolgte diesen Gedanken nicht weiter, denn Frau Badum, die mit leichtem Hüftschwung voran gegangen war, bat sie in ein Wohnzimmer, dessen Einrichtung den beiden Beamten die Sprache verschlug. Hier feierte der Jugendstil Auferstehung. „Nehmen Sie doch bitte Platz, meine Herren. Darf ich ihnen etwas zu trinken anbieten?“ Beide Polizisten lehnten dankend ab.

Zoelle ergriff wieder die Initiative. „Frau Badum, Sie wissen ja, dass ihre Nachbarn, Herr und Frau Binder, durch einen tragischen Unfall ums Leben gekommen sind. Wir wollten nun von Ihnen wissen, gnädige Frau, ob sie die beiden etwas näher gekannt haben? Hatten Sie Kontakt zueinander, haben Sie sich ab und zu unterhalten? Wie gut kannten Sie die Binders denn?" Nach erneuter Aufforderung doch Platz zu nehmen, setzten sich Zoelle und Kleintaler auf zwei schmalbeinige, fein gedrechselte Stühle, innerlich betend, dass diese nicht unter ihrem Gewicht zusammenbrechen möchten. Frau Badum nahm zwischen ihnen auf einer zarten Chaiselongue Platz und schlug, ihre schlanken, schönen Beine elegant übereinander. „Das ist ja eine ganz traurige Geschichte, dass die beiden so jung sterben mussten. Das waren zwei so nette, lebenslustige Menschen. Wir haben viel miteinander gelacht. Wissen Sie, ich habe auf ihre Wohnung aufgepasst, wenn sie in Urlaub waren oder einfach nur über das Wochenende weggefahren sind. Das kam schon häufiger vor. Hinterher haben sie mich immer zum Essen eingeladen, denn Herr Binder war nicht nur ein Gourmet, sondern konnte selbst auch ausgezeichnet kochen. Vom Wein verstanden sie beide etwas. Wissen Sie, seit dem Tod meines Mannes, vor sechs Jahren, habe ich ja viel Zeit. Ich habe den Binders gerne geholfen. Das waren ja so liebe Menschen." Zoelle unterbrach ihren Redeschwall etwas abrupt. „Wenn Herr Binder so ein Gourmet war, dann hat er doch nicht nur Essen und Trinken geliebt, sondern auch mal eine gute Zigarre geraucht oder einen Zigarillo", fragte der Hauptkommissar hintersinnig. „Oh nein!" Der Einspruch kam wie aus der Pistole geschossen, „Herr Binder hat Zigarren und alles, was damit zu tun hat, gehasst. Er sagte immer: „Frau Badum, es reicht, wenn einer in meiner Familie diese Stinker liebt." Ich glaube, einer seiner Brüder ist leidenschaftlicher Zigarrenraucher." „Diese Einstellung ist ja auch vernünftig und gesund", mischte sich nun auch Kleintaler in das Gespräch. „Frau Badum, Sie haben doch sicherlich noch einen Schlüssel zu der Wohnung. Wäre es zu viel verlagt, wenn Sie uns die Binder-Wohnung zeigen würden?" „Für zwei so nette Herren von der Kripo tue ich das doch gerne", entgegnete sie und blickte Zoelle mit strahlend blauen Augen an. „Kommen Sie bitte mit." Sie entnahm aus dem Schubfach eines Kirschholzsekretärs einen Schlüssel und forderte die beiden Beamten auf ihr zu folgen.

Sekunden später standen sie in der Wohnung der beiden Verunglückten. Zoelle und Kleintaler entdeckten bei einem Rundgang, der auch eine Geruchsprobe an den Gardinen und Vorhängen mit einschloss, nichts, was darauf schließen ließ, dass Urs Binder jemals in seiner Wohnung geraucht hatte. Nach einer Viertelstunde bedankten sie sich bei Frau Badum und verließen das barocke Wohnhaus. Nachdem Kleintaler seinen Passat aufgeschlossen hatte und sie im Wagen saßen, bemerkte er. „Geraucht hat der Urs Binder sicherlich nicht, aber weiter bringt uns diese Erkenntnis auch nicht." Kleintaler brachte seinen Bamberger Kollegen in dessen Dienstgebäude zurück und bedankte sich für seine Hilfsbereitschaft. „Haben Sie vor, Herr Kollege, etwas wegen dieses Widerspruchs im Fall Binder zu unternehmen?" „Ich sehe keinen Handlungsbedarf", entgegnete Zoelle, denn wie gesagt, der Nikotingehalt im Blut von Urs Binder war gering und garantiert nicht tödlich. Ich darf offiziell gar nicht weiter ermitteln. Aber etwas anderes, Herr Kleintaler, darf ich Sie und Ihre Frau heute Abend zum Essen einladen? Ich bin ja Junggeselle und am Montagabend gehe ich gern ins „Spezi", das ist die Gastwirtschaft „Spezial" in der Oberen Königstraße. Sagen wir um sieben Uhr? Ich reservier uns einen Tisch, ok?" „Gerne", nahm Kleintaler die Einladung an, „meine Frau freut sich sicherlich auch. Also bis um Sieben im „Spezi" und herzlichen Dank".

Kommissar Kleintaler hatte sich gerade auf sein Hotelbett fallen lassen, als sein Handy klingelte. Marianne rief an. „Schosi, ich bin fertig mit „shoppen", hungrig und müde. Ich sitze gleich ums Eck in einem wunderbaren Kaffeehaus, magst du mich abholen kommen? Die haben hier auch ganz tolle Torten!" Zehn Minuten später betrat Kleintaler das Kaffeehaus. Seine Frau saß an einem runden Tisch und winkte ihm beim Eintreten zu. Auf zwei Stühlen hatte sie zahlreiche Einkaufstüten und -taschen deponiert, so dass gerade noch ein Sessel frei war, in den sich der Kommissar sinken ließ. Marianne hatte eine Tasse Kaffee vor sich stehen und nahm, nach einem kleinen Begrüßungskuss, ein Stückchen Torte auf die Kuchengabel und schob es genüsslich in den Mund. „Köstlich, Schosi, einfach nur köstlich.

Das ist eine Cointreau-Torte, ein Gedicht", schwärmte sie verzückt. Kleintaler probierte ein Stückchen, bestellte sich einen Cappuccino. Dann ging er an die Kuchentheke und wählte eine Trüffeltorte aus, der man ansah, dass sie in kein Diätprogramm passen würde. Die Kleintalers genossen die angenehme Ruhe in diesem traditionsreichen Kaffeehaus. Der Kommissar erzählte knapp von seinem Besuch bei Hauptkommissar Zoelle. „Du wirst ihn übrigens heute Abend kennen lernen, denn er hat uns zum Abendessen eingeladen."

Pünktlich um sieben Uhr betraten sie durch das große Holztor des alten Fachwerkhauses die Gaststube des Gasthauses „Spezial", im Volksmund nur „das Spezi" genannt. Es gehört ebenfalls zu den ältesten Braugaststätten der Stadt. Zoelle saß an einem langen Holztisch, an dem außer ihm noch mehr als ein Dutzend anderer Gäste Platz genommen hatten. Das Lokal war gesteckt voll. Zoelle gegenüber waren noch genau zwei Plätze frei. Der Hauptkommissar erhob sich. Kleintaler stellte ihm seine Frau vor, die ihn unverblümt fragte: „Sind abends auch ein paar Bamberger daheim oder gehen die alle ins Wirtshaus?" „A boor scho, Frau Kleindaler, aber ned vill. Wissen's, wir Franggen wir essen und drinken gern, billich is a, also gehmer fodd!" Zoelle sprach eigentlich nur im Dienst Hochdeutsch, privat verfiel er gerne in seinen geliebten Bamberger Dialekt. Als er aber den verständnislosen Blick Marianne Kleintalers bemerkte, wechselte er wieder in die Hochsprache. „Kuni, bring mal drei Bier, bitte", bestellte der Hauptkommissar, „weil das Spezi-Rauchbier ist des beste, was man überhaupt trinken kann!"

Zwei Minuten später standen drei Halblitergläser vor ihnen und sie prosteten sich zu. „Auf einen gemütlichen Abend!" Marianne Kleintaler nahm einen großen Schluck von ihrem Bier und stellte anerkennend fest: „Des ist ja fast besser als des Rauchbier im „Schlenkerla." Auch ihrem Georg schmeckte es, denn sein Glas war schon halb leer. „Wissen Sie, Frau Kleintaler, ich sag immer: Jeder nach seinem Geschmack. Das „Schlenkerla-Bier" mögen die Touristen, das „Spezi-Bier" trinken wir selbst! Aber, was wollen Sie denn essen?", fragte Zoelle, „Denn ohne Essen kann man nichts trinken!" „Was können Sie denn hier empfehlen, Herr Kollege?", schaltete sich nun auch Kleintaler in das Gespräch ein. „Wie wäre es denn mit Bratwürsten?" „Die hatten wir schon gestern Abend", entgegnete Marianne Kleintaler. „Blaue Zipfl?", fragte er Zoelle, „Das ist hier eine Spezialität, die müssen Sie probieren." „Und was ist das – blaue Zipfel?", fragte Marianne nun nach. „Blaue Zipfl sind Bratwürste in Wurzelsud mit viel Zwiebeln, Kren und Brot!", klärte Zoelle sie auf. „Nehmen wir!", entschied nun Kleintaler spontan – und Zoelle bestellte. Eine Viertelstunde später wurde mit der nächsten Runde Bier eine große Porzellanschüssel auf den Tisch gestellt, in der tatsächlich wie von Zoelle beschrieben, in einem Essig-Sud zwölf bläulich schimmernde feine Bamberger Bratwürste schwammen. Dazu gab es frisch geriebenen Meerrettich und Butterbrot. Die Kleintaler probierten vorsichtig, aßen die Spezialität dann aber mit Begeisterung. Nach dem Essen bestellte Kleintaler eine Runde fränkischen Zwetschgenschnaps zur besseren Verdauung, „aber Doppelte", wie er betonte. Als diese vor ihnen standen, hob er sein Glas und sagte: „Ich bin der Georg, meine Frau heißt Marianne. Wollen wir „du" zueinander sagen?" „Ich bin der Manni, prost Marianne, prost Schorsch", nahm Zoelle das Du an. „Sag mal Manni, wie hat dir denn heute die Frau Badum gefallen?" Kleintaler grinste bei der Frage hinterlistig. „Sehr gut, und weißt du was, Schorsch, die ist bloß zwei, drei Jahre älter als ich. Die ruf ich morgen früh gleich noch mal an. Des war schon eine sehr interessante Erscheinung!" „Vor allem oben rum", bestätigte Kleintaler Zoelles Äußerung. „Es sind auch Frauen am Tisch", unterbrach nun Marianne das Männergespräch. „Du, Manni, sag mal, was müssen wir uns als Touristen denn hier in Bamberg sonst noch alles ansehen?" Marianne begann ihren Rest-Urlaub zu planen. Dabei fand sie in Manfred Zoelle den idealen Gesprächspartner, der ihnen in den nächsten zwei Stunden, bei noch vielen Bieren und ein paar „Zwetschger", eine Tour durch Franken entwarf, für die sie mindestens vier Wochen Urlaub benötigt hätten.

Waldkirchen, Samstag, 16. Januar 2010

Kommissar Georg Kleintaler saß in seinem Büro und war übelst gelaunt. Vor seinem Fenster schneite und „wachelte“ es. Seit zwei Tagen fiel unablässig Schnee vom Himmel und ein kräftiger Nordwind pfiff um die Häuserecken, so dass man sich jeden Schritt außer Haus genau überlegte. Kleintaler dachte an die zurückliegende Woche, an Bamberg, an die kahlen, aber faszinierenden Weinberge an der Mainschleife bei Escherndorf, an die prächtige Residenz in Würzburg, an Frankenwein und an seine Marianne, in die er sich in dieser Woche aufs Neue verliebt hatte. Gestern Mittag waren sie bei dichtem Schneetreiben zurückgekommen. Draußen versank Waldkirchen im Schnee. Obwohl es erst vier Uhr am Nachmittag war, dämmerte es schon. Trotz des verkaufsoffenen Samstags, drangen von der Bannholzstraße keine Motorengeräusch zu ihm herüber. Er sah das blaue Licht, das vom ehemaligen Gartenschau-Gelände dünn zu ihm herüber leuchtete. Er langweilte sich. Das konnte ja ein schöner Dienst werden.

Das Klingeln des Telefons weckte ihn aus seiner Lethargie. Der Kommissar hob ab und vernahm am anderen Ende die Stimme von Dr. Winter. „Guten Abend, Herr Kleintaler, ich bin es, Winter, wie geht es Ihnen denn?“ „Ich hatte eine Woche Urlaub, heute ist mein erster Dienst, dazu noch dieses Wetter. Beantwortet das Ihre Frage?“ „Völlig!“, gab Winter zurück, „Wenn bei Ihnen nichts los ist, kann ich dann kurz vorbei schauen?“ „Nichts dagegen, Sie sind herzlich willkommen!“ Kleintaler beendete das Gespräch. Schon fünf Minuten später betrat Dr. Winter sein Büro. Er legte Hut, Schal und Mantel ab, warf alles auf einen freien Stuhl, reichte dem Kommissar die Hand, dann setzte er sich ihm gegenüber. „Sie waren doch in Bamberg, Herr Kleintaler“, eröffnete Winter das Gespräch, „haben Sie Ihren Kollegen von der Bamberger Kripo gesprochen? Haben Sie etwas Neues erfahren?“ Winter platzte förmlich vor Neugier.

„Mein lieber Herr Dr. Winter, alles der Reihe nach. Ich habe eine Neuigkeit für Sie, aber ich weiß nicht, ob sie uns wirklich weiterbringt." Kleintaler berichtete von dem Gespräch mit seinem Kollegen Zoelle und von dem nachgewiesenen Nikotinanteil im Blut von Urs Binder. „Die Menge war gering und nicht tödlich, wie der Rechtsmediziner bestätigt hat. Deshalb bringt uns das nicht weiter." „Oh doch", antwortetet Winter wie aus der Pistole geschossen, „passen Sie auf. Gabriel wurde das Gift, also das Nikotin, oral verabreicht. Ich gehe davon aus, dass es Urs Binder ebenso zugeführt wurde. Das heißt, er muss es in einer Form verabreicht bekommen haben, bei der zunächst nach und nach etwas Gift in die Blutbahn gerät, der Hauptgiftanteil aber dann auf einmal dazukommt und zum Tod führt. Sie kennen doch aus der Werbung die Vitamintabletten, die als Depot-Tabletten bezeichnet werden. Diese geben die Vitamine 24 Stunden lang stufenweise an den Körper ab. Urs Binder hatte, als er starb, den Hauptgiftanteil noch in seinem Magen. Die Menge in der Blutbahn reichte jedoch aus, ihn den tödlichen Fahrfehler begehen zu lassen." „Der Mageninhalt wurde leider nicht untersucht. Urs Binder ist eingeäschert worden. Beweise finden wir bei ihm keine mehr", wandte Kleintaler ein und fuhr fort. „Aber unterstellen wir einmal, dass es so gewesen ist, wie Sie behaupten. Dann wären Urs Binder und seine Frau sowie Gabriel Binder rund 300 Kilometer von einander entfernt mit dem gleichen Gift zur selben Zeit umgebracht worden. Wie soll das denn überhaupt möglich sein?" „Das wäre das zweite Problem, das zu lösen wäre. Ich glaube, dass sich das von selbst erklärt, wenn wir das erste Problem gelöst haben", wandte Winter ein. „Und das wäre?, fragte Kleintaler interessiert. „Wer hat ein Interesse die beiden Brüder umzubringen? Ich sag es einmal so: Wer hat Urs und Gabriel Binder umgebracht und was war das Motiv? Ich gehe einmal davon aus, dass beide vorsätzlich getötet wurden. Ich gehe weiter davon aus, dass Gudrun Binder nur sterben musste, weil sie neben ihrem Mann im Auto saß." Dr. Winter hatte die letzten Sätze scharf und laut hervorgepresst.

Kleintaler dachte nach. Je länger er nachdachte, desto sicherer wurde er, dass Winter recht hatte. Zwar schauderte es ihn vor dem Gedanken, es mit einem Dreifachmord zu tun zu haben, aber insgeheim ging er schon seit der Mitteilung Zoelles davon aus. Es blieb die Frage nach dem Motiv. Wenn sich ihm der Grund für den Dreifachmord erschließen würde, könnte der ihn zum Täter führen. Plötzlich war Kleintaler davon überzeugt, dass er den Täter finden würde.

Laut fragte er Dr. Winter: „Haben Sie auch schon über mögliche Motive nachgedacht?“ „Das schon, aber ich bin noch zu keinem auch nur ansatzweise greifbaren Ergebnis gekommen. Nehmen wir an, es wäre das klassische Motiv der Habgier. Das Vermögen, und davon kann im Fall meines Gabriels gar keine Rede sein, fällt ja an mich. Laut eingetragener Lebenspartnerschaft bin ich allein erbberechtigt. Außerdem hatten wir Testamente in denen wir uns gegenseitig bedacht haben. Und ich hatte gewiss keinen Grund meinen Gabriel umzubringen. Im Fall von Urs und Gudrun Binder bin ich mir nicht sicher, ob und wie viel Vermögen vorhanden ist. Das Nachlassgericht wird das feststellen und die Erbberechtigten benachrichtigen. Das sind zu gleichen Teilen ihre und seine direkten Verwandten. Dafür bringt man doch keinen Menschen um!“, stellte der Kardiologe resigniert fest. „Kann es sein“, fragte nun Kleintaler, „dass jemand die Familie Binder ausrotten möchte?“ „Denkbar ist alles, aber warum jetzt? Was haben Gabriel und Urs jemanden zugefügt, dass dieser zwei solch hinterhältige Verbrechen begeht? „Außerdem, wenn es ein solches Motiv gäbe, wären da nicht auch Raphael und Michael Binder in akuter Lebensgefahr?“ Dr. Winter sah Kleintaler entsetzt an.

„Herr Dr. Winter“, der Kommissar wurde nun reservierter im Ton. „Ich habe ein Problem. Sehen Sie, wir gehen in unserem Gespräch von einem Dreifachmord aus. Ich bin Beamter, ich müsste eigentlich meinen Verdacht an vorgesetzter Stelle äußern. Dann würde die Kripo in Passau, gegebenenfalls die Münchner Kriminalpolizei ermitteln. Auf jeden Fall würde eine Lawine losgetreten werden, mit einem sehr ungewissen Ausgang. Wir haben nur die Analyse des Mageninhalts von Gabriel Binder.“ „Und, ist das etwa nichts?“ Winter wurde lauter. „Ich habe meinen Lebenspartner verloren, meinen geliebten Gabriel. Ich will, dass Sie den oder die Mörder finden. Mir ist völlig wurscht, was Sie tun, nur tun Sie etwas, damit der Fall gelöst wird. Ich will wissen, wer hinter den abscheulichen Verbrechen steckt!“ „Beruhigen Sie sich doch“, Herr Dr. Winter, „ich will und werde den Fall aufklären, das verspreche ich Ihnen. Doch ich brauche Rückendeckung. Denn, stellen Sie sich vor, es gäbe ein neues Opfer und ich hätte so im Alleingang weitergemacht, dann könnte ich nur noch meinen Dienst quittieren, bevor sie mich rausschmeißen würden. Übrigens, wenn Raphael und Michael Binder tatsächlich in Lebensgefahr schweben sollten, dann muss man sie sofort informieren und warnen. Aber das geht nur mit Billigung meines Chefs." Winter wurde wieder ruhiger. „Ist in Ordnung, Herr Kommissar. Informieren Sie Ihren Dienstvorgesetzten. Rufen Sie mich dann bitte an, damit ich weiß, wie sie vorgehen wollen. Vielleicht kann ich Ihnen helfen." Dr. Winter stand auf, zog Hut und Mantel an, warf schwungvoll-elegant seinen Schal um den Hals und verabschiedete sich von Kleintaler. „Entschuldigen Sie bitte, wenn ich etwas aufbrausend war, aber Gabriels Tod hat mich wirklich sehr mitgenommen." Kleintaler erhob sich. „Das kann ich sehr gut verstehen, ich wüsste auch nicht, was ich tun würde, wenn meiner Frau Marianne etwas passieren würde. Ich rufe Sie an."

Als Kommissar Kleintaler wieder alleine in seinem Dienstzimmer saß, griff er zum Telefon und rief bei Hauptkommissar Häusl an, seinem Vorgesetzten. Wider Erwarten wurde schon nach dem dritten Klingeln der Hörer abgehoben. Der Hauptkommissar meldete sich bedächtig mit brummiger Stimme. „Gsteckei, ich bin's der Schosi. Hast du kurz Zeit für mich?", begann Kleintaler. Der Kommissar hatte Johann Häusl mit seinem Spitznamen angeredet. „Aber sicher, was gibt es denn Wichtiges?", Häusls Stimme klang neugierig. „Ich bin im Fall des toten Gabriel Binder auf etwas gestoßen, das ich unbedingt mit dir besprechen möchte. Meinst du, dass du noch kurz in der Dienststelle vorbei kommen kannst?" „Schosi, es ist Samstagnachmittag. Die Sportschau fängt gleich an. Was gibt es denn so Dringendes?", brummte Häusl ablehnend. „Gabriel Binder ist keines natürlichen Todes gestorben. Er ist ermordet worden!" Kleintaler war richtig gehend erleichtert, als dieser Satz heraus war. „Sapperlot, Schosi, weißt du, was du da sagst?!", jetzt klang Häusls Stimme erschüttert. „Ich bin mir ganz sicher, Gsteckei!" „In Ordnung, ich bin in einer Viertelstunde im Büro", verabschiedete sich Häusl.

Es dauerte nicht einmal so lange, bis Kleintaler den Jeep seines Vorgesetzten in den Hof einbiegen sah. Wenige Minuten später polterte er in sein Büro. Er warf sein Baseball-Käppi auf Kleintalers Schreibtisch, schälte sich aus seiner dicken Daunenjacke und warf sich ächzend in den Besuchersessel. Häusl stand wenige Monate vor seiner Pensionierung. Er war im Dienst ergraut. Behutsam strich er sich nun mit der Hand die gewellten Haare glatt. Zwei listige blaue Augen blickten Kleintaler interessiert an. „Schieß los, Schosi, aber von vorne und die ganze Geschichte, bitte", forderte Häusl seinen Beamten auf. Kleintaler erstattete eine halbe Stunde Bericht. Er ließ nichts aus, weder seinen Besuch bei Kommissar Zoelle noch den Verdacht, dass es sich bei dem vorliegenden Fall um einen Dreifachmord handelte. Als er geendet hatte, herrschte Stille im Dienstzimmer. Beide Polizeibeamte hingen ihren Gedanken nach.

Dann beendete Häusl das Schweigen. „Zunächst einmal meine Hochachtung, Schosi, du hast bisher umsichtig und überlegt gehandelt. Wir sind jetzt an einem heiklen Punkt angekommen, an dem wir sehr vorsichtig agieren müssen." Obwohl Häusl aus der „Neuen Welt" stammte, einem Landstrich, der wegen des dort gesprochenen Dialektes bekannt war, sprach er im Dienst Hochdeutsch und benutzte mitunter auch treffende Fremdwörter. Sein wettergegerbtes, faltiges Gesicht strahlte Ruhe und Sicherheit aus, die sich nun auch auf Kleintaler übertrugen. „Du meinst, wir sollten den Fall an die Kollegen von der Passauer Kripo abgeben?", fragte er nun listig seinen Vorgesetzten. Häusls Reaktion hatte er vorausgeahnt. „Ja bist du denn wahnsinnig geworden, Schosi? Diesen Dilettanten sollen wir unseren Fall übertragen. Hast du vergessen, was das für Versager sind?" Häusl sprang wie von der Tarantel gestochen von seinem Stuhl auf und lief gereizt im Zimmer auf und ab. Er gestikulierte wild. „Du weißt, warum ich so fuchsteufelswild bin. Da wird ein ranghoher Passauer Polizist an seiner Wohnungstür niedergestochen und die Kollegen ermitteln, als würde es sich um einen Semmeldiebstahl handeln. Obwohl das Opfer mit dem Täter gerungen hat, wurden seine Fingernägel nicht untersucht. Nicht einmal seine Kleidung wurde nach DNA- oder Faserspuren abgesucht. Aus lauter Angst vor dem eigenen Vorgesetzten haben die sich in die Hosen gemacht. Leute wurden festgenommen, die schon bei ihrer Verhaftung ein Alibi vorweisen konnten. So, und als sie in Passau nicht mehr weiter wussten, haben sie den Fall an das LKA in München abgegeben. Die haben sich dann genauso blamiert. Selbst der Innenminister hat das Versagen zugeben müssen. Heute, ein Jahr später, läuft der Täter immer noch frei rum! Und denen willst du unseren Fall übertragen?“ Häusl war laut geworden und tippte sich nun an die Stirn, über Kleintalers Ansinnen. „Nein, Schosi, den Fall lösen wir selbst! Ich beauftrage dich jetzt offiziell weiter zu ermitteln. Du kannst noch einen Kollegen mit hinzu ziehen, wenn du möchtest. Wichtig ist nun tatsächlich, dass die Binder-Brüder informiert werden, denn es kann sein, dass sie die nächsten Opfer sein sollen. Wichtig ist auch, dass wir nur von einem begründeten Verdacht sprechen. Am besten nur in Bezug auf Gabriel Binder. Wenn das Wort „Dreifachmord“ erst einmal ausgesprochen ist, dann haben wir sofort die Pressemeute auf dem Hals. Was das heißt, brauche ich dir nach dem tragischen Verkehrsunfall im vergangenen Frühjahr wohl nicht mehr auszudeutschen. Wichtig ist, dass du schnellstmöglich ein Motiv für die Morde findest. Vielleicht können dir die Binder-Brüder dabei helfen. Es muss doch einen Grund geben, warum zwei Brüder zur gleichen Zeit umgebracht werden. Lass außerdem deine Kontakte nach Bamberg spielen, denn vielleicht findet sich das Motiv auch im Umfeld von Gudrun Binder. Vom Motiv ausgehend, führt der Weg dann hoffentlich schnell zum Täter. Und jetzt das Wesentliche, Schosi“, Häusl senkte bedeutungsvoll die Stimme, „du kannst nichts verkehrt machen. Die volle Verantwortung trage ich. Du weißt, in einem halben Jahr werde ich pensioniert. Wenn etwas schief gehen sollte, dann beurlauben sie mich halt wegen meiner Senilität und meiner beginnenden Demenz ein paar Monate früher, was soll's!“

Kleintaler hatte nun gehört, was er eigentlich hatte hören wollen. Insgeheim hatte er auch damit gerechnet. „Gsteckei, du hast völlig recht, den Fall an die Passauer Kripo abzugeben, wäre Blödsinn, zumal ich ja schon eingearbeitet bin. Ich brauche auch keinen zweiten Kollegen, denn ein weiterer Mitwisser erhöht das Risiko, dass etwas ungewollt an die Öffentlichkeit dringt. Ich möchte vielmehr die Kontakte von

Dr. Winter zu den Binders nutzen, um an Hintergrundinformationen zu gelangen. Niemand außer uns beiden weiß, dass Winter mit uns zusammenarbeitet. Das kann von Vorteil sein. Ich werde so schnell wie möglich mit Raphael Binder sprechen und zeitgleich Winter auf dessen Bruder Michael ansetzen." „In Ordnung, Schosi, du hast völlig freie Hand, du entscheidest, wie du vorgehen möchtest. Aber informiere mich bitte laufend über den Stand deiner Ermittlungen, damit ich dir Rückendeckung geben kann", bat Johann Häusl seinen Kollegen. „So, und jetzt kann ich mir wohl die restliche „Sportschau" ansehen. Ich wünsche dir noch einen schönen Dienst, servus." Bei den letzten Worten hatte Häusl sich wieder seine Winterjacke angezogen und das Baseball-Käppi auf die widerborstigen Haare gestülpt. Mit einer grüßenden Handbewegung verließ er das Zimmer.

Kommissar Kleintaler blickte hinaus in die Nacht. Im orangefarbenen Licht der Straßenlaterne sah er, dass es noch immer schneite. Der Wind peitschte die dicken Schneeflocken um die Ecken der Polizeistation. Kleintaler erwartete noch einen lebhaften Nachtdienst, denn nach seinen Erfahrungen waren jetzt schon einige Seitenstraßen wegen der Schneeverwehungen nicht mehr passierbar. Bald würden die ersten Lastwagen, welche die Supermärkte entlang der Bannholzstraße versorgten, ebendort hängen bleiben. Dann würde das Diensttelefon im Minutentakt läuten, und er würde das Chaos zu organisieren haben. Bevor es so weit war, beschloss er noch Dr. Winter anzurufen. Der wartete sicher bereits auf das Ergebnis seines Gesprächs mit Hauptkommissar Häusl.

Dr. Winter war wie erwartet zuhause. „Danke, Herr Kommissar, dass Sie mich nicht vergessen haben. Was ist denn bei Ihrem Gespräch herausgekommen? Ist nun die Kripo in Passau für den Fall zuständig?" Kleintaler verneinte. Er setzte Winter kurz und knapp über das Gespräch ins Bild. Er erklärte ihm wie er vorzugehen gedachte und welche Hilfe er von ihm erwartete. „Wir werden uns leider etwas gedulden müssen", wandte der Kardiologe ein, „denn Raphael ist für ein paar Tage mit seiner Schwägerin zum Skifahren in die Alpen gefahren. Auch Michael Binder hat Grainet heute Morgen verlassen.

Er fuhr zu einem Architekten-Kongress nach Frankfurt. Beide werden erst am kommenden Mittwoch wieder zurück sein." „Gut," entgegnete Kleintaler, „dann werde ich mich für den kommenden Donnerstag bei Raphael Binder anmelden. Sind Sie bitte so gut, und reden Sie vor mir mit seinem Bruder Michael. Vergessen Sie nicht, Sie haben nur das Untersuchungsergebnis ihres Labors. Alles andere muss ich ansprechen. Fragen Sie ihn, ob er sich ein Motiv vorstellen kann. Ihnen gegenüber – als Mitglied der Familie – ist er vielleicht aufgeschlossener als mir, einem Polizeibeamten gegenüber, das ist ganz normal." Vielleicht gibt es ein Motiv, das schon lange zurück liegt. Ich rede anschließend mit ihm. Am Donnerstag Abend treffen wir uns um 20 Uhr hier in meinem Büro zu einem Informationsaustausch, ok?" „Geht in Ordnung, Herr Kommissar und noch einen schönen Dienst." Hannes Winter hatte aufgelegt. „Und noch einen schönen Dienst", äffte Kleintaler Winter aber auch Häusl nach. „Und noch einen schönen Dienst!" „Was die sich wohl vorstellen, etwa dass ich mir die ganze Nacht Porno-Hefterl anschaue", dachte er erbost. Aber schon Sekunden später klingelte sein Telefon. Das Schneechaos begann seinen Lauf zu nehmen.

Salzweg, Landkreis Passau, Donnerstag, 21. Januar 2010, früher Nachmittag

„Touri-Wetter", dachte Kommissar Kleintaler, als er sich nach dem fünften Abbiegen endlich auf dem Zubringer nach Passau befand, „blauer Himmel, Sonnenschein, Pulverschnee am Oberfrauenwald, und ich Depp muss arbeiten!" Tatsächlich herrschte Bilderbuchwetter. Nach den ergiebigen Schneefällen vom Wochenende war es kalt geworden. Der „Böhmwind" bestimmte das Wetter. Der Kommissar, der ein leidenschaftlicher Skifahrer war, haderte mit seinem Schicksal. Während seine Frau Marianne die Skipiste am Oberfrauenwald hinab wedelte, musste er nach Salzweg zu Raphael Binder. Er hatte die Auffahrt zur B12 kaum passiert, schon steckte er hinter einem tschechischen Holzlaster, was seine Laune nicht gerade verbesserte. „Jetzt habe ich zumindest Zeit zum Nachdenken", raunzte er, denn an ein Überholen war bei diesem Verkehr, jetzt am frühen Nachmittag, nicht zu denken.

Kleintalers Gedanken schweiften zurück in die Vergangenheit, zurück in die Geschichte des „Goldenen Steigs", für die sich Kleintaler schon seit Schulzeiten sehr interessierte. Hier in der unmittelbaren Nähe muss er sich befunden haben, jener berühmte Handelsweg, der seit dem frühen Mittelalter Passau und Böhmen miteinander verband. Auf Pferden war das „Weiße Gold", das Salz, von der Passauer Innstadt, über die Ilzstadt zunächst bis Salzweg transportiert worden. Zwanzigtausend Tonnen Salz pro Jahr! Der Name des Städtchens stammte aus jener Zeit. Dort waren die Pferde versorgt worden. Zumindest bis ins Jahr 1300, denn dann hatte Waldkirchen das alleinige Niederlagsrecht für das Salz erhalten. Alle Säumer, also die Salztransporteure, die mit je vier Pferden unterwegs waren, mussten den Markt ansteuern. Aufgrund dessen war Waldkirchen reich geworden, denn die Wirtshäuser waren sicher genauso voll gewesen wie die Pferdeställe. Mensch und Tier wollten verpflegt sein. Wie aber mochte es wohl im Winter gewesen sein, wenn tiefer Schnee die Wege unpassierbar machte, wenn die Pferde mit Eisklumpen behangen bis zum Bauch in den Schnee einsanken und nur mit Gewalt weiter getrieben werden konnten, wenn die Säumer selbst die Salzkufen schleppen mussten, um die Tiere zu entlasten. Kleintaler wusste, dass sich die Historiker uneins waren, ob während der Wintermonate überhaupt Salz transportiert wurde. Aber selbst wenn der offizielle Salzhandel ruhte, ein paar „Schwärzer", also illegale Säumer, waren sicher unterwegs gewesen. Als der Kommissar in Salzweg vor dem Haus von Raphael Binder hielt, war er froh, dass er nicht mehr im Mittelalter leben musste.

Er stieg aus, drückte den Klingelknopf, der sich unterhalb des Messingschildes befand, das auf den Hauseigentümer hinwies. Kurz darauf wurde die Eingangstür von einer älteren Frau geöffnete: „Sie wünschen, bitte?" Kleintaler zückte seinen Dienstausweis „Kommissar Kleintaler. Ich habe einen Termin mit Herrn Binder." „Ach, Sie sind das", war die knappe Antwort, „treten Sie bitte näher." Mit einer einladenden Handbewegung bat sie ihn einzutreten. Die Frau nahm ihm Schal und Jacke ab, hängte beides in die Garderobe und führte den Kommissar in ein großräumiges Arbeitszimmer, das auf den ersten Blick den Beruf seines Besitzers erklärte. Vor einer großen Fensterwand stand ein riesiger Zeichentisch, auf dem einige Blaupausen geheftet waren. Sie kamen Kleintaler bekannt vor, erinnerten irgendwie an Freyung. Jedoch konnte er nichts Genaues erkennen. Auf einem Schreibtisch daneben stand ein 22 Zoll Flachbildschirm. Eine Luftbildaufnahme von Waldkirchen diente als Bildschirmschoner. „Hier nimmt aber jemand seinen Beruf sehr ernst," dachte der Kommissar, „in Passau hat er ein großes Architekturbüro, aber zuhause muss er immer noch weiterarbeiten."

In dem Moment, als Kleintaler näher an den Zeichentisch herantreten wollte, öffnete sich eine zweite Tür und Raphael Binder trat ein. „Da hat aber einer schönes Wetter beim Skifahren gehabt", dachte sich der Kommissar bei einem Blick in Binders frisch gebräuntes Gesicht, „oder vielleicht doch nur ein tolles Solarium?" „Guten Tag, Herr Kommissar. Was führt Sie zu mir?" Der Architekt reichte ihm die Hand. „Der Grund meines Besuches ist ein sehr ernster", Kleintaler begann das Gespräch sehr vorsichtig.

„Jetzt machen Sie mich aber neugierig. Vor allem, weil Sie so düster dreinschauen. Aber nehmen Sie doch bitte Platz." Raphael Binder deutete zu einem kleinen Glastisch, um den herum drei lederbezogene Freischwinger-Stühle standen. „Bitte nehmen Sie doch Platz, Herr Kommissar. Darf ich Ihnen etwas zu trinken anbieten, Kaffee vielleicht?" Kleintaler setzte sich und lehnte dankend ab. „Der Anlass meines Besuches hat wirklich einen sehr ernsten Hintergrund, Herr Binder", nahm Kleintaler den Gesprächsfaden wieder auf. „Wir haben den begründeten Verdacht, dass Ihr Bruder Gabriel keines natürlichen Todes gestorben ist." „Wie bitte?", der Architekt, der sich gerade setzen wollte, blickte Kleintaler überrascht an. „Was soll das heißen – keines natürlichen Todes gestorben? Zwei Ärzte haben doch eindeutig Herzversagen als Todesursache erkannt? Und das soll nicht stimmen?" Raphael Binders Überraschung war echt. Kleintalers Neuigkeit hatte ihn wirklich getroffen. „Herr Binder, wir haben den Mageninhalt ihres verstorbenen Bruders analysieren lassen und darin das Gift Nikotin gefunden. Nikotin ist giftiger als Zyankali. Die gefundene Dosis war absolut tödlich." „Großer Gott, heißt das, dass Gabriel vergiftet wurde?"

Kleintaler sah in Raphaels Augen schieres Entsetzen. „Es bleibt noch die Möglichkeit eines Freitodes, aber dafür gibt es überhaupt keinen Anhaltspunkt. Ihr Bruder lebte mit Dr. Winter in einer glücklichen Beziehung, er hatte keine finanziellen Probleme. Es gibt keinen Abschiedsbrief, also nichts, was einen Selbstmord in Betracht kommen lässt. Deshalb gehen wir von Mord aus. Nur leider fehlt uns dafür jedes Motiv." „Haben Sie schon Dr. Winter informiert? Weiß der nichts?", fragte Raphael. „Dr. Winter verdanken wir es, dass wir überhaupt wissen, dass sein Lebensgefährte vergiftet wurde. Er hat das Erbrochene in einem Labor analysieren lassen. Schon allein deshalb steht er außerhalb jeglichen Verdachts. Auch er schließt einen Selbstmord kategorisch aus." „Herr Kommissar, ich würde Ihnen gerne helfen, sagen Sie mir wie?" Raphael Binder sah den Kommissar fragend an. „Wissen Sie, mein Kontakt zu Gabriel war nicht besonders gut. Alle meine Brüder sind ihre eigenen Wege gegangen, jeder von uns hat sein eigenes Leben gelebt, ohne die anderen Brüder groß daran teilnehmen zu lassen. Mein Bruder Michael hat zwar ab und zu noch probiert, Vaters Traum von einer Architekten-Dynastie und einem Jahrhundert-Bauwerk zu realisieren, vielleicht schwärmt er heute noch davon, aber keiner von uns hatte daran wirklich Interesse." „Sagen Sie, Herr Binder, haben Sie in der letzten Zeit irgendetwas Merkwürdiges erlebt? War Ihnen aus unerklärlichen Gründen übel oder sind Sie gar bewusstlos geworden?", hakte Kleintaler nach. Der Architekt schüttelte nachdenklich den Kopf, wandte sich dann abrupt dem Kommissar zu und fragte: „Wollen Sie damit andeuten, Herr Kommissar, dass es jemand auch auf mich abgesehen haben könnte? Das ist doch lächerlich, wer sollte mir denn nach dem Leben trachten? Nein, nichts dergleichen ist passiert."

Raphael Binder wurde plötzlich sehr still und nachdenklich. Dann blickte er den Kommissar unsicher an. „Sagen Sie, sind Urs und Gudrun etwa auch vergiftet worden, Herr Kleintaler?" „Im Blut Ihres Bruders wurde auch das Gift Nikotin gefunden, allerdings in einer sehr geringen Menge, die nicht tödlich war. Im Blut seiner Frau Gudrun fand sich nichts. Bei Ihrem Bruder könnte die Dosis jedoch ausgereicht haben, den Fahrfehler zu begehen, der den beiden zum Verhängnis wurde. Genaueres werden wir wohl nie erfahren." Kleintaler verstummte. „Herr Kommissar, unterstellen Sie etwa, dass jemand versucht, alle Binder-Brüder zu ermorden? Warum?" Der Architekt sah Kleintaler fragend an. „Das würde ich gerne von Ihnen wissen. Wenn Sie mir einen Grund nennen könnten, dann wäre der Fall sicher schnell gelöst." Raphael Binder dachte nach. Nach wenigen Minuten sagte er: „Und wenn ich mein Gehirn noch so martere, es fällt mir kein plausibler Grund ein. Geld scheidet als Motiv aus, denn keiner von uns ist reich. Kann es ein Psychopath sein? Ein Irrer, der meint, dass jemand aus unserer Familie ihm etwas zugefügt hat, was er nun rächen muss? Mein Gott, das wäre ja furchtbar!" Kleintaler nickte schweigend. Raphael Binder sah den Kommissar fragend an: „Wie kann ich mich denn vor so einem kranken Typen schützen? Wissen Sie, ich bin ständig von Menschen umgeben. Auf den Baustellen, bei Besprechungen auf den Ämtern – ich habe ja keine ruhige Minute mehr, wenn ich in ständiger Angst leben muss, dass mir jemand nach dem Leben trachtet. Ich kann kein Glas Wasser mehr trinken, keinen Happen mehr essen, wenn ich daran denke, dass Gift drin sein könnte."

„Sie tun mir leid, Herr Binder", entgegnete Kleintaler mitfühlend, „denn diese Angst wird von nun ab Ihr Begleiter sein. Sie werden mit ihr leben müssen. Zumindest solange, bis wir den Fall gelöst haben. Aber ich bitte Sie, denken Sie weiter nach. Es kann eine Kleinigkeit sein, die uns auf die Spur zu unserem Täter führt. Und dann haben Sie Ihre Ruhe wieder. Bitte rufen Sie mich sofort an, wenn Ihnen etwas einfällt, was uns weiterhelfen könnte." Kleintaler erhob sich und verabschiedete sich von dem Architekten, der einem Häuflein Elend gleich, in seinem Sessel sitzen blieb. Die ältere Frau, die Kleintaler die Tür geöffnet hatte und die, wie er von ihr erfuhr, Raphael Binders Hauswirtschafterin war, brachte ihn hinaus in den sonnigen Winternachmittag.

Etwa zur gleichen Zeit betrat Dr. Winter einen Altbau in der Freyunger Innenstadt, in dem sich Michael Binders Architekturbüro befand. Er stieg die Treppe bis zum Dachgeschoss hinauf, denn einen Fahrstuhl gab es nicht. Er hatte mit dem Architekten kurz nach dessen Rückkehr aus Frankfurt telefoniert und mit ihm ein Treffen für Donnerstagnachmittag vereinbart. Der Kardiologe klingelte. Sekunden später wurde die Tür aufgerissen und der Architekt stand vor ihm. „Herr Dr. Winter, ich grüße Sie, kommen Sie doch herein. Ich freue mich sehr, Sie zu sehen!" Die Begrüßung, so empfand es der Arzt, war zu überschwänglich, als dass er sie für aufrichtig halten konnte. Winter trat ein. Er befand sich in einer Art Vorzimmer, das etwas an die Anmeldung in einer Arztpraxis erinnerte. Michael Binder schloss die Türe. „Lassen Sie mich bitte vorgehen, mein Büro ist gleich hier." Er öffnete eine Glastür und ließ Winter eintreten. Der Arzt staunte nicht schlecht. Zwei Seiten des Raumes, der sich über die gesamte Dachgeschossfläche erstreckte, waren aus Glas und ließen die gleißende Nachmittagsonne herein. Die beiden Wandseiten waren strahlend weiß gestrichen und verstärkten das Sonnenlicht. „Zahnpastaweiß", dachte Winter, dann konnte er ein Lächeln kaum unterdrücken, denn ihm fiel der Spruch seines Nachbarn ein, der sein Haus mit einem neuen Außenanstrich versehen wollte. Befragt nach der Farbe hatte er geantwortet: „I wiar mei Heisl groasgrean owa weißeln." An den Wänden hingen gerahmte Poster, die unterschiedliche Glasbauten zeigten. Glas schien eine Leidenschaft von Michael Winter zu sein.

In der Mitte des Raumes befanden sich zwei zusammengeschobene Schreibtische, auf denen jeweils ein moderner 23-Zoll Flachbildschirm stand. Offensichtlich arbeitete der Architekt mit modernen CAD-Programmen. Rechnerunterstützte Konstruktion oder Computer Aided Design hieß es wohl in der Fachsprache. Mehrere Glasbauten schienen sich auf den Bildschirmen wie von selbst zu verändern Der Arzt hatte davon schon gehört. Ähnliche 3D-Programme wurden auch in der Medizin verwendet. Hannes Winter sog die Luft ein. Zigarrenrauch, er roch aber nicht unangenehm. An der linken Glaswand standen um einen kleinen Glastisch drei schwarze Ledersessel. Dort bot der Architekt dem Arzt Platz an. Auf dem Tisch ruhte in einem großen Kristallaschenbecher eine angerauchte Zigarre mit goldener Bauchbinde. Michael Binder ergriff sie, holte aus seiner Westentasche ein Zigarrenfeuerzeug und rauchte sie an. Eine dicke Rauchwolke umhüllte ihn für kurze Zeit. „Darf ich Ihnen auch eine Zigarre anbieten? Das ist eine „Butera Royal". Sie hat einen wunderbaren Geschmack. Oder möchten Sie etwas trinken?", fragte der Architekt, „Ich muss Sie aber warnen, denn ich habe nur Mineralwasser hier." Winter lehnte beides dankend ab.

„Ich freue mich, dass Sie so schnell Zeit für mich gefunden haben", begann er nun seinerseits das Gespräch, „aber das, was ich zu sagen habe, duldet meines Erachtens auch keinen Aufschub." „Sie machen mich ja richtig neugierig", entgegnete der Architekt und Winter hatte den Eindruck, Ironie aus seinen Worten zu hören. Michael Binder blickte ihn an. Seine dunklen Augen, zusammengekniffen, wirkten hinter den kleinen, dicken Brillengläsern wie zwei kleine schwarze Nadelköpfe. Der Architekt war schwarz gekleidet. Nur die blank rasierte Glatze, die im hellen Licht der einfallenden Wintersonne leuchtete, bildete einen Kontrast zu dieser schwarzen Lichtgestalt, die ihm gegenüber saß. Der Arzt wählte seine Worte mit großer Sorgfalt. „Herr Binder", begann er, „wie Sie wissen, war ich nicht nur der Lebenspartner Ihres verstorbenen Bruders, sondern Gabriel war auch mein Patient. Dass er eine angeborene Herzschwäche hatte, wissen Sie. Als Gabriel nun tot war, habe ich mir große Vorwürfe gemacht. Ich dachte, ich hätte ihn nicht genau genug untersucht, hätte ihm das falsche Medikament verschrieben. Ich hätte ihn zu einem weiteren Spezialisten schicken sollen. Kurz, ich haderte mit meinem vermeintlichen Versagen. Nächtelang konnte ich nicht schlafen, habe seine Krankenakten von vorne nach hinten und von hinten nach vorne gelesen. Aber ich konnte keinen Fehler entdecken." Binder zog an seiner Zigarre. „Aber niemand hat Ihnen einen Fehler unterstellt, Herr Winter." „Lassen Sie mich bitte weiter reden. Nachdem ich zu keinem Ergebnis gekommen war, fiel mir etwas ein. Ich hatte, als Gabriel starb, ihm mit meinem Stofftaschentuch den Mund abgewischt, nachdem er erbrochen hatte. Dieses Tuch hatte ich quasi als Reliquie aufbewahrt. Ich schickte es an ein Labor in München und ließ die Reste seines Mageninhalts analysieren." „Ja und, was ist dabei heraus gekommen?", fragte Michael Binder neugierig. „Das Ergebnis hat mich umgehauen." Winter fixierte das Gesicht seines Gegenüber, als er fortfuhr. „Gabriel wurde mit einer Dosis von circa 90 Milligramm Nikotin vergiftet!" Dem Architekten blieb vor Überraschung der Mund offen.

Langsam legte er seine Zigarre in den Aschenbecher zurück. „Das ist doch, das ist doch nicht möglich! Vergiftet? Mit Nikotin? Geht das überhaupt?" „Aber sicher", erwiderte der Arzt, „Nikotin ist giftiger als Zyankali. Es ist ein Nervengift und es wirkt tödlich, wenn es oral eingenommen wird." „Ja, hat er dann Selbstmord begangen?", fragte Michael Binder, „Aus welchem Grund denn?" „Nein", widersprach Winter, „er hat keinen Selbstmord begangen. Gabriel wurde vergiftet. Er wurde ermordet."

Nach einer kurzen Pause fuhr er fort: „Und das ist auch der Grund meines Besuches. Ich wollte es Ihnen zuerst mitteilen, bevor es die Polizei tut, denn ich habe die Analyseergebnisse selbstverständlich der Waldkirchner Polizei übergeben. Das musste ich tun. Ich will schließlich, dass Gabriels Mörder gefunden wird." Michael Binder war nach dem letzten Satz aufgesprungen. Nervös lief er in seinem Büro hin und her. „Ermordet, sagen Sie, vergiftet, sagen Sie. Ich frage Sie: Wer soll das denn getan haben?" „Eigentlich wollte ich darüber von Ihnen etwas erfahren. Sie sind Gabriels Bruder. Wer könnte ihn denn so gehasst haben, dass er nicht einmal vor einem Mord zurückschreckt?" Winter hatte sich dem Architekten in den Weg gestellt. Er blickte ihn fragend an. Michael Binder hielt dem Blick stand, aber seine Augen funkelten böse. „Woher soll ich so etwas denn wissen? Unser Kontakt war auf das Notwendigste beschränkt. Er führte sein Leben so, wie er es wollte, was ich – entschuldigen Sie bitte – nicht goutierte. Ich wusste nichts Genaues über ihn. Ich glaube, ich kann Ihnen bei der Frage nach einem Motiv nicht weiterhelfen." Die beiden Männer sahen sich feindselig an, ohne dass Winter wusste, woher seine Abneigung gegenüber dem Architekten kam. „Ich danke Ihnen, Herr Winter, dass Sie mich über den gewaltsamen Tod meines Bruders informiert haben. Ich würde Ihnen gerne weiterhelfen, aber ich weiß nicht wie." „Tja, Herr Binder, dann werden wir beide damit weiterleben müssen, dass irgend jemand Gabriel heimtückisch umgebracht hat. Hoffen wir, dass wir den Täter eines Tages seiner gerechten Strafe zuführen können." Michael Binder nickte bedächtig. Dr. Winter verließ das Büro.

Glutrot ging die Abendsonne unter und warf noch ein paar blass-rote Strahlen auf die Anhöhen, die den „Graineter Kessel" umschlossen. Kommissar Kleintaler hatte sich schon als Kind darüber gewundert, warum dieser Ort Grainet, der ebenfalls direkt am „Goldenen Steig" lag, einen so merkwürdigen Namen trug. Viele Touristen wundern sich heute noch darüber. Sein Vater hatte ihm erklärt, dass man sich den Ortsnamen nur im niederbayerischen Dialekt vorstellen müsse. Darin hieße Grainet „Groanat", und der Name sei wiederum abgeleitet von „Kroanawitt", einem Dialektausdruck für Wacholder. Das ist durchaus nahe liegend, denn der Wacholder ist in diesem Kessel hier heimisch. Kleintaler bog gegen 17 Uhr auf den geteerten Privatweg ein, der zu der „Landhaus-Villa" Michael Binders führte. Er hatte nach dem Gespräch mit Raphael Binder dessen Bruder angerufen und sein Kommen angekündigt.

Als er an der schweren Eingangstür klingelte, dachte er kurz an seinen ersten Besuch Anfang Dezember zurück, als er der Familie die beiden Todesnachrichten hatte überbringen müssen. Wie vor wenigen Wochen, erschien auch heute wieder das hübsche Gesicht von Katharina Binder in dem kleinen vergitterten Ausguckkästchen. Sie erkannte den Kleintaler sofort, öffnete die Eingangstür. „Guten Abend, Herr Kommissar, kommen Sie doch herein." Während sie die Türe hinter ihm schloss, erklärte sie ihm: „Mein Vater ist noch nicht zurück. Er hat angerufen, dass er in einer Viertelstunde kommen wird. Aber meine Mutter ist zuhause." So, als wäre dies ihr Stichwort gewesen, erschien in diesem Augenblick Waltraut Binder in der Glastür, die ins Wohnzimmer führte. „Treten Sie doch näher, Herr Kommissar, vorerst müssen Sie noch mit mir vorlieb nehmen, aber mein Mann kommt gleich!" „Von „vorlieb nehmen" kann gar keine Rede sein, Frau Binder. Im Gegenteil, es ist mir ein Vergnügen, einer so schönen Frau Gesellschaft leisten zu dürfen." Kleintaler war selbst überrascht, welche Worte da aus ihm hervorsprudelten. Sicherlich lag es an dem bezaubernden Aussehen der Gastgeberin. Dunkelgrüne, hautenge Jeans und ein hellgrüner, enger Rollkragenpullover brachten genau das an Waltraut Binders Figur voll zur Geltung, was Kleintaler schon bei seinem ersten Besuch an ihr bewundert hatte. Ihre feuerrote, lockige Löwenmähne bestätigte noch einmal seinen ersten Eindruck. „Das ist eine scharfe Rote!" Sie lächelte ihn aus ihren dunkelgrünen Augen verschmitzt an: „Danke für das nette Kompliment, Herr Kommissar." Kleintaler erkannte, dass ihr der Skiurlaub mit Raphael Binder gut getan hatte, denn ihr sanft gebräunter Teint sowie die lustigen Sommersprossen auf Nase und Wange ließen sie jung und begehrenswert aussehen.

Der Kommissar nahm im Wohnzimmer in dem selben schwarzen Ledersessel Platz, in dem er bei seinem ersten Besuch gesessen hatte. Waltraut Binder servierte Kaffee und setzte sich ihm gegenüber. Sie schlug die langen Beine übereinander. Kleintaler sah auf ihre grünen Lederpumps. „Sie waren beim Skifahren?", begann er die Konversation. „Wo genau sind Sie denn gewesen?" „In Dienten am Hochkönig. Mein Schwager besitzt dort eine Ferienwohnung. Da mein Mann nach Frankfurt zu einem Kongress gefahren ist, dachte ich mir, fährst du zum Skifahren. Fahren Sie auch Ski?" „Ja, leidenschaftlich, aber leider lässt mir mein Beruf mit dem vielen Schichtdienst kaum Zeit dafür." Kleintaler bemerkte, dass er zu jammern begann. Er änderte den Tonfall und fragte: „Ihrem Aussehen nach zu urteilen, hatten Sie schönes Wetter." „Oh ja", Waltraut Binders Blick verklärte sich, „fast nur Sonnenschein. Wissen Sie, Raphael ist auf der Piste nicht kaputt zu kriegen, und da habe ich ihn nachmittags alleine fahren lassen. Ich habe es mir in einem Liegestuhl auf der Sonnenterrasse bequem gemacht." Kleintaler nickte neidvoll. Er hörte die Haustüre sperren. Kurz darauf erschien Michael Binder im Wohnzimmer. „Welche Laus ist denn dem über die Leber gelaufen?", dachte der Kommissar, als er den Architekten erblickte, der schlecht gelaunt und unfreundlich dreinschaute.

Bei der knappen Begrüßung bemerkte Kleintaler einen starken Zigarrengeruch an ihm. Es war ihm neu, dass Michael Binder Zigarrenraucher war. „Oh, dann ist ja das der „Stinker", von dem Frau Badum gesprochen hat. „Guten Abend, Herr Kommissar, ich kann mir denken, weshalb Sie kommen!", begrüßte ihn der Architekt. Für Kleintaler wurde Binders Arroganz förmlich greifbar. „So", fragte seine Frau erstaunt, „woher willst du denn den Grund kennen, weshalb Herr Kleintaler hier ist?" Der Architekt beachtete sie nicht. Er schenkte sich an der Hausbar zwei Fingerbreit Cognac ein, drehte sich um und blickte Kleintaler fragend an. „Sie auch?" Der Kommissar schüttelte des Kopf. Den obligatorischen Satz der Fernseh-Kommissare: „Ich bin im Dienst", sparte er sich.

Michael Binder nahm im Sessel neben ihm Platz. Er sah seine Frau aus kalten Augen an. Dann erklärte er besserwissend: „Winter war heute Nachmittag bei mir. Er hat erklärt, dass mein Bruder Gabriel angeblich mit Nikotin vergiftet wurde. Stimmt das, Herr Kommissar?" Bevor Kleintaler antworten konnte, rief seine Frau entsetzt: „Was, Gabriel wurde vergiftet? Das ist ja fürchterlich. Wieso mit Nikotin? Gabriel hat doch überhaupt nicht geraucht." „Dummkopf", herrschte Michael seine Frau an, „Nikotin ist ein Gift, das kannst du auch schlucken. Dann wirkt es besonders tödlich!" Kleintaler war überrascht über den rüden Umgangston, den Michael Binder seiner Frau gegenüber pflegte. Waltraut schüttelte gekränkt ihre Locken, antwortete aber nicht. „Oh, da kriselt es aber stark“, dachte der Kommissar, laut erklärte er: „Es stimmt, im Mageninhalt Ihres Bruders befanden sich rund 90 Milligramm Nikotin. Er hat das Gift geschluckt. Das heißt, dass Gabriel Binder offensichtlich ermordet wurde. Ich bin beauftragt, die Ermittlungen zu leiten. Deshalb frage ich Sie beide: Können Sie sich vorstellen, wer einen Grund gehabt haben könnte Gabriel umzubringen?“ „Mein Schwager war ein herzensguter Kerl, der keiner Fliege etwas zu leide tun konnte“, bemerkte Waltraut Binder. „Er war in seinem Beruf nicht sehr erfolgreich. Alternatives Bauen, dafür finden Sie im Bayerischen Wald nur wenig Interessierte. Er hat sich dann auf Projekte wie Waldfriedhöfe, Solarparks und ähnliches verlegt. Deshalb bringt man doch niemanden um.“

„Suchen Sie in der Schwulen Szene“, warf Michael Binder nun laut und zornig ein, „dort werden Sie Motiv und Täter finden, da bin ich mir sicher!“ „Ach, geh zu!“, Waltraut fuhr ihrem Mann scharf über den Mund. „Nur weil du ihm nie verziehen hast, dass er schwul ist, muss der Täter nicht auch gleich ein Schwuler sein! Michael kann ja deshalb auch den Winter nicht leiden, obwohl er nicht nur ein sympathischer Mann, sondern auch ein hervorragender Arzt ist.“ „Ich glaube, Ihre Frau hat recht. Das Motiv muss etwas anderes sein“, warf Kleintaler ein. Er wählte seine Worte jetzt sehr überlegt. Er sah Michael Binder an, dessen Augen wütend funkelten. „Es gibt nämlich noch etwas, wovon ich Sie unterrichten muss. Im Blut des verunglückten Urs Binder hat sich ebenfalls das Gift Nikotin nachweisen lassen, allerdings in einer nicht tödlichen Dosis.“

Es war totenstill geworden im Wohnzimmer der Familie Binder. „Wir gehen davon aus“, fuhr der Kommissar fort, „dass es möglicherweise einen Zusammenhang zwischen den beiden Todesfällen gibt. Wenn wir den beiden Fällen ein gemeinsames Motiv zugrunde legen, kann es sein, dass auch Sie und Ihr Bruder Raphael in Gefahr sind. Auch Ihre Familie ist nicht sicher. Denken Sie deshalb bitte nach, Herr Binder! Gibt es jemanden, der Ihnen nach dem Leben trachten könnte? Gibt es vielleicht in ihrer Familiengeschichte etwas, das uns zu einem Motiv oder einem Täter führen könnte?" „Um Gottes Willen, Michael denk nach!", rief Waltraut. „Es geht auch um das Leben von Katharina, verdammt noch mal, denk nach!" Michael Binder schüttelte den Kopf. „Ich zermartere mir schon mein Gehirn, aber mir fällt wirklich nichts ein. Wenn es so ist, Herr Kleintaler, wie Sie es unterstellen, dann muss es sich um einen Irren handeln. Um einen Psychopathen. Das kann auch jemand sein, dem die „Waldkirchner-Kreuzung" nicht gefällt, und der uns Architekten dafür verantwortlich macht!" „Herrgott, lass deine geschmacklosen Witze! Es geht um unser aller Leben, da hört sich die Witzelei auf", fauchte Waltraut ihn erbost an. „So abwegig ist der Gedanke Ihres Mannes gar nicht", wandte nun der Kommissar ein, „denn wenn es sich um einen Psychopathen handelt, dann ist es wahrscheinlich, dass sein Antriebsmotiv leider nur in seiner Vorstellungswelt existiert!" „Dann sei Gott uns gnädig", flüsterte Waltraut erschüttert. „Ich glaube, Herr Kommissar, dass Sie sich täuschen", warf Michael Binder ein. „Ihre These kann nicht stimmen. Denn sehen Sie, wie sollte jemand zwei Mordanschläge zur gleichen Zeit begehen, wenn die Tatorte ein paar hundert Kilometer auseinander liegen? Ich rate Ihnen, suchen Sie Gabriels Täter in seinem Umfeld. Urs und Gudrun sind bei einem Verkehrsunfall ums Leben gekommen, da bin ich mir ganz sicher. Herr Kommissar, ich kann mir sogar vorstellen, dass im Fall meines Bruders Gabriel sich der Mörder – wenn es denn überhaupt Mord war – sehr schnell finden lässt. Wer hat denn freien Zugang zu Giften? Vermutlich doch wohl Ärzte? Mehr will ich nicht sagen, aber forschen Sie einmal in dieser Richtung nach." Michael Binders Stimme hatte bei den letzten Worten bestimmend geklungen. „So, und jetzt will ich mir nach diesem Schreck eine gute Zigarre gönnen."

Damit schien dieser Teil des Gesprächs für ihn beendet zu sein. Er erhob sich und öffnete an der rechten Wandseite eine schmale, dunkelbraune Glastür. „Kommen Sie ruhig mit, Herr Kommissar, das ist mein begehbarer Humidor. Ich zeige Ihnen ein paar meiner Kostbarkeiten. Kommen Sie, treten Sie schnell ein, damit sich das Raumklima nicht verändert. Der Architekt wirkte wie verwandelt. Seine Augen leuchteten, von der schlechten Laune war nichts mehr zu spüren.

Kleintaler folgte ihm in einen etwa vier Quadratmeter großen Raum, in dem es herrlich nach Zedernholz und Tabak duftete. Schon mit dem Öffnen der Tür war das Deckenlicht angegangen und der Kommissar sah vier schmale, wandhohe Glasschränke, die mit offenen und geschlossenen Zigarrenschachteln bestückt waren. Er sah Zigarren unterschiedlicher Länge, Dicke und Farbe. Kleintaler war angetan von der ruhigen, sinnlichen Atmosphäre, die hier herrschte. Der Architekt öffnete eine Schranktür und entnahm ihr zwei merkwürdig geformte Zigarren. Eine davon hielt er dem Kommissar hin. „Sehen Sie, das ist eine „Cuaba Tradicionale", eine wunderbar milde Zigarre, die sehr altmodisch aussieht. Das Mundstück ist schmal, der Bauch etwas dicker, dann läuft sie eng zusammen. Sie sieht aus wie ein U-Boot. Probieren Sie ruhig. So etwas Feines haben Sie noch nie geraucht." Kleintaler nahm sie andächtig in die Hand. Er musterte Michael Binder interessiert. Seine Augen leuchteten enthusiastisch, er schien wie verwandelt. Dann holte er ein längliches, holzbeschlagenes Gerät aus einem kleinen Schubfach. Ein Zigarrenabschneider, wie er erklärte. „Wissen Sie, bei Zigarren liebe ich es traditionell. Ich hasse diese Zigarrenguillotinen, die mehr zerstören als sie nutzen. Dieser alte Abschneider löst ein V-ähnliches Teilchen aus dem Mundstück und lässt die Zigarre ganz." Er schnitt seine „Cuaba" an, zeigte Kleintaler den V-Abschnitt und bearbeitete dessen Zigarre ebenso. „Kommen Sie, geraucht wird draußen!"

Bei diesen Worten verließen sie den Humidor und betraten durch eine Glasschiebetür den Wintergarten, der den Kommissar erneut in Erstaunen versetzte. Der gläserne Raum war groß und mit schweren Teakholzmöbeln ausgestattet. An vier Roll-Kleiderständern hingen dicke Büschel von braunen Blättern in zwei unterschiedlichen Höhen. In dem Raum roch es wunderbar nach Tabak. Michael Binder bot dem Kommissar Platz an. Er entzündete mit einem langen Streichholz seine Zigarre und reichte die Zündholzschachtel dem Beamten, der etwas umständlich seine „Cuaba Tradicionale" in Brand setzte. Die Zigarre roch aromatisch, sie schmeckte leicht und mild. „Was ist das, was hier hängt", fragte Kleintaler neugierig. „Das sind Tabakblätter, die ich zum Trocknen aufgehängt habe."

Kleintaler war etwas verwirrt. „Stellen Sie ihre Zigarren denn etwa selbst her, Herr Binder?“, fragte er überrascht. „Die, die Sie gerade rauchen, natürlich nicht. Aber so rund einhundert Stück rolle ich mir schon selbst. Schauen sie mich nicht so ungläubig an, Herr Kleintaler, die Sache ist viel einfacher als Sie denken. Sehen Sie, ich bin ein Zigarrennarr, mich interessiert alles, was mit Zigarren zu tun hat. Wie Sie vielleicht wissen, gibt es in Perlesreut eine Zigarrenfabrik, und die ist rund einhundert Jahre alt. Da waren einst mal fast zweihundert Menschen beschäftigt. Und die Inhaber waren sehr sozial eingestellt. Die hatten einen eigenen Kindergarten und eine Suppenküche gestiftet. Aber ich schweife vom Thema ab. Ich kenne den Firmeninhaber recht gut, deshalb durfte ich vor zwei Jahren einmal eine Woche in dem Betrieb mitarbeiten. Dabei habe ich das Zigarrenrollen von der Pike auf gelernt.“ Aus Michael Binders Augen sprühten Funken der Begeisterung. So enthusiastisch hatte Kleintaler den Architekten noch nie erlebt. „Mein verstorbener Bruder Urs lebte ja in Franken. In der Nähe von Nürnberg wird heute noch Tabak angebaut. Da hat er mir einfach Tabakpflanzen mitgebracht. Das, was sie hier sehen, ist die zweite Ernte.“

Michael Binder begann zu einem weiteren kleinen Vortrag auszuholen. Kleintaler genoss seine Zigarre, deren Rauch sich weich auf den Gaumen legte und deren Aroma den gesamten Wintergarten füllte. „Wenn Sie sich ihre Zigarre von vorne betrachten, dann sehen sie an der Struktur der Asche, dass eine handgerollte Zigarre aus drei Teilen besteht. Das fein gefaltete Innere nennt man die „Einlage“. Die dafür verwendeten, exakt aufeinander abgestimmten Tabake, garantieren Duft und Geschmack. Diese „Einlagen“ werden in Zedernholzformen gepresst und dann mit dem „Umblatt“, der ersten Ummantelung gerollt. Damit wäre die Zigarre eigentlich fertig. Aber dann kommt noch das „Deckblatt“ hinzu, quasi der Anzug der Zigarre. Es verrät dem Kenner, um welche Sorte es sich handelt.“ Kleintaler hatte aufmerksam Binders Worten gelauscht und sich dabei die Struktur seiner herrlichen kubanischen Zigarre betrachtet. Er hatte jedes von dem Architekten angesprochene Teil wiedererkennen können.

Der Kommissar fragte interessiert nach. „Sagen Sie, Herr Binder, das klingt ja alles ganz einfach, aber zu der Herstellung von Zigarren benötigt man doch sicherlich auch Chemikalien. Ich denke dabei an Aromastoffe oder Geschmacksverstärker, also alles, was eine Zigarre besser duften und schmecken lässt." „Wo denken Sie denn hin, Herr Kommissar!", brauste der Architekt auf, „Sie glauben doch nicht allen Ernstes, dass ich mir meine Zigarren selbst verunreinige!" Michael Binder schüttelte verständnislos den Kopf. „Aber Tabak enthält doch Nikotin, ein Gift", bohrte Kleintaler nach, „wie bekommen Sie denn das aus dem Tabak heraus." Das erfolgt über die Lagerung der Tabakblätter!" Kleintaler blickte seinen Gegenüber unsicher an. „Die Tabakblätter", fuhr Binder fort, „werden nach der Ernte hier aufgeschichtet, gelagert und langsam getrocknet. Bei dieser natürlichen Reifung werden Teer und Nikotin auf natürliche Weise abgebaut".

Kleintaler schwieg. Er hatte viel über Michael Binders Hobby erfahren. Er legte nun seine halb gerauchte Zigarre in den Aschenbecher, dann verabschiedete er sich von dem Architekten. „Herr Binder, danke für die Zigarren-Nachhilfe. Denken Sie aber bitte noch einmal über unser eingangs geführtes Gespräch nach. Ein kleiner Hinweis kann uns nicht nur den Weg zu einem möglichen Motiv, sondern darüber hinaus den Weg zum Mörder ihres Bruders weisen. Bitte, nehmen Sie meinen Verdacht nicht auf die leichte Schulter." „Ich werde mir das alles noch einmal durch den Kopf gehen lassen", versprach der Architekt. „Sie finden den Weg?" „Ja, danke."

Kleintaler wollte gerade die Eingangstür öffnen, als Waltraut Binder die breite Holztreppe herab kam und leise rief: „Einen Augenblick bitte noch, Herr Kommissar!" Kleintaler blieb stehen. „Sie haben vorhin gesagt, dass mein Mann und sogar Katharina und ich in Gefahr seien könnten. Stimmt das wirklich? Ich bitte Sie, sagen Sie mir die Wahrheit. Ich habe vor allem Angst um meine Tochter!" Waltraut Binder standen die Tränen in den Augen, ihre Worte klangen flehend. Kleintaler hatte Mitleid mit ihr. Er versuchte sie ein wenig zu beruhigen. „Frau Binder, wenn ich ehrlich bin, muss ich gestehen, dass wir außer dem toxikologischen Gutachten nichts Greifbares in Händen haben. Wir wissen definitiv, dass Gabriel Binder an dem Gift gestorben ist. Ob er es selbst eingenommen hat, woher es stammt oder ob jemand ihn vergiftet hat, das wissen wir nicht. Wenn aber meine Hypothese stimmt, dass auch Urs Binder vergiftet wurde, dann kann es sein, dass ein Dreifachmörder frei herumläuft und vielleicht noch weitere Morde begehen wird." Waltraut Binder schluchzte laut auf. „Das heißt, wir müssen von nun an in dieser Ungewissheit einer drohenden Gefahr leben." „Leider ja, aber Ihrem Mann scheint das noch nicht so ganz klar geworden zu sein", wandte Kleintaler ein. „Ach wissen Sie, er hat Gabriel wegen seiner sexuellen Neigung verachtet. Er hasst Homosexuelle und ihn überkommt Ekel, wenn er mit Menschen wie Dr. Winter reden muss. Ich glaube, er kann gar nichts dafür, dass er so denkt. Ich vermute, das hat ihm sein Vater, der große Karl Binder, so eingetrichtert. Und was der einst so gesagt hat, ist für Michael heute noch das „Vaterunser". „Kopf hoch, Frau Binder", versuchte Kleintaler sie etwas zu trösten, „vielleicht hilft uns der berühmte „Kommissar Zufall"."

Kleintaler verließ die Villa. Er fuhr nach Waldkirchen zurück, wo er sich pünktlich um 20 Uhr in seinem Büro mit Dr. Winter zu einem Gedankenaustausch traf. „Tja, weit bin ich heute wohl nicht gekommen", zog der Arzt Bilanz, nachdem er Kleintaler ausführlich von seinem Gespräch mit Raphael Binder berichtet hatte. „Zwar wirkte Gabriels Bruder nach dem Gespräch recht mitgenommen, aber ein Motiv für den Mord an seinem Bruder konnte er mir nicht nennen." „So weit bin ich bei seinem Bruder gar nicht gekommen." Der Kommissar fasste das Ergebnis seines Gesprächs kurz zusammen. „Michael Binder meint, dass – wenn man Selbstmord unbedingt ausschließen will – der Täter in dem direkten Umfeld Gabriels zu finden sein wird." „Ach ja, er verdächtigt also mich oder jemanden aus der Schwulenszene. Das ist typisch Michael Binder, er hat Gabriel verachtet, nur weil er eben nicht hetero war. Jeder Schwule ist seiner Ansicht nach auch ein verachtenswertes Individuum. Nur gut, dass der Mann keine Vorurteile hat!" „Fassen wir mal zusammen, was wir überhaupt wissen", forderte Kleintaler den Kardiologen auf. „Gabriel Binder wurde mit Nikotin vergiftet. Wussten Sie eigentlich, dass sein

Bruder Michael leidenschaftlicher Zigarrenraucher ist?" „Ja schon, denn in seinem Büro roch es übel nach Rauch und ein Stumpen lag im Aschenbecher, den er dann weiter geraucht hat." „Er rollt sich seine Zigarren sogar selbst. Den Tabak hat er von seinem Bruder Urs bekommen. Sein Wissen hat er sich in Perlesreut geholt, in der dortigen Zigarrenfabrik", erläuterte Kleintaler. „Er weiß sehr viel über Tabak und über die Herstellung von Zigarren." „Wer so viel weiß, ist der nicht auch in der Lage, aus der Pflanze das Nikotin zu gewinnen?", warf Winter aufgeregt ein. „Ich bin mir da nicht so sicher, denn es ist ein schwieriges Verfahren", entgegnete Kleintaler „Woher wissen Sie das denn, Herr Kommissar?", fragte Winter verblüfft. „Ich habe einen Bekannten angerufen, der Chemiker am Gymnasium ist, und der hat es mir genau erklärt. Ich habe es mir aufgeschrieben." „Jetzt schießen Sie mal los, das interessiert mich auch." Kleintaler holte ein Blatt Papier aus seinen Unterlagen, reichte es dem Arzt und bat ihn: „Ach lesen Sie doch selbst." Winter vertiefte sich in die Angaben, las, wie es schien, mehrmals, dann schnaufte er tief durch. „Das ist wirklich ein kompliziertes Verfahren." „Wie ich gesagt habe", entgegnete der Kommissar. „Sagen Sie, Herr Dr. Winter, ist es nicht einfacher, das fertige Gift in der Apotheke zu kaufen. Das ist doch für einen Arzt bestimmt nicht sehr schwer? Als Arzt kommt man doch leicht an Gifte heran, oder?"

„Überhaupt nicht leicht! Sehen Sie, Opiate oder andere starke Schmerz- und Betäubungsmittel zu bekommen, ist nicht so schwierig, weil sie in der Behandlung von Kranken eine Rolle spielen. Nikotin ist eher für Laborzwecke wichtig. Deshalb kann man nicht einfach ein Fläschchen dieses Giftes beim Apotheker bestellen." „Ach so, das ist einsichtig", bemerkte Kleintaler und fuhr nach kurzem Zögern fort, „erinnern Sie sich bitte noch einmal. War damals, als Sie sich mit Gabriel an der Glühweinbude getroffen haben, irgend jemand neben ihm gestanden? Jemand, der ihm etwas in seinen Glühwein hätte schütten können? Oder haben Sie ihre Getränke für einen kurzen Augenblick aus den Augen gelassen?" „Eigentlich nicht, nur …! Verdammt, das fällt mir erst jetzt wieder ein. Gabriel ging kurz zu einem Abfalleimer, um ein Bonbon-Papierchen wegzuwerfen. In der

Zeit habe ich bei unserer zweiten Runde Glühwein meine volle Tasse mit seiner fast leeren vertauscht." „Ja, warum erzählen Sie mir das denn erst jetzt, Herr Dr. Winter? Das wirft ja ein ganz neues Licht auf den Fall!", antwortete Kleintaler aufgeregt. „Ja warum denn?", fragte der Arzt ganz verdattert. „Stellen Sie sich vor, wenn der Giftanschlag nun Ihnen gegolten hat?" „Aber wer sollte mich denn umbringen wollen?", fragte Winter kopfschüttelnd. „Möglicherweise ein Patient, der sich an Ihnen rächen wollte?", gab Kleintaler zu bedenken. „Möglich, aber es stand wirklich niemand an unserem Tisch. Außerdem, wie hätte das Ganze denn vor sich gehen sollen?" „Ich weiß es nicht. Weit und breit kein Motiv erkennbar. Keine Zeugen. Nur Ihr Gutachten. Ich setze meine Hoffnung auf den „Kommissar Zufall" Wir müssen abwarten, ob sich in den nächsten Wochen etwas ereignet, was uns weiter bringt." „Und wenn nicht, was dann?", fragte der Arzt. „Dann bleibt uns immer noch das LKA!"

Und es geht schon wieder los ....

Grainet, Bayerischer Wald, Donnerstag, 25. Februar 2010

Waltraut Binder saß morgens um 10 Uhr in ihrem Arbeitszimmer. Sie blätterte in einem Möbelkatalog. Seit Januar arbeitete sie als Partnerin ihres Schwagers und Geliebten Raphael Binder. Ihr Ehemann hatte ihr kurz nach dem Heiligen Abend das geforderte Geld aus ihrem Erbe überwiesen. Die Hälfte davon war als Einlage an Raphaels Sozietät gegangen. Nach Unterzeichnung der Verträge war sie nun Teilhaberin an Raphael Binders Architekturbüro. Das restliche Geld hatte sie gut angelegt. Sie bezog monatlich ein noch geringes, aber eigenes Einkommen, das ihr Sicherheit gab. Ihr Verhältnis zu Michael war in den letzten Wochen immer distanzierter geworden. Er verbrachte sehr viel Zeit in seinem Büro in Freyung, kam häufig nachts nicht nach Hause. Die Arbeit wachse ihm über den Kopf, sagte er. Sie glaubte ihm nicht. Waltraut selbst arbeitete an zwei Tagen in Raphaels Büro in Passau. Die Planung für das Projekt „Universität Freyung" lief auf vollen Touren. Raphael wollte nicht unvorbereitet sein, wenn aus dem Gerücht Wahrheit wurde. Selten blieb Waltraut über Nacht bei ihm in Salzweg, denn sie wollte Katharina noch so lange wie möglich das Bild einer „normalen" Familie erhalten, obwohl sie wusste, dass dieser Zustand langfristig unhaltbar war. Sie konnte und wollte nicht vergessen, was an dem vergangenen Heiligen Abend passiert war. Alles in ihr schrie nach Rache, auch wenn ihr noch nicht ganz klar war, wie sie sich rächen konnte. Außerdem war da noch immer die Ungewissheit mit der Perlenkette. Zwar hatte sie damals bei dem Passauer Juwelier nachgeforscht, jedoch nur in Erfahrung gebracht, dass dieser gar keine solch teuren Perlen führte. Aber vermutlich steckte hinter dieser Aussage des Geschäftsführers ebenfalls ihr Ehemann. Waltraut Binder markierte in dem Katalog Bestellnummern, als sie das gelbe Fahrzeug des Postboten in den Hof rollen sah. Kurze Zeit später klappte der Briefkasten. Waltraut verließ ihren Schreibtisch, um die Post zu holen. Nachdem sie die Werbung aussortiert hatte, blieben noch sieben Briefe übrig. Sie legte vier davon auf den Schreibtisch im Arbeitszimmer ihres Mannes. Die übrigen öffnete sie. Eine Passauer Boutique schickte ihr eine Einladung für eine Frühjahrsmodenschau. In einem Freyunger Landgasthof fand eine Weinprobe statt. Der dritte Brief war eigentlich an Michael Binder gerichtet. „Miles & More" lautete der Absender und Waltraut ahnte zu wissen, dass sich darin die Prämienmeilen-Abrechnung von American Airlines befinden würde. Da sie diese Unterlagen für Katharina, sich und ihren Mann verwaltete, hatte Michael noch nie daran Anstoß genommen, dass sie diese Briefe öffnete. Sie faltete das Blatt „Ihre Kontoübersicht" auseinander. Ihr Blick fiel auf die letzte Zeile „Ihr neuer Kontostand: 27 496. Ihr alter Kontostand: 1 000". „Ganz schön viele Meilen!" Sie las die Kurzbeschreibung und glaubte ihren Augen nicht zu trauen. „16.10. München-Frankfurt; 16.10. Frankfurt-Singapur; 17.10. Singapur-Brisbane; 30.10. Brisbane-Singapur; 31.10. Singapur-Frankfurt; 31.10. Frankfurt-München." „Aber das ist doch unmöglich! Der Kongress war doch in Florida und nicht in Brisbane. Was hat der Kerl denn in Australien gemacht? Nein, das muss ein Irrtum sein."

Waltraut griff nach dem Telefonhörer und wählte die Service-Nummer der Miles & More Gesellschaft. Nachdem sie sich mehrfach den Johann Strauß Walzer „An der schönen blauen Donau" angehört hatte, meldete sich eine freundliche weibliche Stimme. Waltraut Binder gab ihr die Kundennummer ihres Mannes durch und fragte: „Sagen Sie, hier muss es sich doch um ein Missverständnis handeln. Mein Mann ist am 16.10 mit American Airlines nach Miami geflogen. Sie aber schreiben die Prämienmeilen für einen Flug nach Australien gut." Die weibliche Stimme antwortete beflissen: „Frau Binder, laut meines Computers hat alles seine Ordnung. Wir haben von American Airlines Hin- und Rückflug von Michael Binder nach Brisbane Australien übermittelt bekommen. Wenn da ein Fehler passiert ist, dann nicht bei uns, sondern bei der Fluggesellschaft. Da müssten Sie sich an American Airlines selbst wenden. Waltraut bedankte sich und legte auf. Wenige Minuten später wählte sie die Dienstnummer ihrer Freundin Irene Nigl, die am Münchner Flughafen arbeitete. „American Airlines, Irene Nigl, guten Tag." „Irene, ich bin's, Waltraut, Waltraut Binder." „Ja servus, Waltraut, wie geht es dir denn?", fragte ihre Freundin. „Du Irene, du musst mir unbedingt helfen, ich habe gerade die Miles & More-Abrechnung bekommen und da scheint was nicht zu stimmen." „Langsam Schätzchen, wir hatten gestern Faschings-Kehraus. Ich kann noch gar nicht klar denken. Was ist denn los?" Waltraut gab Irene die AA-Kundennummer ihres Mannes durch und schilderte, jetzt etwas langsamer, ihr Problem. Nach einer kurzen Recherche antwortete Irene ihrer Freundin: „Du Waltraut, das ist alles in Ordnung, Michael ist am 16.Oktober nach Brisbane geflogen und am 31. von dort zurückgekommen." „Aber Irene, erinnere dich doch, ich habe einen Flug nach Florida, genauer gesagt, nach Miami gebucht. Und zwar bei dir!" „Stimmt, du hast recht. Dann muss aber Michael entweder hier am Schalter oder vorher telefonisch umgebucht haben. Warte mal, ich schau in unseren Computer, ob ich noch Näheres finden kann."

Nach kurzer Zeit meldete sie sich wieder. „Waltraut, es ist so wie vermutet. Er hat hier am Schalter umgebucht. Aber warum hat er dir nichts davon gesagt, dass er nach Australien und nicht nach Florida geflogen ist?" „Das, Irene, möchte ich auch gerne wissen. Vielleicht kannst du mir dabei helfen." „Und wie bitte, soll das gehen, Waltraut?" „Sag mal, hast du Zugriff zu der Passagierliste dieses Fluges?" „Wir haben hier so etwas wie Datenschutz, aber für meine Freundin tue ich, was ich kann. Da die Umbuchung innerhalb unserer Gesellschaft abgewickelt wurde, müsste ich noch nachschauen können. Warte mal eine Sekunde .... So, ich hab den Flug. Richtig, hier ist er ja, Michael Binder, Germany, Passport number ... , ausgestellt: Landkreis Freyung-Grafenau. Er hatte Seat number 17B, Economy class. Dein Mann ist am 16. Oktober über Singapur nach Australien geflogen." „Sag mal", bohrte Waltraut nun nach, „kannst du mir sagen, wer 17A hatte?" „Waltraut, warum interessiert dich das denn so brennend? Meinst du, Michael ist nicht alleine geflogen?" „Weißt du, Irene, seit ich Michael kenne, besteht er beim Fliegen auf den Fensterplatz A. Aber ausgerechnet auf einem Langstreckenflug lässt er sich mit Platz

B abspeisen? Garantiert nicht. Der hätte auf den Putz gehauen und lautstark auf einem anderen A-Platz bestanden." „Na dann schaun wir mal, wer auf 17A saß." Neugierde klang in Irenes Stimme mit. „Ach du dicker Hund, Waltraut, ich glaube, du hast Recht. Sie ist 34 Jahre alt, ihr Passport ist ebenfalls im Landkreis Freyung-Grafenau ausgestellt und sie heißt Eva-Maria Moser." Waltraut schüttelte den Kopf. „Nein, diesen Namen habe ich noch nicht gehört. Danke Irene, du bist ein Schatz, lass dich bei mir bald wieder blicken, denn du hast ein Abendessen frei."

Sie hatte Mühe, das Gespräch zu beenden, denn Wut und Abscheu würgten wie ein Kloß in ihrem Hals. "Schau an, dieses Schwein fliegt mit einem anderen Weib nach Australien. Vermutlich war auch sie es, die an Weihnachten die teuren Tahiti-Perlen bekommen hatte." Waltraut war überrascht, dass nur Wut und nicht Eifersucht sie erbeben ließ. „Mein lieber Michael, meine Rache wird über dich kommen. Keine ruhige Minute wirst du mehr haben und den Traum vom Glück mit diesem Miststück werde ich dir zerstören." Waltraut beruhigte sich langsam wieder. „Aber warum ist er mit ihr ausgerechnet nach Australien geflogen? Um vor der „Neuen" anzugeben, sie ins Bett zu bekommen? Ok, das sah ihm ähnlich. Andererseits, Michael war geizig. Warum also sollte er viel Geld ausgeben, wenn er das Gleiche bei einem Liebes-Urlaub nach Mallorca auch bekam? Was wollte er in Brisbane? Ich werde dir schon auf die Schliche kommen. Waltraut dachte angestrengt nach, kam aber zu keiner plausiblen Erklärung. Dann schlug sie das Telefonbuch auf und fand eine Eva-Maria Moser, die in der Säumerstraße in Freyung wohnte.

Waldkirchen, Donnerstag, 4. März 2010

Kommissar Kleintaler hatte um sieben Uhr seinen Dienst begonnen und las nun, kurz vor acht, noch immer die Tageszeitung. Der Waldkirchener Lokalteil war mit nur zwei Seiten dünner also sonst, was darauf schließen ließ, dass in den letzten zwei Tagen wenig in der Stadt passiert war. Der Kaninchenzuchtverein hatte einen neuen Vorstand, das Dach der Stadtpfarrkirche war endlich dicht, und im Gymnasium fand am Abend das „Literarische Café" statt. Das alles interessierte ihn herzlich wenig. Nur der rückblickenden Berichterstattung über die Olympischen Spiele, die zu Ende gegangen waren, widmete er größere Aufmerksamkeit. Er goss sich gerade eine weitere Tasse Kaffee ein, als das Telefon klingelte. „Polizeistation Waldkirchen, Kleintaler, Guten Morgen", meldete er sich vorschriftsmäßig. „Ja hallo, Schorsch, hier ist der Manni aus Bamberg. Wie geht es dir denn?" „Morgen, Manni, schlecht wäre geprahlt. Aber was verschafft mir die Ehre deines Anrufs? Willst du mir mitteilen, dass in Franken schon der Frühling ausgebrochen ist?" „Nein, nein, hier ist es auch noch saukalt. Aber ich bin gestern zufällig auf etwas gestoßen, das dir vielleicht helfen kann. Oder hast du deinen Mordfall schon gelöst?" „Ach, Manni, ich bin weiter von einer Lösung entfernt, als je zuvor. Aber was willst du mir denn Wichtiges mitteilen?" „Hast du etwas Zeit, denn ich muss mit meiner Geschichte weit ausholen?" „Zeit so viel du willst. Bei uns herrscht noch immer tiefster Winter, da fällt erfahrungsgemäß nicht viel Arbeit an. Also erzähl schon!"

„Schorsch, du erinnerst dich doch noch an die Frau Badum, die Nachbarin von Urs und Gudrun Binder, die wir besucht haben?" „Aber sicher doch, so eine toll aussehende Frau werde ich doch nicht vergessen." „Ich bin am nächsten Tag noch mal zu ihr gefahren und habe sie unter einem Vorwand noch einmal befragt. Sie ist tatsächlich nur drei Jahre älter als ich und seit sechs Jahren verwitwet. Sie arbeitet halbtags in einem Antiquitäten-Geschäft. Dort habe ich sie dann zwei Tage später besucht und eine meiner alten Taschenuhren von ihr schätzen lassen. Na ja und dann hat sie zu mir gesagt: „Wenn Sie möchten, Herr Kommissar, dass wir heute Abend miteinander essen gehen, ich hätte Zeit und würde mich freuen. Und, um es kurz zu machen, Rosi und ich sind ein Paar. Ich eingefleischter Junggeselle habe gar nicht geahnt, was mir da alles bisher entgangen ist. Aber das hole ich jetzt nach. Rosi lässt dich übrigens schön grüßen". „Danke, Manni, das ist ja toll. Ich wünsche euch beiden viel Glück. Das muss ich heute Abend gleich Marianne erzählen, mein Gott, wird die sich freuen. Weißt du was, kommt uns doch einfach mal besuchen. Platz haben wir genug. Eine ganze Ferienwohnung steht euch zur Verfügung. Aber mal Hand aufs Herz, das ist doch nur der halbe Grund für deinen Anruf."

„Richtig Schorsch. Gestern Nachmittag waren Rosi und ich spazieren. Es war bitterkalt. Ich hole zwei Eukalyptusbonbons aus meiner Manteltasche und biete Rosi eines an. Igitt, ruft sie aus, ich hasse diese Dinger. Du kommst mir schon fast so vor wie mein Nachbar Urs Binder, der hat die auch andauernd gelutscht. Plötzlich schlägt sie sich mit der Hand vor die Stirn und ruft: „Manfred, das hätte ich ja fast völlig vergessen." Und als ich nachfrage, was sie denn vergessen hat, antwortet sie. „Zwei Tage vor dem Unfall habe ich für Herrn Binder ein kleines Päckchen in Empfang genommen. Die Binders waren nicht zu Hause, deshalb hat es der Postbote bei mir gelassen. Es war kein Absender drauf. Abends habe ich dann bei ihnen geläutet und es Urs Binder, gegeben. Er hat gelacht, sich bedankt und gesagt: „Das sind sicher Bonbons, die kommen aus meiner Heimat." Das ist es mir jetzt wieder eingefallen." „Schorsch, ich bin am selben Abend noch in die Wohnung der Verunglückten gegangen, um nachzusehen, ob ich die Verpackung noch finde, wegen der Handschrift, aber Fehlanzeige. Vermutlich ist sie schon am nächsten Morgen in der Papiertonne gelandet. Ich hoffe, der Hinweis hilft dir weiter." „Danke, Manni. Ich kann zwar momentan damit noch nicht viel anfangen, denn der Begriff „Heimat" ist etwas vage, aber ich werde ihn bei meinen Befragungen berücksichtigen. Übrigens, bei uns findet heuer am 11. April die Eröffnungsfeier für das Jubiläum „1 000 Jahre Goldener Steig" statt. Wenn ihr wollt, dann seid ihr herzlich dazu eingeladen. Marianne und ich würden uns sehr freuen." „Schorsch, lös du mal deinen Mordfall, ich rede mit Rosi. Aber im Vorab schon danke für die Einladung. Liebe Grüße an Marianne und noch einen ruhigen Dienst, servus."

Kleintaler legte auf. Er begann zu grübeln. Noch einmal holte er das toxikologische Gutachten aus seinen Unterlagen und las es aufmerksam durch. „Sapperlot, des ist der Hammer! Die haben doch tatsächlich Spuren von Eukalyptusöl in seinem Mageninhalt gefunden. Könnte das die Verbindung zwischen den beiden Fällen sein?" Er rief Raphael Binder an. Nach langem Klingeln wurde endlich der Hörer abgenommen. Der Architekt meldete sich, er war außer Atem. „Was gibt es denn so Dringendes?" „Entschuldigen Sie, Herr Binder, Kleintaler hier. Ich hoffe, ich habe Sie nicht geweckt. Ich habe nur eine Frage." „Geweckt nicht, aber unter der Dusche hervorgeholt. Fragen Sie!" „Herr Binder, Ihre Brüder Urs und Gabriel haben doch leidenschaftlich Eukalyptusbonbons gelutscht. Hatten die eine Lieblingsmarke oder war ihnen die Marke egal, Hauptsache Eukalyptusbonbons?" „Aber von wegen! Für uns alle gibt es nur eine Marke „Karl Moors Echte, die mit dem weichen Kern." „Danke, Herr Binder das war es schon."

Der Kommissar legte den Hörer auf und zog sich seine dicke Daunenjacke an. Er rannte in den Hof. Er startete seinen alten Passat und fuhr die Bannholzstraße hinauf. Dort hatte vor kurzem ein Supermarkt neu eröffnet. Kleintaler reihte sich in die Autoschlange ein und wartete, bis ein Parkplatz frei wurde. „Die spinnen doch, die Waldkirchener", dachte er, „nur wegen ein paar Sonderangeboten herrscht hier Belagerungszustand. Als nach einer Viertelstunde immer noch kein Parkplatz frei geworden war, stellte er einfach den Motor seines Wagens ab und stieg aus. Sicherheitshalber legte er noch seine Polizeimütze auf das Armaturenbrett. Dann rannte er in den Supermarkt, wandte sich gleich links zur Kasse, wo er richtigerweise die Süßigkeiten vermutete. Er nahm sich eine Packung „Karl Moors Echte" aus dem Wandständer und drängte sich an der Kasse vor. „Ich bin im Dienst, ich hab's eilig!", waren seine Worte, die es ihm ermöglichten die lange Schlange der anstehenden Kunden hinter sich zu lassen. Er gab der Kassiererin den Betrag passend in die Hand und rannte zu seinem Wagen zurück. Hinter seinem Passat hatte sich eine lange Reihe wartender, hupender und drohender Autofahrer gebildet, die er erst durch das Herumzeigen seiner Dienstmütze beruhigen konnte. Kleintaler startete den Wagen und fuhr schleunigst in sein Büro zurück.

Dort öffnete er die Packung „Karl Moors Echte" und wickelte ein Eukalyptusbonbon aus. Er holte sein Taschenmesser" aus der Hosentasche und zerschnitt eines der braun-grünen Bonbons genau in der Mitte. Eine zähe, nach Eukalyptus, Menthol und Spitzwegerich riechende, braune, sirupähnliche Masse wurde sichtbar. Kleintaler kratzte etwas davon heraus und leckte daran. „Schmeckt nicht schlecht. Sehr natürlich, scheint alles Bio zu sein. Die Brüder haben wirklich einen guten Geschmack." Kleintaler wickelte ein weiteres Bonbon aus. „Wie bringt man diese Masse in die feste Zuckerhülle? Das würde mich sehr interessieren." Er griff zum Telefon und rief seinen alten Freund Max an, der Konditor in Freyung war und auch Patisseriewaren herstellte. Max war selbst am Telefon. Kleintaler fiel gleich mit der Tür ins Haus. „Max, servus, du ich habe eine Frage. Du stellst doch auch Konfekt her. Sag mal, wie kriegt man denn eine zähe Füllung in die feste Zuckerhülle eines Bonbons?" „Bei Bonbons, mit einem weichen Kern, wird zuerst der Zuckerrohling hergestellt, anschließend wird wie bei einem Krapfen die Füllung hineingepresst und dann wird der Rohling mit Zucker verschweißt. Aber Schosi, hast du im Dienst nichts zu tun, dass du jetzt schon Bonbons herstellen möchtest? Naja, Beamter müsste man sein!", spottete der Zuckerbäcker. „Ist schon gut, Max, danke für die Auskunft und bis bald auf einen Kaffee bei dir!"

Nachdem Kleintaler aufgelegt hatte, holte er sich eine Lupe aus dem Schreibtisch. Tatsächlich, Max hatte Recht gehabt. Unter dem Vergrößerungsglas konnte er deutlich den kleinen runden Zuckerpfropfen erkennen, mit dem das Bonbon zugeschweißt worden war. Er nahm eine Büroklammer vom Schreibtisch, bog sie auf und versuchte mit der Spitze den Zuckerpfropfen zu durchstechen. Das misslang. Der Pfropfen war zu hart. Kleintaler experimentierte weiter. Er nahm ein Feuerzeug aus seiner Jackentasche und brachte mit der Flamme die Spitze der Büroklammer zum Glühen. Dann stach er erneut in den Pfropfen – und siehe da, die heiße Büroklammer glitt ohne größeren Kraftaufwand bis zum weichen Kern des Bonbons vor. Der Kommissar zog die Büroklammer heraus und betrachtete sich die braune klebrige Masse. „So könnte es gewesen sein!", stellte er nachdenklich fest.

Er rief erneut Raphael Binder an. Als dieser den Hörer abnahm, meldete sich der Kommissar: „Entschuldigen Sie, Herr Binder, wenn ich noch einmal störe, aber ich habe noch eine Frage." Was gibt es denn noch?", fragte Raphael Binder mürrisch. „Haben Sie, Herr Binder, Ihrem Bruder Urs drei Tage vor seinem Unfall, also so um den zweiten oder dritten Dezember herum Eukalyptusbonbons geschickt?" „Nein, Herr Kommissar, ich habe ihm im November zu St. Martin welche geschickt. Urs liebte den „Pelzermertl-Tag", wie er als „Franke" immer sagte. Da bekam er dann auch immer Eukalyptusbonbons von mir." „Danke, Herr Binder, das wär's schon gewesen, einen schönen Tag noch." Kleintaler legte auf, um dann sofort die Nummer des Architekturbüros Michael Binder in Freyung zu wählen. Schon nach dem dritten Klingelton nahm Michael Binder ab. Ihm stellte Kleintaler die gleiche Frage. „Nein, Herr Kommissar, ich habe meinem Bruder Urs Anfang Dezember keine Bonbons geschickt, obwohl er die Dinger genauso liebte wie ich." Kleintaler bedankte sich. Sicherheitshalber fragte er noch bei Waltraut Binder nach, erhielt aber ebenfalls eine negative Auskunft.

Freyung, einen Tag später

Waltraut Binder saß wartend in ihrem schwarzen Auto. Von der Freyunger Stadtpfarrkirche hallte der Klang der Glocken herüber. Es war 17 Uhr. Sie beobachtete die Eingangstür zum Notariat Kremsreiter & Kremsreiter, denn dort war Eva-Maria Moser als Notariatsgehilfin tätig. Das hatte sie noch am gleichen Tag von ihrer Freundin Marlene erfahren, die ein Friseurgeschäft in Freyung betrieb. Von nun ab wollte sie wissen, ob und mit wem Michael sie betrog. Und vor allem – wie lange ging das schon? Deshalb hatte sie zunächst auch sämtliche Kontoauszüge des letzten Jahres überprüft, war aber auf nichts Außergewöhnliches gestoßen. Das besagte letztlich nicht viel, denn sie wusste, das Michael immer über einige tausend Euro an Schwarzgeld verfügte. Er war somit in der Lage, auch teure Geschenke oder einen Flug nach Australien, ohne Kontospuren zu hinterlassen, finanzieren zu können. Auch die Tahiti-Perlen waren „schwarz" bezahlt worden. Waltraut musste unwillkürlich bei dem Gedanken lächeln, ob sie deshalb wohl „schwarze Perlen" hießen. Michael hatte die Quittung für den Schmuck nur leichtsinnigerweise herumliegen lassen, seinen Fehler aber gleich wieder bereinigt. Nachdem Waltraut hier nicht weiter gekommen war, hatte sie Michaels Email-Korrespondenz überprüft. Auch das war nicht besonders schwer gewesen, denn ihr Ehemann neigte zu wenig Phantasie beim Erfinden von Passwörtern. Leider Fehlanzeige. Von dem Computer in seinem Arbeitszimmer war keine einzige Email an eine Adresse verschickt worden, die sie in Verbindung mit Eva-Maria Moser gebracht hätte. Aber auch das besagte noch nichts, denn Michael hatte ja auch einen Rechner mit Internet-Zugang in seinem Büro stehen. Dort verbrachte er ja mittlerweile – nach eigenen Angaben – die meiste Zeit. Zuhause ließ er sich immer seltener blicken.

Schließlich hatte Waltraut Kontakt mit Michaels Handyanbieter aufgenommen. Sie hatte der Sachbearbeiterin vorgegaukelt, dass die Handy-Rechnungen in den letzten Monaten immer höher geworden wären und sie ihre Tochter im Verdachte hätte, sich heimlich Vaters

Handy auszuborgen. Drei Tage später hatte sie einen schriftlichen Nachweis über seine gesamten Handyverbindungen des letzten halben Jahres in Händen gehalten. Eine Nummer war täglich mehrfach angewählt worden. Als Waltraut diese anwählte, hatte sich eine dynamische Frauenstimme mit „Moser" gemeldet. Das war für Waltraut der Beweis gewesen, dass Michael seit mindestens einem halben Jahr ein Verhältnis mit diesem Flittchen hatte. Waltraut kochte erneut vor Wut. War etwa Michaels Gewaltausbruch am Heiligen Abend inszeniert gewesen? Hatte er einen Grund provoziert, um nicht mit ihr, sondern mit seiner Geliebten diesen Abend verbringen zu können? Wenn es so gewesen wäre, dann hätte paradoxerweise genau diese Inszenierung dazu geführt, dass sie und Raphael sich näher gekommen waren. In ihm hatte sie nun einen starken Rückhalt.

Waltraut hatte später begonnen, über ihre Freyunger Kontakte Näheres über Eva-Maria Moser zu erfahren. Sie war 36 Jahre alt, also über zwanzig Jahre jünger als Michael. Sie war sehr sportlich, joggte täglich, spielte im Sommer Tennis, fuhr Mountain-Bike und liebte im Winter den Skilanglauf. Sie lebte in ihrer Eigentumswohnung in der Säumerstraße alleine, von einem Freund oder Lebensgefährten wusste ihre Freundin Marlene nichts. Vielmehr war schon mehrfach das Gerücht aufgetaucht, sie wäre lesbisch. Allerdings wäre sie in der letzten Zeit ab und zu mal in Begleitung eines Mannes mit weißem Bart und runder Brille gesehen worden. Nicht häufig. Man vermutete, es wäre der Vater.

Die Innenarchitektin hatte ihren Wagen so hinter einer aufgeschobenen Schneewand versteckt, dass sie zwar gut beobachten, selbst aber nicht entdeckt werden konnte. Knapp 10 Minuten später wurde Waltrauts Verdacht zur Gewissheit. Michael Binder lief in eiligen Schritten auf die Eingangstür zu und verschwand in dem Geschäftshaus. Nach wenigen Minuten kam er wieder heraus, an der Hand eine junge, schlanke Frau, mit einem schmalen, etwas spitzen Gesicht. Viel mehr konnte Waltraut nicht erkennen, denn Eva-Maria Moser trug einen schwarzen kurzen Stoffmantel, schwarze Jeans in schwarzen Lederstiefeln und eine schwarze Mütze auf dem Kopf. „Schwarzes Mäuschen trifft räudigen Kater", dachte Waltraut gehässig. „Na schau an, auch in der Lieblingsfarbe ihrer Klamotten sind sie sich einig." Michael Binder hatte mittlerweile den Arm um ihre Hüfte gelegt und redete auf sie ein. Sie gingen lachend zum Krankenhausparkplatz, wo Michael vermutlich seinen Wagen geparkt hatte. Waltraut ließ kurz darauf den Motor ihres Fahrzeugs an und fädelte in den mäßigen Verkehr auf der Geyersberger Straße ein. Sie entdeckte Michaels Geländewagen, der sich wenige Autos vor ihr eingereihte hatte. Sie folgte ihm. An der Kreuzung staute sich der Verkehr. Tatsächlich endete ihre Fahrt nach gut 10 Minuten in der Säumerstraße vor einem kleinen Mehrfamilienwohnhaus. Waltraut kannte diese Adresse aus dem Telefonbuch. Sie sah die beiden aussteigen und in das Haus gehen. Nur einen Augenblick später wurde in der Wohnung im 1. Stock Licht angeschaltet. Waltraut hatte genug gesehen, sie fuhr nach Grainet zurück.

Grainet, Dienstag, 9. März 2010

Waltraut Binder saß im Esszimmer und frühstückte allein. Ihr Mann war vergangenen Abend spät nach Hause gekommen und hatte sich nach einem kurzen, belanglosen Gespräch in sein Schlafzimmer begeben. Er war heute Morgen um halb sechs Uhr aufgestanden. Waltraut hatte seinen Wagen eine Dreiviertelstunde später vom Hof fahren gehört. Sie war kurz danach aufgestanden, hatte Katharina geweckt und Frühstück zubereitet. Ihre Tochter war dann, verschlafen wie jeden Morgen, um Viertel nach Sieben in den Schulbus gestiegen. Nun saß sie hier und dachte darüber nach, wie ihr Leben weiter verlaufen sollte. Sie liebte Raphael und hasste ihren Ehemann. Sie hasste ihn dafür, dass er sie geschlagen hatte, sie hasste ihn dafür, dass er sie jetzt mit Nichtbeachtung strafte und sie hasste ihn dafür, dass er sie mit dieser Notariats-Schlampe betrog. Eine gut aussehende Konkurrentin ja, aber dieses blasse Nichts, nein danke. Waltraut dachte an Katharina. Sie wusste, dass sie unter dem momentanen Zustand litt. Sie liebte ihren Vater, sie liebte ihre Mutter. Sie wollte vermitteln, es beiden recht machen und musste doch erkennen, wie dies misslang. Waltraut erhob sich und räumte ihr Frühstücksgeschirr in die Spülmaschine. Sie würde mit Raphael reden, wie er sich ihre gemeinsame Zukunft vorstellte.

Sie ging die breite Holztreppe nach oben in den ersten Stock. Die Tür zu Michaels Arbeitszimmer stand einen Spalt offen. Waltraut trat ein und blickte sich um. Sie suchte nach liegen gebliebener Wäsche, fand aber keine. Als sie sich schon zum Gehen wandte, bemerkte sie, dass die dunkelbraune Schranktür, hinter der sich der Safe befand, nur angelehnt war. Das war ungewöhnlich, denn Michael achtete genau darauf, dass in seinem Arbeitszimmer alles seine Ordnung hatte. Waltraut versuchte das Türchen zu schließen, was nicht möglich war. Sie zog die Schranktür auf und sah, dass die Safetür nicht ganz eingerastet war. „Michael muss heute Morgen ganz schön in Eile gewesen sein, dass ihm das nicht aufgefallen ist“, stellte sie in Gedanken fest. Sie versuchte die Safetür zu schließen, die sich dann von alleine sichern würde. Die Stahltür klemmte. Waltraut kniete sich auf den Boden und suchte nach dem Grund. Eine Filzfliese, die den Stahlboden des Tresors bedeckte, hatte sich gehoben und stand ein paar Millimeter in den Türanschlag hinein. Waltraut hob sie etwas an und wollte sie zurecht schieben, als sie sah, dass darunter eine dünne, schwarze DIN-A4-Kladde lag. Die erregte ihre Neugier. Sie zog die Kladde hervor. Darin lagen mehrere Briefe. Sie nahm ein Schreiben heraus, das wegen seiner Briefmarken ihr Interesse weckte. Auf sechs gleichen Marken waren jeweils ein großes Känguru seitlich und ein kleineres frontal abgebildet; beide im Gras sitzend, die Vorderläufe erhoben. Der Wert jeder Marke belief sich auf 2,10 australische Dollar. „Warum versteckt Michael Briefe aus Australien in seinem Safe, und warum unter der Bodenabdeckung? Das muss ja wirklich streng geheim sein, was sich in dieser Kladde befindet. Na, schaun wir mal!", stellte Waltraut entschlossen fest. Bevor sie sich jedoch an die Untersuchung des Inhalt machte, rief sie, um vor Überraschungen sicher sein zu können, in Michaels Büro an. Er nahm schnell den Hörer ab und Waltraut hörte sich sagen: „Michael, du warst heute Morgen so schnell aus dem Haus, kommst du zum Mittagessen heim oder erst gegen Abend?" „Weder noch, denn ich habe heute Abend noch eine Besprechung mit einem Bauherrn und das kann dauern. Ich übernachte dann im Büro. Also bis Morgen." Dann hatte er schon aufgelegt. Waltraut war der Inhalt des Gesprächs völlig gleichgültig. Sie wusste, dass ihr Mann jetzt in Freyung war und sie nicht stören konnte. Sie betrachtete den Brief aus Australien genauer. Er war an ihre Schwiegermutter Carla Binder gerichtet. Waltraut drehte den Briefumschlag um. Er stammte von einer Rosalind Page aus Charlesville in Australien. Waltraut zog den Brief aus dem Kuvert, entfaltete ihn und begann zu lesen:

Charlesville, 26. Juni 2009

Sehr geehrte Frau Binder,

wenn Sie diesen Brief lesen, lesen Sie das Schreiben einer Unbekannten. Deshalb möchte ich mich Ihnen kurz vorstellen: Mein Name ist Rosalind Page, ich wohne in Charlesville in Australien, rund 700 Kilometer von Brisbane entfernt. Ich bin 81 Jahre alt. Vor vier Wochen, am 29. Mai 2009, ist meine alte Freundin Marie-Luise Schneider bei einem fürchterlichen Zugunglück ums Leben gekommen. Eine Woche danach habe ich sie begraben. Sie haben meine Freundin leider nicht gekannt, obwohl sie Sie einmal in Waldkirchen besucht hat. Eigentlich hat sie Ihren Mann Karl besucht. Karl war Marie-Luises große Liebe. Sie haben sich 1950 während des Studiums in München kennen gelernt. Karl hat dann aber ein Verhältnis mit Ihnen angefangen, und als Sie dann schwanger wurden, heiratete er Sie und verließ Marie. Sie hat ihn aber nie vergessen. Ich konnte sie drei Jahre später überreden, nach Australien auszuwandern. Sie war dort sehr erfolgreich und wurde dadurch sehr vermögend. Das ist auch der Grund, warum ich Ihnen schreibe. Ich weiß, dass Marie-Luise schon kurz nach ihrer Ankunft in Brisbane ein Testament aufgesetzt hat, in dem sie die Liebe ihres Lebens, Karl Binder, zum Haupterben bestimmte. Sie hat dieses Testament nie geändert, auch damals nicht, als sie erfuhr, dass ihr geliebter Karl zu jung verstorben war. Ich kenne die Anwaltskanzlei, bei der sie das Testament hinterlegt hat. Ich habe ihr Ihren Namen und Ihre Adresse mitgeteilt, sie wird sich bei Ihnen sicherlich melden. Mein Wunsch war es vor allem, Sie vom Ableben meiner treuen Freundin Marie-Luise in Kenntnis zu setzen.

Trauern Sie um sie, wenn Sie können. Sie hat Ihren Karl wohl ebenso geliebt wie Sie selbst.

Hochachtungsvoll

Rosalind Page

Waltraut war verwirrt. Warum verwahrte Michael Briefe an seine Mutter geheim auf? Welches Geheimnis umgab ihre demenzkranke Schwiegermutter, die heute in dem Altenheim vor sich hin dämmerte? Am liebsten hätte sie das Stöbern in diesen Unterlagen beendet, doch die Neugier ließ sie gespannt weiterlesen. Sie öffnete das zweite Kuvert, einen grauen Geschäftsbrief aus Brisbane, wie sie am Absender erkannte.

Kanzlei Winterbottom & Toby   Brisbane, 1. Juli 2009
George Street 117
Brisbane

Ms. Carla Binder
Am Karoli
94065 Waldkirchen

Testamentseröffnung Marie-Luise Schneider

Sehr geehrte Frau Binder,

wir wenden uns heute in der Nachlassangelegenheit Marie-Luise Schneider an Sie.
Frau Marie-Luise Schneider hat am 1. Juli 1958 in unserer Kanzlei ein Testament hinterlegt, das uns als Testamentvollstrecker benennt. Dieses Testament liegt in schriftlicher Form vor, es wurde ordnungsgemäß von der Erblasserin unterzeichnet. Zwei Zeugen bestätigen mit ihrer Unterschrift die ordnungsgemäße Unterzeichnung der Erblasserin. Beide Zeugen werden im Testament nicht bedacht. Somit ist das Testament nach australischem Recht gültig.

Marie-Luise Schneider verstarb am 29. Mai 2009. Unsere Kanzlei übernimmt nun die Vollstreckung des letzten Willens der Erblasserin. Das heißt, alle Vermögenswerte wurden auf uns durch richterliche Anordnung übertragen. Wie es unsere juristisch definierte Pflicht ist, haben wir Frau Marie-Luise Schneider nach ihren geäußerten Wünschen bestattet. Alle Vermögenswerte der Verstorbenen wurden erfasst und sicher gestellt. Erbschaftsschulden gab es nicht. Die letzte Steuererklärung von Marie-Luise Schneider wurde erstellt, ihre Steuerschulden wurden beglichen. Das Vermögen der Erblasserin kann nun in ihrem Sinne aufgeteilt werden.

In dem Testament von Marie-Luise Schneider wurden folgende Personen bedacht:

Rosalind Page, Charlesville, Australien,
Karl Binder, Waldkirchen, Deutschland.

Sehr geehrte Frau Binder, wir wissen, dass Ihr Ehemann Karl Binder am 21. Februar 1985 verstorben ist. Nach Deutschem Recht sind in seiner Erbfolge folgende Personen erbberechtigt:

Carla Binder, Waldkirchen, Deutschland,
Michael Binder, Grainet, Deutschland,
Raphael Binder, Salzweg, Deutschland,
Gabriel Binder, Röhrnbach, Deutschland,
Uriel Binder, Bamberg, Deutschland.

Ich bitte Sie, Frau Binder sowie Ihre Söhne, uns innerhalb von vier Wochen mitzuteilen, ob sie gewillt sind, das Erbe anzunehmen. Dazu benötigen wir die notariell beglaubigten Unterschriften aller Erben.

Mit freundlichen Grüßen

Dr. Samuel Toby

Waltraut Binder las den Brief mehrfach durch und schüttelte den Kopf. Michael hatte ihr nie etwas von einer Erbschaft in Australien gesagt. Auch Urs und Gabriel, die ja zu diesem Zeitpunkt noch lebten, hatten kein Wort über eine Erbschaftsangelegenheit verloren. Waltraut suchte nach einer Erklärung. Sie hoffte, sie in dem dritten Schreiben zu finden. Sie zog den Brief aus dem Umschlag und las.

Kanzlei Winterbottom & Toby 12. August 2009
George Street 117
Brisbane

Herrn
Michael Binder
Schulgasse 12
94078 Freyung

Testamentseröffnung Marie-Luise Schneider

Sehr geehrter Herr Binder,

herzlichen Dank für Ihr Schreiben vom 27. Juli 2009.
Bei unserer Kanzlei sind die vom Notariat „Kremsreiter & Kremsreiter" in Freyung beglaubigten Schreiben eingetroffen, die Sie berechtigen, die Rechte ihrer Brüder Raphael Binder, Gabriel Binder und Uriel Binder sowie das Recht von Frau Carla Binder, Ihrer Mutter, bezüglich des Testaments von Frau Marie-Luise Schneider wahrzunehmen.
Der Unterzeichner hat den Zeitpunkt der Testamentseröffnung auf Dienstag, den 21. Oktober 2009, um 10 Uhr festgelegt. Notwendig ist die persönliche Anwesenheit der im Testament bedachten Personen, Frau Rosalind Page sowie Herrn Michael Binder, in Wahrnehmung der Rechte seiner Brüder sowie seiner Mutter als deren Betreuer.

Wir wünschen Ihnen eine gute Anreise.

Mit freundlichen Grüßen

Dr. Samuel Toby

Dem letzten Brief waren Kopien von drei beglaubigten Abschriften des Notariats „Kremsreiter & Kremsreiter“ beigeheftet, versehen mit den Unterschriften von Raphael, Gabriel und Uriel Binder, in denen sie Michael Binder mit der Wahrnehmung ihrer Interessen in der Erbschaftsangelegenheit Marie-Luise Schneider beauftragten.

Waltraut Binder dachte nach. Michael hatte sie gebeten, für ihn einen Flug nach Miami zu buchen. Abflug 16.10.2009. Er selbst hatte den Flug nach Brisbane umgebucht. Er hatte also schon im Juli gewusst, dass er zu dieser Testamentseröffnung nach Australien fliegen würde. Die Vollmachten seiner Brüder waren genau von dem Notariat beglaubigt worden, in dem seine Geliebte arbeitete. Wenn das ein Zufall war, dann wollte Waltraut Binder in Zukunft Lieschen Müller heißen. Die ganze Geschichte stank zum Himmel. Entschlossen nahm sie die drei Briefe und fertigte je drei Kopien von jedem Schreiben und den Anlagen an. Diese steckte sie in drei DIN-A5-Kuverts. Dann legte sie die Originale in die Kladde zurück, schob diese unter die Bodenabdeckung und schloss die Safetür. Der Verriegelungsmechanismus funktionierte automatisch. Waltraut versteckte zwei Umschläge unter ihrem Nachttisch, einen Umschlag im Erste Hilfe Kasten in ihrem Wagen. „Ich muss unbedingt mit Raphael sprechen“, dachte sie, „ich bin gespannt, ob er etwas von dieser ominösen Erbschaft weiß.“

Waltraut verbrachte den Vormittag mit Aufräumen, Wäschewaschen und Putzen, doch ihre Gedanken kreisten immer wieder um diese drei Briefe, die Michael vor ihr versteckt hatte. Was hatte es mit dieser Erbschaft auf sich? Warum hatte er ihr nie etwas davon erzählt? Waltraut hatte gerade damit begonnen, das Mittagessen zuzubereiten. Katharina würde in einer Stunde von der Schule kommen und sich hungrig an den Tisch setzen. Dann sollte der Hackbraten, den sie so liebte, fertig sein. Da klingelte ihr Handy. Der gekrächzte Spruch „Sie haben Post“ kündigte ihr an, dass eine SMS eingegangen war. Waltraut übergoss noch einmal in aller Ruhe den Braten. So wichtig konnte die SMS nicht sein. Dann holte sie ihr Mobiltelefon aus ihrer Handtasche und sah auf dem Display, dass die Nachricht von Raphael kam. „Hallo, mein Schatz, ich habe Sehnsucht nach dir. Bin gerade im „Käfer“ in München. Wie wäre es heute Abend mit ein paar wunderbaren Delikatessen bei mir? Austern?, Jakobsmuscheln?, Kaviar? Champagner? So um 19.30 Uhr? Dicker Kuss auf deinen Bauch.“ Waltraut antwortete postwendend: „Kuss zurück. Bis heute Abend. Fahr vorsichtig. Ich freue mich!“

Sie musste sich natürlich noch mit Katharina absprechen, aber ihre Tochter genoss es, an manchen Abenden allein im Haus zu sein. Dann konnte sie stundenlang ungerügt fernsehen, telefonieren und am Computer sitzen. Waltraut freute sich nicht nur auf einen zärtlichen Abend mit Raphael, sie wollte auch von ihm erfahren, was es mit der mysteriösen Erbschaft auf sich hatte. Katharina kam pünktlich um halb zwei Uhr mit dem Schulbus vom Freyunger Gymnasium nach Hause. Wie erwartet, freute sie sich auf einen Computer-Abend. Und zur Belohnung oder auch zur Beschwichtigung ihres schlechten Gewissens fuhr Waltraut mit ihr am Nachmittag zum Einkaufen nach Waldkirchen.

Salzweg 19.30 Uhr. Pünktlich betrat Waltraut den Bungalow von Raphael Binder. Sie hängte ihren Frühjahrsmantel in die Garderobe. Leise schlich sie durch das Wohnzimmer mit der geräumigen Essecke in die Küche. Der Tisch war schon gedeckt, die Kerzen brannten. Die Champagner-Flasche ragte aus dem Kühler. Raphael hatte sie noch nicht kommen gehört. Zu sehr war er mit der Vorbereitung des Abendessens beschäftigt. Er legte gerade die Austern auf eine Porzellanplatte, garniert mit Zitronenscheiben. Waltraut trat von hinten an ihn heran und hielt ihm mit beiden Händen die Augen zu. „Marion bist du es? Barbara, Angelika, Monika?“, rief er scherzhaft, „wer von euch ist es?“ „Du elender Schwerenöter“, lachte Waltraut, „du weißt ganz genau, dass ich es bin!“ „Hallo, Liebes“, flüsterte Raphael leise. Er nahm Waltraut in die Arme, küsste sie lange und streichelte sie zärtlich. Sie genoss jede seiner Berührungen. Nach ein paar Minuten gab er sie frei. „Wenn ich dich jetzt nicht loslasse, gibt es kein Abendbrot. Dann landen wir hungrig im Bett.“ „Das möchte ich nun doch nicht", gab sie scherzhaft zurück. „Kann ich dir etwas helfen, mein Lieber?" "Du kannst schon Platz nehmen, ich hab gleich alles fertig." Raphael stellte die angerichteten Austern auf den Esszimmertisch, holte aus dem Kühlschrank eine kleine Servierplatte mit Hummerfleisch, Kaviar und Jakobsmuscheln. Dann kam der Höhepunkt des „kleinen" Abendessens, eine wunderbar duftende Trüffelpastete. Natürlich durften diverse Dipps und Toast nicht fehlen. Raphael füllte die Champagnerkelche und prostete seiner Geliebten zu: „Auf einen wunderbaren Abend mit dir, mein Schatz." Waltraut schüttelte ihren roten Lockenkopf. Sie blickte Raphael tief in die Augen und sagte leise: „Ich hätte nicht gedacht, dass ich mich noch jemals würde verlieben können. Dir, mein Liebling, ist es gelungen, mir völlig den Kopf zu verdrehen. Auf uns!" „Und jetzt lang zu, mein Schatz, ich hoffe, du hast einen ordentlichen Appetit mitgebracht", forderte er Waltraut auf. „Ich jedenfalls habe einen Mordshunger."

Nach dem Abendessen nahm Waltraut ihr Sektglas, fing mit ihm das Funkeln des Kerzenlichts ein und blickte ruhig in den sich widerspiegelnden züngelnden Lichtschein: „Du Raphael, es ist wunderbar. Wenn ich bei dir bin, verschwinden meine Sorgen. Ich kann mich fallen lassen, bin einfach nur glücklich." Raphael stand auf und ging um den Tisch herum. Er beugte sich zu ihr. Zärtlich küsste er sie auf den Mund. „So ist es gut, so soll es bleiben." Er zog sie sanft von ihrem Stuhl hoch. „Komm mit, lass uns nach oben gehen." Er löschte die Kerzen, nahm sie an der Hand. Waltraut folgte ihm wie in Trance. Das Schlafzimmer wurde von dem warmen, goldenen Schein einer alten Stehlampe erhellt. Raphael schloss die Tür hinter sich und nahm Waltraut in die Arme. Er küsste sie wild und gierig. Sein Hände begannen ihren Körper zu erforschen. Wenige Minuten später lagen sie im Bett und liebten sich leidenschaftlich.

Waltraut hatte sich die Bettdecke bis unter das Kinn gezogen. Sie schmiegte sich an Raphael, genoss die Wärme seines Körpers. Jetzt, nachdem die Erregung einer wohligen Müdigkeit gewichen war, hielten beide die Augen geschlossen. Sie gaben sich der angenehmen Erschöpfung hin. Raphael war ein erfahrener Liebhaber, Waltraut genoss die Lust, die er in ihr zu entfachen vermochte. Kurz bevor

Raphael einzuschlafen drohte, fragte Waltraut. „Sag mal, Liebling, hast du eigentlich viel in Australien geerbt?“ „Eine Million Kängurus und zwei Millionen Dingos.“ Seine Stimme war kaum mehr zu vernehmen. „Hey Raphael, auf den Arm nehmen kann ich mich auch alleine. Sag schon, wie viel hast du denn in Australien geerbt?“ Er schlug die Augen auf, sah sie verdutzt an, dann fragte er: „Wie kommst du überhaupt auf die Idee, dass ich jemanden in Australien beerben könnte?“ „Ja, aber du hast doch Michael die Vollmacht gegeben, dass er dich bei der Testamentseröffnung in Brisbane vertreten kann.“ Waltraut wurde langsam etwas ungehaltener. „Kann es sein, mein Schatz, dass du das gerade geträumt hast?“, fragte Raphael amüsiert. „Raphael, ich bin nicht blöd. Ich besitze die Fotokopien von drei Briefen, in denen steht, dass Michael für euch drei Brüder in Brisbane an einer Testamentseröffnung teilgenommen hat.“ Raphael war augenblicklich hellwach und richtete sich auf. „Also, Liebes, jetzt mal von vorne. Wem soll ich was gegeben haben? Eine Vollmacht? Davon müsste ich doch etwas wissen!“ Nun begann Waltraut von dem merkwürdigen Fund in Michaels Safe zu erzählen. Als sie geendet hatte, fragte er: „Und wo hast du die Fotokopien?“ „Im Erste Hilfe Kasten in meinem Wagen. Soll ich sie holen?“ „Das erledige ich selbst. Ist der Autoschlüssel in deiner Manteltasche?“ „Natürlich, wie immer.“

Raphael sprang aus dem Bett, zog sich rasch Hose und Hemd an und verließ das Schlafzimmer. Waltraut hörte, wie er nach wenigen Minuten die Haustür verschloss und die Treppe hinaufeilte. Einen Augenblick später lag er wieder neben ihr und las im Schein seiner Nachttischlampe aufmerksam die drei Schreiben. Von Zeit zu Zeit schüttelte er ungläubig den Kopf. Dann sah er Waltraut an und sagte: „Ob du es mir glaubst oder nicht, ich habe keine Ahnung, was da gelaufen ist. Ich habe keine Ahnung von einer Erbschaft und ich habe schon gar keine Ahnung, wer Marie-Luise Schneider war. Aber eins weiß ich, mein lieber Bruder Michael wird mir Rede und Antwort stehen müssen. Ich will wissen, was das zu bedeuten hat.“ „Er hat dir nichts davon gesagt?“ Waltrauts Stimme klang ungläubig. „Wie kommt er denn dann zu deiner Vollmacht, sogar noch notariell beglaubigt und von dir unterschrieben?“ „Das werde ich ihn so bald wie möglich selbst fragen. Darf ich die Kopien behalten?" „Aber sicher doch. Vielleicht hängt das alles mit seiner neuen Geliebten zusammen. Sie arbeitet in dem genannten Notariat." Waltraut erzählte Raphael nun von ihrer „Miles & More"-Entdeckung und von der Beobachtung, die sie vor wenigen Tagen gemacht hatte. Raphael schüttelte mehrmals den Kopf. „Weißt du, ich kenne Michael ja wirklich recht gut. Nur das, was in den letzten Wochen so passiert ist, dass er dich schlägt, eine Geliebte hat und irgendwelche merkwürdigen Dinge dreht, das passt nicht zu meinem Bruder. Irgendetwas ist mit ihm passiert. Und glaube mir, das gefällt mir überhaupt nicht." Als Waltraut schwieg, fuhr er fort: „Alles Grübeln hilft jetzt nichts. Klarheit haben wir erst, wenn ich mit ihm geredet habe." Nach einer Weile sah er Waltraut an, küsste sie auf die Nasenspitze und flüsterte: „Also, wenn du nichts dagegen hast, ich hätte schon noch mal Lust." „Mach das Licht aus, du Lustmolch", hauchte sie ihm ins Ohr. Dann zog sie ihn in ihre Arme.

Waltraut war um halb sechs Uhr aufgestanden. Bevor sie nach Hause gefahren war, hatte sie sich von dem noch schlafenden Raphael mit einem Kuss verabschiedet. Als Katharina aufstand, war schon der Frühstückstisch gedeckt. Die frischen Brötchen dufteten zum Hineinbeißen gut. Ihre Tochter verließ wenig später das Haus. Waltraut hatte nun Zeit für sich. Sie duschte ausgiebig, föhnte sich die Haare und schminkte sich dezent, bevor sie sich an ihre Arbeit machte. Das Projekt „Universität Freyung" lief auf vollen Touren. Raphael erwartete, dass die Entscheidung über die Auflösung der Garnison noch in diesem Monat fallen würde. Um die politischen Proteste darüber so klein wie möglich zu halten, sollte Freyung nur wenige Tage später zum Hochschulstandort ernannt werden. Bis dahin mussten Raphaels Pläne fertig sein. Es war kurz nach neun Uhr, als Waltrauts Handy krächzte. Die SMS kam von Michael. „Muss für zwei Tage nach München, habe dicken Fisch an der Angel. Bin Freitagabend zurück." Waltraut antwortete mit einem einfachen „Ok!" Sie wandte sich wieder ihrer Arbeit zu. Etwa eine Stunde später kündigte ihr Handy eine neue Nachrichte an. Waltraut ignorierte die eingetroffene SMS, vermutete Michaels Antwort auf ihr „Ok". Kurz vor Mittag unterbrach sie ihre Arbeit, um für Katharina und sich einen kleinen Imbiss vorzubereiten. Dabei erinnerte sie sich an die eingegangene SMS. Sie nahm ihr Handy und las. „Waltraut, jetzt drehe ich den Spieß um! Ich erkläre hiermit unsere Ehe für beendet. Ich kann und ich will mit dir nicht mehr zusammenleben. Ich habe heute morgen einen Brief an meinen Anwalt geschickt, in dem ich ihn beauftrage, für mich die Scheidung einzureichen. Ich werde dir am Wochenende alles näher erklären, aber mein Entschluss steht fest. Michael." Waltraut starrte auf das kleine Display ihres Mobiltelefons. „Das darf doch nicht wahr sein. Nach achtzehn Ehejahren erklärt mir das Schwein per SMS, dass er sich scheiden lässt. Er erklärt unsere Ehe für beendet! Was meint der wohl, wer der ist? Boris Becker?" Sie bebte vor Wut. Immer wieder starrte sie auf das kleine Display und las kopfschüttelnd die Meldung. „Du Ratte! Na warte, wenn du den Krieg haben willst, dann sollst du ihn bekommen. Du meinst wohl ich habe dir zwei Jahrzehnte geholfen, deine Existenz aufzubauen, damit du dann, wenn es dir gut geht, mit einem daher gelaufenen Flittchen meinen Lohn verjubelst. Du sollst bluten, Michael, und auf ewig mit dieser Notariatsschlampe unglücklich werden."

Tränen liefen Waltraut über die Wangen und zerstörten ihr sorgfältig aufgetragenes Make-up. Sie schniefte. Während sie nach einem Taschentuch suchte, kam ihr ein fürchterlicher Gedanke: Von wegen – „Waltraut, du hast es nun geschafft ..." Dieses Schwein hat die Scheidung von langer Hand geplant. Er beginnt ein Verhältnis mit dieser Schlampe, gibt sie in Australien als seine Frau aus und will mit ihr sein Erbe verbraten! Wehe dir, Michael, du hast die Rechnung ohne mich gemacht!" Waltraut griff zum Telefonhörer und wählte Raphaels Büro-Nummer. Schon nach dem zweiten Klingeln nahm ihr Geliebter das Gespräch an. „Guten Morgen, Liebes, du bist schon auf?" Waltraut ignorierte diese freche Anspielung. „Raphael, stell dir vor, was ich gerade für eine SMS bekommen habe." Waltrauts aufkeimende Wut war deutlich zu hören. „Beruhige dich, erzähle, was ist los?" „Michael hat mir gerade per SMS erklärt, dass er sich scheiden lassen will. Das ist doch wohl die Höhe. Was bildet sich dieser Arsch denn ein?" „Worüber regst du dich überhaupt auf, Liebes? Die Geschmacklosigkeit sieht meinem lieben Bruder ähnlich, ok. Aber ansonsten ist es doch das Beste, was uns passieren kann." „Was meinst du denn damit, Raphael?" „Ganz einfach, wenn du geschieden bist, dann bist du hoffentlich eine „gute Partie", dann kann ich dich heiraten." Jetzt war Waltraut sprachlos. „Du meinst ...? Ist das dein Ernst, du willst .... Hey, war das jetzt ein Heiratsantrag?" „Nur eine Vorübung, der richtige kommt dann, wenn du tatsächlich eine „gute Partie" geworden bist. Das heißt, lass dich von meinem Bruder nicht über den Tisch ziehen. Ich will ja schließlich noch mehr von dir haben, als ich jetzt schon habe." „Du alter Materialist, darauf kannst du dich verlassen. Der soll bluten. Seine Freiheit bekommt das Miststück nicht umsonst, da kannst du dich drauf verlassen." „Wann soll denn das Scheidungsgespräch stattfinden, mein Liebes?" Vermutlich am Samstag, denn bis morgen ist er in München. Und den Freitagabend wird er sicher mit seinem Flittchen verbringen." „Waltraut, tu bitte nichts Unüberlegtes. Du weißt, dass Michael ein gewalttätiger Choleriker ist. Einmal hat er dich schon geschlagen. Provoziere ihn nicht. Gib ihm Recht, alles andere kann dein Anwalt erledigen. Und vor allem: kein Wort von der Australien-Sache. Dafür wird er mir Rede und Antwort stehen müssen." „Ich verspreche es dir. Danke Raphael, ich hab dich sehr lieb." „Ich dich auch, Waltraut. Halte mich auf dem Laufenden." Sie legte auf. Das Gespräch mit Raphael hatte ihr gut getan, hatte sie ruhig werden lassen. Als Katharina mittags von der Schule nach Hause kam, hatte sich Waltraut endgültig wieder im Griff. Sie hatte beschlossen, ihrer Tochter noch nichts von dieser Hiobsbotschaft ihres Vaters zu sagen.

Freyung, Freitag, 12. März 2010

Der Frühling hielt Einzug im Bayerischen Wald. Schon seit dem frühen Morgen leuchtete die Sonne von einem wolkenlosen Himmel und erwärmte die Erde, die teilweise noch unter einer dicken Schneedecke lag, teilweise schon fahlbraun nach dem langen Winter auf die ersehnten Strahlen wartete. Aber es war nicht nur die Natur, die des langen Winters überdrüssig war, auch die Menschen wollten Licht und Wärme genießen, wollten sich dem zu erahnenden Frühling hingeben. Schon als sie ihren Arbeitstag begonnen hatte, hatte Eva-Maria Moser gemerkt, dass dieser Morgen anders war. Fröhliche Gesichter beim Bäcker, heitere Mienen bei ihren Kolleginnen, ein aufgekratzter Chef, unkomplizierte Telefonate, überall freundliche Menschen am anderen Ende der Leitung. Der beginnende Frühling und nicht nur das nahende Wochenende hatte die Stimmung der Menschen verändert. Die Notariatsangestellte hatte alle wichtigen Arbeiten erledigt und konnte um 13 Uhr ins Wochenende gehen. Sie beschloss, heute so viel Zeit wie möglich im Freien zu verbringen.

Auf dem Nachhauseweg besorgte sie sich in einem Supermarkt noch einen bunten Salat und ein Baguette. Den Abend würde sie mit ihrem Geliebten bei einem Nobelitaliener in Passau beginnen. Bei ihrer Fahrt in die Säumerstraße sah sie links und rechts der Straße Menschen, die ihrem Hobby, dem „Schneeheign“ nachgingen, obwohl es verboten war. „Schneeheign“ ist Volkssport im Bayerwald und findet an sonnigen Vorfrühlingstagen statt. Dann werfen die Menschen den Schnee, den sie den Winter über in ihrer Einfahrt aufgetürmt haben, auf die Straße, damit er dort schneller schmilzt. In diesem Winter hatten die Freyunger besonders viel Schnee in ihren Einfahrten und auf ihren Grundstücken aufgehäuft, denn der neue, dynamische Bürgermeister wollte sparen. Er hatte den städtischen Räumdienst drastisch gekürzt, so dass die Anwohner selbst Schnee räumen mussten. Jeder freie Fleck war zur „Einlagerung“ der weißen Pracht verwendet worden. Bei jeder Schaufel Schnee, die nun auf die Straße geworfen wurde, war auch eine gehörige Portion „Nachwut“

auf das neue Stadtoberhaupt dabei. Und es wurde viel „Schnee geheigt" an diesem Nachmittag.

Zuhause angekommen, nahm Eva-Maria ihr gesundes Mittagessen ein und legte sich dann für eine Stunde aufs Ohr. Erfrischt erwacht, machte sie sich anschließend an die Hausarbeit: Staubsaugen und ein wenig Aufräumen. Ihre Zwei-Zimmer-Wohnung hatte sie „haushaltstechnisch" im Griff. Schon eine halbe Stunde später, schlüpfte sie in ihre Joggingschuhe und fuhr mit ihrem schwarzen Cabrio zum Parkplatz „Seehaus". Nachdem sie das Handy in der Innentasche ihrer Joggingjacke verstaut hatte, stieg sie aus. Sie setze ihr rotes Stirnband auf, denn selbst bei diesem herrlichen Vorfrühlingswetter, wehte kalter Ostwind, vor dem es sich zu schützen galt. Eva-Maria verschloss den Wagen, steckte den Schlüssel in die rechte Jackentasche, zog die Fleece-Handschuhe an und begann langsam loszulaufen.

Ihr Weg führte an der rechten Uferseite des Saußbachs entlang in Richtung Buchberger-Leite. Sie genoss den Blick auf den unter ihr dahin fließenden Wildbach, in dem sich die Sonnenstrahlen funkelnd brachen und die im Flussbett liegenden Granit- und Gneisblöcke in ein stetig wechselndes Farbenspiel tauchten. Eva-Maria musste Acht geben auf dem stellenweise noch glatten Wanderweg im Wolfsteiner Forst. Schon nach wenigen Minuten hatte sie ihr gleichmäßiges Lauftempo erreicht. Die Beine liefen wie von selbst. Sie konnte sich ihren Gedanken hingeben. Sie war glücklich. Sie erinnerte sich noch mit Entsetzen an den letzten Winter, als sie nach einer kurzen, komplizierten Beziehung mit einer Freundin in eine lange depressive Phase gefallen war. Aber dann, an einem Montag Anfang Mai, war er in ihrem Büro gestanden und sie hatte sofort gewusst: Das ist der Mann deines Lebens. Michael! Wie ein Engel war er in ihr Leben getreten. Eigentlich hatte er nur einen Grundstückskauf beurkunden lassen. Ein Filetstück, wie man so sagt. Er hatte ein zwanzig Hektar großes Waldstück direkt neben der Karoli-Kapelle in Waldkirchen zu einem Spottpreis erworben. Der Eigentümer war verstorben, die Erben wollten Bargeld sehen. Michael hatte ihnen erklärt, dass dieser Grund niemals Bauland werden würde. Sie hatten es geglaubt und weit unter Wert verkauft. Nach der Beurkundung hatte er Eva spontan zum Mittagessen eingeladen. Bei Muscheln in Weinsoße und Panna Cotta waren sie sich näher gekommen. Zwei Abende später hatten sie das erstemal miteinander geschlafen. Er war der liebenswerteste Mann, der ihr jemals begegnet ist. Jeden Tag verwöhnte er sie mit einer anderen Kleinigkeit. Mal schickte er Blumen, dann lag Konfekt vor ihrer Wohnungstür. Mal überraschte er sie mit einer Essenseinladung, mal mit einem Wellnesstag. Michael war aus ihrem Leben nicht mehr wegzudenken. Und so wie er sie verwöhnte, so versuchte auch sie ihm seine Wünsche von den Augen abzulesen. So war es für sie auch selbstverständlich gewesen, dass sie ihm geholfen hatte, als er sie um Hilfe bat. Er hatte sie nach und nach in eine Erbschaftsangelegenheit in Australien eingeweiht. Dafür brauchte er später ein paar beglaubigte Leerseiten mit dem Kanzleikopf des Notariats. Die hatte sie ihm gegeben. Schließlich war sie als offizielle Notariatsangestellte mit ihm nach Brisbane geflogen. Alles musste im Geheimen ablaufen, denn Michael wollte seiner Frau seine Erbschaft vorenthalten. Davon sollte sie keinen Cent bekommen. Es sollte die finanzielle Grundlage für ihr gemeinsames Leben werden.

Michael wollte sich scheiden lassen und sie heiraten. Dann waren seine beiden Brüder ums Leben gekommen. Um das Aufsehen nicht noch größer werden zu lassen, musste er die Ehe mit seiner Frau noch ein paar Monate länger vor der Öffentlichkeit aufrecht erhalten. Aber der Heilige Abend wird ihr unvergessen bleiben. Ihr Geliebter war spät zu ihr gekommen. Er hatte ihr eine wunderbare Kette aus Tahiti-Perlen um den Hals gelegt und gesagt: „Perlen symbolisieren ewige Treue, und ewig treu will ich dir bleiben, Evy. Willst du mich heiraten?“ Sie war zu Tränen gerührt gewesen und hatte glücklich geschluchzt: „Ja, natürlich will ich deine Frau werden, Mike.“ Und gestern Morgen hatte er ihr am Handy erklärt, dass er über seinen Anwalt die Scheidung eingereicht habe. Seine Frau sei über seine Trennungsabsicht informiert. Der Traum ihres Lebens ging für sie in Erfüllung! Sie würde einen erfolgreichen, selbstbewussten, starken und vermögenden Mann heiraten.

Eva-Maria war am alten Trift-Kanal angekommen und lief unterhalb der Ruine Wildenstein an der steilsten Stelle der Buchberger Leite.

Unter ihr rauschte das Wildwasser der Wolfsteiner Ohe. Noch immer durchbrachen die Strahlen der tiefstehenden Sonne das Gehölz, erzeugten ein angenehmes Zwielicht. Eva-Maria befand sich jetzt an der Stelle, wo der Quarzgang des Pfahls weiß leuchtend an die Oberfläche tritt. Sie verlangsamte ihren Lauf. Auf der Straße über ihr tuckerte ein Traktor. Sie musste nun den kleinen, feuchten Tunnel durchqueren, den die Straßenplaner für Wanderer und Jogger geschaffen hatten, dann war sie an der alten Fabrik, einem ehemaligen Karbidwerk angekommen. Sie öffnete die Eisentür. Sie sah ein Rechteck Sonnenlicht auf der gegenüberliegenden Seite. Dort stand die Eisentür offen. Im Tunnel selbst herrschte tiefste Dunkelheit. Feuchter, modriger Geruch strömte ihr entgegen. Sie lief wie blind in den Durchgang und war froh, als sie das einem Verließ ähnliche Gewölbe durchlaufen hatte.

Die warmen Sonnenstrahlen empfand sie als zärtliches Streicheln ihres von der Anstrengung erregten Körpers. Ihre Joggingroute führte sie an der alten Fabrik vorbei, nach Falkenbach. An der Triftsperre hielt sie sich rechts und erreichte nach einer halben Stunde wieder den Parkplatz am „Seehaus". Es war nun schon dämmrig geworden. Eva-Maria schloss ihren Wagen auf. Die Uhr am Armaturenbrett zeigte Viertel vor Sechs. Sie war gut zwei Stunden unterwegs gewesen. Jetzt freute sie sich auf eine heiße Dusche und auf den Abend mit Michael.

Als sie in die Säumerstraße einbog, sah sie schon von weitem seinen Geländewagen am Straßenrand stehen. Sie hastete die Stufen zu ihrer Wohnung hinauf. Gerade als sie die Eingangstür aufschließen wollte, ging diese auf und ihr Geliebter stand vor ihr. Eva-Maria flog in seine Arme. Er hob sie hoch, küsste sie und setzte sie erst in der Diele wieder ab. „Mike, wie schön, dass du schon aus München zurück bist. Wie war dein Tag? War die Fahrt anstrengend?" Die Worte sprudelte nur so aus ihr heraus, vor Freude, dass er schon zurück war. Michael Binder verschloss ihr mit einem langen Kuss die Lippen. Er ließ sie los und sagte: „Evy, mein Tag war erfolgreich, und jetzt freue ich mich auf den Abend mit dir." „Ich spring noch schnell unter die Dusche und mach mich schön für dich." Sie verschwand im Badezimmer.

Er hörte das Wasser in der Dusche rauschen, hörte wie sie sich die Haare fönte. Kurz darauf erschien Eva-Maria nackt im Wohnzimmer. „Komm mit ins Schlafzimmer, Mike, und hilf mir die Garderobe für den Abend auszusuchen.“ Michael genoss ihren Anblick. Eva-Maria wirkte klein und zierlich. Seine Augen verschlangen förmlich ihren runden, knabenhaft schmalen Hintern. Der Anblick der spitz nach vorne ragende, kleinen, Fuchsnasen gleichenden Brüste mit den fast schwarzen Warzenhöfen erregte ihn, so dass sein Mund trocken wurde. Michael hob sie hoch. Er trug sie ins Schlafzimmer, warf sie aufs Bett und sich auf sie. Lachend entwand sie sich seiner Umarmung. „Nichts gibt's jetzt. Ich habe Hunger wie eine Löwin. Sex gibt es erst zum Dessert!“ „Schade, eine kleine Vorspeise wäre nicht schlecht gewesen“, gab Michael etwas enttäuscht zurück. Er war aber nicht unglücklich über den geplatzten Quicki, denn die Rückfahrt von München war doch sehr anstrengend gewesen, und er war sicher, dass er seine Kräfte heute noch brauchen würde.

Eine Viertelstunde später befanden sie sich auf dem Weg nach Passau. Michael hatte in der Pizzeria an der Ortsspitze einen Tisch für sie bestellt. Nach einer „Zuppa di Funghi Porciniî“ folgte ihr Lieblingsessen “Vongole in Biancoî“. Beim Dessert “Pesche caramellateî“ und dem abschließenden Espresso begann Michael Zukunftspläne zu entwerfen. „Evy, du weißt, dass ich Waltraut meine Scheidungsabsicht mitgeteilt habe. Morgen werde ich die Einzelheiten mit ihr besprechen. Ich bin mir sicher, dass alles problemlos ablaufen wird. In spätestens einem Vierteljahr bin ich frei für dich.“ Scherzhaft fügte er noch an: „Wenn du mich dann überhaupt noch haben willst.“ „Mike, du Dummkopf, freilich will ich dich. Du weißt, dass ich dich liebe. Ich kann den Tag kaum erwarten, an dem du geschieden bist und ich deine Frau werden kann.“ Eva-Marias Augen leuchteten glücklich. Michael sah sie ernst an. „Ich habe dich schon Weihnachten gefragt, ob du meine Frau werden willst. Ich will dich heute noch einmal fragen: Willst du mich heiraten?“ „Oh Mike, ich kann mir nichts Schöneres vorstellen, als deine Frau zu sein.“

Michael bestellte Champagner. „Ich freue mich auf unser zukünftiges Leben. Ich habe noch so viel vor. Ich will ein großes Projekt beginnen, von dem man hier in unserer Region noch lange reden wird. Dazu Evy, brauche ich deine Liebe, um daraus Kraft zu schöpfen." „Ich werde dir helfen, wo ich nur kann und alles tun, was du von mir verlangst. Meine Liebe zu dir ist unendlich und ewig."

Grainet, 14. März 2010

Waltraut lief nervös im Wohnzimmer auf und ab. Michael hatte ihr am Vormittag eine SMS geschickt, dass er gegen zwei Uhr eintreffen würde, um mit ihr zu reden. Sie erwartete ihn in wenigen Minuten. Katharina war mit einer Freundin auf dem Weg nach Passau ins Kino. Waltraut war allein im Haus. Sie starrte aus dem Fenster auf den Privatweg, den er herauf fahren würde. Windböen peitschten den Regen über den Asphalt. Schneeschauer wechselten sich mit dicken Regentropfen ab. Leichter Nebel ließ die Konturen der Landschaft verwischen. Von Frühling keine Spur. Hartnäckig hielt sich der Winter im Bayerwald. Waltraut ließ sich noch einmal Raphaels Worte durch den Kopf gehen. „Provoziere ihn bloß nicht! Sag zu allem ja! Überlass das Wichtige deinem Anwalt!" Michaels Geländewagen rollte in den Hof. Kurz darauf sperrte er die Eingangstür auf. Hut und Mantel ablegen, Schlüssel in die große Tonschale werfen, Schuhe ausziehen. Waltraut kannte das Ritual seines Heimkommens. Dann öffnete Michael die Wohnzimmertür. Waltraut verkrampfte innerlich. „Grüß dich!" Michael blickte sie freundlich an, er schien in bester Stimmung zu sein. Mehr als ein tonloses „Hallo" brachte sie dagegen nicht heraus. „Ist Katharina nicht da?", fragte er, als habe er die Anwesenheit seiner Tochter wirklich erwartet. „Sie ist mit einer Freundin im Kino. Ich glaube, dass sie bei unserer Unterhaltung nicht unbedingt dabei sein sollte. Willst du einen Kaffee?" Ohne seine Antwort abzuwarten ging sie in die Küche. „Einen doppelten Espresso, bitte", rief er hinterher. Nur das leise Rattern der Kaffeemaschine war zu vernehmen. Kurz darauf erschien Waltraut mit einem kleinen Tablett in der Tür zum

Wohnzimmer. „Möchtest du ihn im Stehen trinken?" „Danke, nein!" Michael setzte sich auf die schwarze Ledercouch. „Der Teufel trägt schwarz", dachte sie und stellte die kleine, braune Kaffeetasse auf den Glastisch. Dann setzte sie sich ihm gegenüber in den Sessel. Michael führte die Espressotasse an die Lippen, er nahm einen Schluck von dem starken Gebräu. „Gut, lass uns anfangen. Du hast meine SMS am Mittwoch erhalten?" „Ja natürlich, damit liegst du ganz im Trend der Zeit", gab Waltraut ironisch zurück. „Ich weiß, dass es nicht sehr stilvoll war, dir so meinen Entschluss mitzuteilen. Es hatte sich bei mir aber seit Längerem einiges aufgestaut. Auf dem Weg nach München fiel dann meine endgültige Entscheidung. Deshalb diese Form, entschuldige." „Sag mal Michael, was bildest du dir denn überhaupt ein? Meinst du, du kannst achtzehn Jahre Ehe einfach so abstreifen? Wer hat denn das alles mit aufgebaut? Wer hat dir den Rücken frei gehalten, wenn du in Schwierigkeiten warst? Wer hat denn sein Geld in dein Büro gesteckt, als dir das Wasser bis zum Hals stand? Und jetzt gibst du mir den Tritt per SMS. So nach dem Motto: „Es war ganz nett mit dir, aber das war's?" Ich bin doch keine billige Dienstmagd, die man einfach raus schmeißt, wenn sie nicht mehr gebraucht wird!" Waltraut war immer lauter geworden, den letzten Satz hatte sie ihm ins Gesicht geschrien. „Hast du dir Gedanken gemacht, was aus Katharina und mir werden soll? Wer soll ihr beibringen, dass unsere Ehe zu Ende ist?", herrschte sie ihn an.

„Jetzt setz dich nicht auf das hohe moralische Ross, Waltraut, da gehörst du garantiert nicht hin." Auch Michael war laut geworden. Er lächelte tückisch. Die dicke Ader an seiner Schläfe schwoll an. „Du betrügst mich seit Wochen mit meinem eigenen Bruder. Du setzt mir Hörner auf, du machst mich zum Gespött der Leute. Und jetzt willst du den Moralapostel spielen, du spinnst ja!", schrie er. „Ich möchte nicht wissen, wie lange dein Verhältnis mit dieser Notarsschlampe schon geht. Vermutlich betrügst du mich schon seit Jahren!", fauchte Waltraut. „Woher weißt du eigentlich, dass Evy bei einem Notar arbeitet?", fragte Michael mit schneidender Stimme. Waltraut überlegte kurz. War das jetzt ein Fehler gewesen? Mit fester Stimme antwortete sie: „Das war in Freyung Tagesgespräch, mein

Lieber. Selbst beim Metzger wurde ich darauf angesprochen, ob Frau Moser eine Freundin der Familie sei, weil man sie so oft mit dir sieht. Was meinst du denn, wo du lebst? Ob Freyung oder Waldkirchen „Tratsch ist Leben!" Michael beruhigte sich. „Hör zu, Waltraut, so kommen wir nicht weiter. Unsere Ehe ist am Ende. Du hast Raphael, ich habe Evy. Lass uns also wie erwachsene Menschen auseinander gehen. Wenn wir uns einigen, können wir uns das Trennungsjahr sparen und sind in einem Vierteljahr geschieden." Michael versuchte sachlich und logisch zu argumentieren. „Ich habe von meinem Anwalt einen Vertrag ausarbeiten lassen. Danach bekommst du das Haus hier in Grainet. Deinen restlichen Erbteil, die 50 000 Euro zahle ich dir aus. Für Katharina wird in einem zweiten Vertrag gesorgt, den kontrolliert dann das Jugendamt. Außerdem zahle ich dir bis zu deiner Wiederverheiratung einen monatlichen Unterhalt von 2 500 Euro. Deine Altersversorgung ist zudem gesichert. Was willst du also mehr?"

Waltraut ging mit keinem Wort auf sein Angebot ein. „Stell dir vor, ich willige nicht ein und bestehe auf dem Trennungsjahr", entgegnete sie. „Vielleicht behaupte ich dann, beim ersten Scheidungstermin, dass wir während der letzten Monate mehrfach miteinander geschlafen haben und dass unsere Ehe doch noch nicht so zerrüttet ist. Dann verlängert sich das Trennungsjahr nochmals. Dann kann ich zweimal die Scheidung ablehnen. Weißt du, Michael, da kommen locker zwei bis drei Jahre zusammen. Ob dein Flittchen so lange auf dich warten will? Wer weiß!" Michael war bei Waltrauts letzten Sätzen kreidebleich geworden. „Was willst du, du Hyäne?", schrie er sie an. Er war aufgesprungen und wollte sich auf sie stürzen. „Vorsicht, mein Lieber! Du hast mich einmal geschlagen. Wenn du das noch einmal tust, kriegst du die Scheidung nie!" Sie wunderte sich, dass ihre Worte Wirkung zeigten. Michael setzte sich schwer atmend wieder hin. „Wie konnte ich diesen glatzköpfigen, weißbärtigen Hund jemals lieben?", fragte sich Waltraut. Laut sagte sie: „Ich werde mir deinen Vorschlag in Ruhe überlegen. Erwarte aber nicht, dass ich in eine sofortige Scheidung einwillige!" Michael stand auf und ging zur Tür. Noch einmal drehte er sich um. Wut verzerrte sein Gesicht bis zur Grimasse.

Schweißperlen standen auf Stirn und Glatze, er atmete heftig. „Du willst Rache“, presste er zwischen schmalen Lippen hervor. „Sei vorsichtig. Es kann einem immer etwas Unvorhergesehenes passieren!“ „Du willst mir drohen? Glaube mir, ich habe mich rückversichert. Wenn mir etwas zustößt, bist du dran. Denke lieber an dein Angebot. Vielleicht kannst du dich noch freikaufen. Aber nicht so schnell!“ Michael sah Waltraut hasserfüllt an. Er verließ das Wohnzimmer. Sekunden später hörte sie die Eingangstür krachend ins Schloss fallen, dann sah sie seinen Geländewagen den Privatweg hinunterrasen.

Waltraut griff zum Handy und rief Raphael an. Sie berichtete ihm fast wortwörtlich von dem Gespräch mit seinem Bruder. Er hörte zu, ohne sie zu unterbrechen. Als sie geendet hatte, sagte er vorwurfsvoll: „Waltraut, warum bist du nicht auf sein Angebot eingegangen, das war doch nicht schlecht. Du hast dir jetzt – ich muss das leider so sagen – einen Todfeind geschaffen. Waltraut, ich habe Angst um dich. Michael ist in seinem Zorn unberechenbar.“ „Ach komm, Raphael, ich hab ihn doch nur ein wenig geärgert. Ich wollte mich an ihm rächen. Wollte sein Gesicht sehen, wenn nicht alles nach seinem Plan läuft. Er soll sein Angebot erhöhen, dann stimme ich zu. Schließlich Liebling, will ich ja auch dich!“ „Ich will dich auch, aber gesund und munter. Pass bitte auf dich auf. Ich komme heute Abend bei dir vorbei.“ Raphael hauchte einen Kuss ins Telefon und legte auf.

Zur selben Zeit hatte Michael Binder seine Evy angerufen und ihr von dem Gespräch mit Waltraut berichtet. „Oh ich hasse sie, ich hasse sie. Ich könnte sie umbringen vor Wut. Erst macht sie dir das Leben zur Hölle und jetzt verweigert sie auch noch die Scheidung. Ich hasse sie, ich könnte sie umbringen. Warum gibt das Weibstück dich nicht frei?“ Das waren die Worte, die Eva-Maria Moser ständig wiederholte. Michael versuchte sie zu beschwichtigen. „Mein Kleines, warte ab, sie wird schon noch einwilligen. Ich lasse mir da noch etwas einfallen. Ich bin gleich bei dir, dann reden wir weiter.“

Freyung, Mittwoch, 17. März 2010

Raphael Binder hatte seit Tagen versucht, mit seinem Bruder Michael ein Treffen zu vereinbaren, bei dem er auf die ominöse Erbschaftsangelegenheit in Australien eingehen wollte. Montagabend hatte er ihn dann endlich am Handy erwischt und heute am späten Nachmittag sollte in seinem Büro in Freyung das Treffen stattfinden. Raphael betrat pünktlich um 16 Uhr das alte Geschäftsgebäude. Schon kurz nach dem ersten Klingelton öffnete Michael die Eingangstür. „Hallo, Raphael, grüß dich, komm herein!" Raphael folgte seinem Bruder in dessen Büro. Die Sonne stand noch hoch am Vorfrühlingshimmel und tauchte das voll verglaste Studio in gleißendes Sonnenlicht. Als er eintrat, prallte er wie vor einer Wand zurück. Dicker Zigarrenrauch erfüllte den Raum, wurde vom schräg einfallenden Licht als Nebelschleier sichtbar gemacht, in dem die Staubpartikel tanzten. „Ja um Gottes Willen, hier stinkt's ja grässlich. Was rauchst denn du für ein Kraut?", rief er entsetzt. „Vorsicht, das ist eine „Ashton Churchill", so etwas bekommst du nicht unter 30 Euro das Stück", gab Michael ausgelassen zurück. Er nahm die halb gerauchte Zigarre aus dem Kristallaschenbecher, zog ein paar Mal daran, dann ließ er den Rauch genüsslich aus dem Mund strömen. „Setz dich Bruderherz, willst du etwas trinken? Kaffee, Bier, Grappa?" „Espresso mit Grappa wäre nicht schlecht, wenn es dir keine großen Umstände macht."

Michael ging ins Vorzimmer. Nach kurzer Zeit kam er mit einem Tablett zurück, auf dem zwei kleine Tassen und zwei hohe, randvoll gefüllte Grappagläser standen. Er stellte es auf dem kleinen Glastisch ab. Raphael hatte sich bereits in den einen schwarzen Ledersessel gesetzt, Michael nahm ihm gegenüber Platz. Ein paar Minuten herrschte Stille, beide nippten an den Getränken. Nach zwei drei Zügen an seiner Zigarre fragte Michael:„ Was gibt es denn so Wichtiges, dass du mich so schnell sprechen wolltest? Willst du mir Waltraut zurückgeben? Die kannst du behalten." Seine Worte sollten ironisch klingen, jedoch war deutlich Ärger daraus zu hören. „Übrigens, wie fühlt man sich denn, wenn man dem eigenen Bruder die Frau ausspannt?" Raphael blieb ruhig, betrachtete die Bügelfalten seiner Hose, nippte noch einmal an seinem Schnaps, dann gab er gelassen zurück: „Ich brauchte dir Waltraut nicht ausspannen, denn wer seine Frau schlägt, zeigt, dass er keine Liebe mehr für sie empfindet. Du hast sie dir selbst „ausgespannt", mein Lieber." Michael ging darauf nicht ein, sondern zog die Stirn ärgerlich in Falten. „Sag mal, steckst du hinter Waltrauts blödsinniger Idee, nicht in die Scheidung einwilligen zu wollen? Das ergibt doch keinen Sinn."„ Schmarrn! Du hast Waltraut zutiefst verletzt. Es ist doch klar, dass sie dich ärgern, dir etwas heimzahlen will. Ich bin mir sicher, wenn du noch einmal mit ihr sprichst, wird sie einwilligen. Auch wegen Katharina. Klare Verhältnisse sind allemal besser als ein ewiges Hickhack." Raphael lockerte den Krawattenknoten. „Ok, ich werde sie schon zur Vernunft bringen. Schließlich war ich ja lange genug mit ihr verheiratet. So, aber nun zu dir, was liegt vor?" Michael blickte seinen Bruder neugierig an.

Raphael griff in die Innentasche seines Sakkos, zog die Fotokopien der Australienbriefe hervor und legte sie auf den kleinen Glastisch. „Kannst du mir diese Schreiben erklären?" Michael warf einen kurzen Blick darauf. Sein Gesicht verzog sich für den Bruchteil einer Sekunde zu einer furchterregenden Fratze, dann hatte er sich wieder in der Gewalt. „Wie bist du an die Briefe gekommen?" „Das ist doch wohl unwichtig, entscheidend ist, dass ich sie habe. Ich hätte gerne eine Erklärung von dir." „Das ist schnell erklärt, hör zu", antwortete der ältere Bruder, der sich offenbar für die Vorwärts-Verteidigung entschieden hatte.

„Marie-Luise Schneider war Vaters Freundin während seiner Studienzeit in München. Dann hat er Mutter kennen gelernt, sie geschwängert, die Freundin sitzen lassen und Mama geheiratet. Merkwürdigerweise hat sie Vater nie vergessen. Sie wanderte ein paar Jahre später nach Australien aus, ließ sich in Brisbane nieder. Als Architektin war sie sehr erfolgreich. Sie hat nie geheiratet, sie ist unserem Vater – offenbar die Liebe ihres Lebens – sozusagen ewig treu geblieben. Und – sie hat Ende der 50er Jahre ihr Testament verfasst, worin sie Vater ihr gesamtes Vermögen vermachte. Sie hat es nur einmal abgeändert, als sie ihre beiden Immobilien Rosalind Page überschrieb. Am 29. Mai 2009 fand sie bei einem Zugunglück den Tod. Ich habe in Vaters Namen sein Erbe angetreten." Michael verstummte und sah seinen Bruder zufrieden an.

„Was hast du? In Vaters Namen sein Erbe angetreten? Ja spinnst denn du? Du hättest uns Brüder informieren müssen. Das war Betrug, Betrug auf der ganzen Linie, was du gemacht hast." Raphael schüttelte fassungslos den Kopf. „Ich darf doch von dir etwas mehr Respekt erwarten!" Michaels Stimme klang schneidend. „Moment, Bruderherz, du hast überhaupt keinen Grund dich aufzuregen. Verrate mir, bevor wir weiterreden, erst einmal die Summe, die du in Vaters Namen geerbt hast." Raphael blickte ihn neugierig an. „Ich hab dir schon gesagt, Marie-Luise Schneider war sehr erfolgreich. Außerdem hatte sie ihr Vermögen gut angelegt." „Ich will nur die Summe wissen!", unterbrach ihn Raphael. „Nach Abzug aller Kosten waren es 18,3 Millionen australische Dollar. Umgerechnet sind das 12,2 Millionen Euro." „Zwölf Millionen Euro! Mein lieber Junge, an diese Größenordnung hätte ich nicht gedacht. Wenn ich das richtig rechne, dann würde Mutter rund sechs Millionen erhalten und jeder von uns vier Brüdern eineinhalb Millionen. Den Anteil von Gabriel erbt Dr. Winter, der von Urs wird wieder durch vier geteilt. Das macht knapp zwei Millionen Euro. Wann kann ich mit dem Geld rechnen?" Raphael hatte die letzte Frage besonders betont.

Michael sah ihn verständnislos an. Raphael bemerkte, dass seine Augenlider nervös zuckten, sein Blick starr wurde. Dann begann er überlegen zu lächeln. „Du hast mich vorhin nicht richtig verstanden, Raphael. Das ist dein alter Fehler, mein Lieber. Du hörst nie richtig zu, wenn ich mit dir rede. Das hast du schon gemacht, als du noch klein warst. Ich habe deutlich gesagt: Ich habe in Vaters Namen das Erbe angetreten. Ich, nicht wir! Und ich werde es auch in Vaters Sinn verwenden!" „Du willst uns um dieses Erbe betrügen? Michael, komm zur Vernunft! Ich will gar nicht wissen, wie es dir gelungen ist, uns zu hintergehen. Darüber kann man vielleicht hinweg sehen. Aber, Bruderherz, Mutter, Waltraut, deine Tochter Katharina, Dr. Winter und auch ich, wir haben einen Rechtsanspruch auf unseren

Anteil. Geht dir das nicht in den Kopf?" Raphael war nahe daran, die Geduld zu verlieren. Anscheinend fehlte seinem älteren Bruder jegliches Unrechtsbewusstsein. „Ah, Raphael, zeigst du jetzt dein wahres Gesicht? Willst du Waltraut nur, wenn sie von meinem Geld etwas abbekommt? Ist das euer Plan? Soll ich mich mit Millionen aus meiner Ehe freikaufen?" Michael blickte seinen Bruder hasserfüllt an. „Michael, bist du wahnsinnig geworden? Kein Mensch will dich betrügen. Du hast uns betrogen! Also noch einmal: Wann kann ich mit meinem Anteil rechnen?" „Raphael, ich muss dich erneut tadeln. Du hast mir wieder nicht zugehört. Ich sagte: Ich werde das Erbe in Vaters Sinn verwenden!" „Woher willst du wissen, was Vater „Sinn" gewesen sein könnte, was er mit so viel Geld gemacht hätte?" „Du vergisst, dass ich der Erstgeborene bin. Vater hat mich schon während meines Studiums in seine Pläne eingeweiht. Und ich habe diese bis heute aufgehoben, weil ich wusste: Einmal kommt der Tag, da ich sie umsetzen kann. Und jetzt ist er gekommen. Alles ist schon in die Wege geleitet!" „Ich glaube, du bist völlig übergeschnappt, Michael. Wovon redest du überhaupt? Was hast du schon alles in die Wege geleitet?"

„Als ich in Mutters Post den Brief von Rosalind Page fand, wusste ich, die Zeit ist gekommen, da ich Vaters Lebenswerk vollenden konnte. Ich gründete eine Firma, gab ihr den Namen „Vitrolux" und ließ sie ins Handelsregister eintragen. Mit mir als alleinigem Inhaber. Meine Mutter und alle meine Brüder gaben mir ihre Vollmacht, sogar vom Notar beglaubigt, dass ihr Erbteil in diese Firma fließen sollte. Da liegt das Geld nun und wartet auf seine Bestimmung. Damit werde ich Vaters Lebenstraum verwirklichen." Raphael sah seinen Bruder ungläubig an. „Was maßt du dir an? Du hast uns, mit Hilfe eines Notars, um dieses Erbe betrogen? Du musst wahnsinnig geworden sein. Ist dein Gehirn so krank, dass dir jegliches Rechtsbewusstsein abhanden gekommen ist? Wach auf, Michael, Vater ist seit fünfundzwanzig Jahren tot, welchen Lebenstraum willst du denn da noch verwirklichen?"

„Vaters Traum von einer Welt aus Glas, Raphael. Erinnerst du dich nicht mehr. Du bist doch nur zwei Jahre jünger als ich. Weißt du nicht mehr, wie Vater von dieser Welt aus Glas geschwärmt hat. Eine Lichterwelt wollte er erschaffen und darin ein riesiges Glasmuseum eröffnen. Das musst du doch noch wissen!" „Ja, ich erinnere mich dunkel daran. Aber so ganz ernst genommen habe ich das nie." „Sag mal, hast du dir nie darüber Gedanken gemacht, warum Vater uns alle hat Architektur studieren lassen? Hast du dir nie Gedanken darüber gemacht, warum er uns die Namen der vier Erzengel gegeben hat? Hast du nie darüber nachgedacht, was die Aufgabe eines Architekten überhaupt ist?"

„Also, unsere Vornamen, das war schon ein Teil seines gigantischen Plans, den Vater hatte. Und das mit dem Architekturstudium, hat er ebenfalls geplant, um mit uns Brüdern zusammen eine Architektendynastie zu gründen, die weit über die Grenzen unserer Region Unvergängliches erbauen kann. Oh, Raphael", Michael blickte seinen jüngeren Bruder mitleidig an, „das sieht dir ähnlich. Du hast nichts begriffen. Du lebst ausschließlich im Jetzt. Schicke Anzüge, schönes Autos, geile Weiber – das ist dein Leben. Vormittags Architektur, damit du abends den Nobelitaliener bezahlen kannst." Voller Verachtung hatte er ihm die letzten Sätze entgegen geschleudert.

„Der wahre Architekt, mein lieber Bruder, ist ein Baumeister. Sein Vorbild ist der größte Baumeister, den es gibt, der Baumeister der Welt. Dieser ist im Besitz der ewigen Weisheit und der ewigen Wahrheit. „Er sprach: Es werde Licht Und es ward Licht. Er sah, dass das Licht gut war. Er schied das Licht von der Finsternis. Dann sprach er: Ein Gewölbe entstehe mitten im Wasser. Er machte also das Gewölbe und nannte es Himmel." Licht ist nicht nur Helligkeit und Wärme, es ist Erkenntnis. Das Licht ist Weisheit. Jeder Architekt ist weise, kennt die Wahrheit seines Handelns, weiß, warum seine Gewölbe, seine Gebäude stehen bleiben und nicht einstürzen. Er will, dass sein Bauwerk ewig ist. Der wahre Architekt plant und baut für die Ewigkeit. Aber er weiß auch, dass er unvollkommen ist und strebt nach der Vervollkommnung seines Handelns. Damit ihm dies gelingt, muss er lernen von denen, die ihre Weisheit an ihn weitergegeben haben, und er selbst muss bereit sein, ebenfalls seine Weisheit weiter zu geben.

Unser Vater war ein weiser Mann. Er wollte ein Gewölbe aus Glas schaffen und darin eine Welt des Lichtes. Er sah sich als Schöpfer einer gläsernen Welt, in der das Licht all jene Kunstwerke erstrahlen lassen sollte, die jemals aus Glas gefertigt wurden. Vater liebte den Werkstoff Glas, weil er als Naturglas so alt ist wie unsere Erde. Er liebte Glas ob seiner Licht brechenden Eigenschaft. In seiner Welt aus Glas spielten wir, seine Söhne, eine außerordentliche Rolle. Vater war der Schöpfer seiner Welt aus Glas und mir, Michael, hat er die Rolle des Verteidigers seiner Welt zugewiesen. Michael hat einst den Satan abgewehrt. Ich werde alle Widerstände abwehren, die seinen Lebenstraum gefährden könnten. Du, Raphael, bist der Versöhner. Deine Aufgabe, die Vater dir zugedacht hatte, ist es, dieses Bauwerk Wirklichkeit werden zu lassen. Du führst die Verhandlungen, vermittelst zwischen den Behörden. Gabriel hätte der Verkünder sein sollen, Vaters Bote. Er hätte die Vision dieser Welt aus Glas den Menschen vermitteln sollen. Und Uriel, er hätte als jüngster Sohn die Aufgabe gehabt, Vaters Lebenstraum für die Zukunft abzusichern. Er sollte Vaters Weisheit und die unsere weitergeben, seinen Traum der absoluten Vervollkommnung zuführen. Ich sehe an deinem Gesicht, Raphael, dass du nichts verstanden hast. Komm her, ich zeige dir, was ich meine."

Michael war aufgestanden. Er zog aus einem Kartenregal mehrere Blaupausen hervor und fixierte sie auf seinem Architektenschreibtisch. Raphael stellte sich neben ihn und betrachtete die bräunlich verfärbten Pausen. Er erkannte den Grundriss eines achtzig Meter langen, ovalen Bauwerks. Auf einem Fundament standen senkrechte Rippen, vier Meter hoch, einen Meter breit. Darüber schloss sich eine zweite „Rippenetage" an. Diese Flächen waren nur halb so lang und neigten sich in einem 50 Grad-Winkel zur Waagrechten der ersten Ebene. Darüber stand eine dritte „Rippenschicht", geneigt in einem 35 Grad-Winkel zur Waagrechten der zweiten Ebene. Sie bildete die Dachkuppel. Alle Metallrippen wurden durch waagrechte Verbindungsträger fixiert. Michael erklärte seinem Bruder Vaters Plan. „Wie du siehst, ruht dieser ovale Bau, der einem riesigen Wintergarten gleicht, auf einem Granitfundament. Das gesamte übrige Bauwerk besteht aus Glasscheiben, die in einem Stahlrahmen eingelassen sind.

Die Schrägstellung der beiden oberen Glasreihen sowie die Stahlrahmen der Dachscheiben geben dem Bauwerk die Statik. Wenn du dir den Aufriss ansiehst, bemerkst du, dass Vaters „Glaswelt" aus zwei Stockwerken besteht. Die Decke des Erdgeschosses sowie der Fußboden des zweiten Stockes bestehen ebenfalls aus Glas. Vater hatte an quadratische Glasfliesen gedacht, um die maximale Lichtausbeute zu erreichen.

Seine Welt aus Glas sollte am Karoli entstehen, östlich neben der barocken Kapelle. Sein Traum scheiterte daran, dass er das Grundstück nie erwerben konnte.

Ich, sein Sohn und Vollender, habe vor wenigen Monaten das gesamte Grundstück am Karoliberg, 20 000 Quadratmeter, gekauft. Es ist Eigentum meines Unternehmens, der „Vitrolux". „Was hast du? Du hast den Karoliberg gekauft?" Raphael war sprachlos. „Pass auf, ich zeige dir jetzt, wie ich Vaters Lebenstraum verwirklichen werde." Mit einem Druck auf zwei weiße Schalter, die an der Wandseite angebracht waren, ließ er die Verdunkelungsjalousien herunter.

Er fuhr einen Computer hoch, und auf dem großen Flachbildschirm erschien das 3D-Bild des gerodeten Karoliberges. „Donnerwetter, was so ein CAD-Programm so alles bietet", dachte sich Raphael überrascht. Michael klickte weiter. „Zunächst werde ich auf dem Karoliberg eine riesige, ebene Fläche schaffen. Der Granituntergrund ist für das Bauwerk bestens geeignet" Ein weiterer Mausklick und die eingeebnete Fläche wurde sichtbar. Die Erdarbeiten werden die zu bebauende Fläche noch einmal vergrößern." Nächster Mausklick. „Wie du siehst, habe ich die Form einer Halbkugel gewählt. Radius 100 Meter. Der Lichtdom wird an seiner höchsten Stelle 100 Meter hoch sein. Und jetzt kommt das Geniale!" Michaels Stimme überschlug sich, so begeisterte er sich an seiner eigenen Idee. „Die gesamte Halbkugel besteht aus 65 000 gewölbten, gläsernen Sechsecken. Diese in Stahlrahmen gefassten Hexagone geben dem Bauwerk eine Statik, die nicht einmal bei einem Flugzeugabsturz zerstört würde." Nach einem erneuten Mausklick wurde das futuristisch anmutende Bild einer riesigen Glashalbkugel sichtbar. Kannst du dir vorstellen, was dieses Projekt für unsere Region bedeutet? 65 000 Glaswaben! Die Glasindustrie, im letzten Jahr stillos beerdigt, feiert Auferstehung.

Hunderte neuer Arbeitsplätze werden entstehen. Ein Jahrhunderte altes Handwerk wird wieder zu einer wirtschaftlichen Säule in unserer Region.

Aber das Faszinierende ist auch die energetische Seite. Durch die gewölbten Glaswaben wird die Sonnenenergie vom ersten bis zum letzten Sonnenstrahl maximal genutzt." Ein erneuter Mausklick simulierte in dem neuen 3D-Bild die Beleuchtung, „schaltete" in dem Glasbau förmlich „das Licht an". „Würde die entstehende Warmluft in der „Welt aus Glas" nicht abgesaugt, wäre eine Temperatur von bis zu 100 Grad Celsius möglich." Per Mausklick wurde nun auch das Innenklima des Gebäudes farblich simuliert. „Aber über die Absaugung ist eine Wärmeumwandlung möglich, die direkt ins Karolibad führt und dort die Schwimmbecken aufheizt. Die Stadt Waldkirchen spart sich zukünftig jegliche Energiekosten für ihr Spaßbad. Außerdem entstehen rund um die „Welt aus Glas" riesige Solarparks, die sind ja heute schon das große Geschäft im Bayerwald. Tagsüber leuchtet die Glaswelt durch die Sonneneinstrahlung, nachts bleibt sie hell erleuchtet. Leuchtstoffröhren, in die Glaswaben eingearbeitet und gespeist durch den gespeicherten Solarstrom, sorgen nachts für Licht. Alle überschüssige Energie, die in den Solarparks gewonnen wird, leiten wird in das Waldkirchener Stromnetz ein, so dass die Strompreise für alle Bürger sinken werden."

Michael hatte sich in einen Rausch geredet. Er schien nun nicht mehr bei Sinnen zu sein. „Die geplanten 13 Stockwerke ruhen auf Stahlträgern. In der Mittelsäule befinden sich vier Aufzugschächte." Per Mausklick wurde die Stockwerksaufteilung in das Bild eingespielt. „Die oberste Etage bleibt frei, dort werde ich Vater ein Denkmal setzen. Alle übrigen Etagen werden entweder als Ausstellungsflächen für das Glasmuseum genutzt oder an Sponsoren vermietet. Ich bin mir sicher, dass unser Modehaus an diesem Projekt Interesse haben wird. Ein erneuter Mausklick zeigte eine faszinierende Einkaufswelt der Mode, verteilt auf mehrere Etagen. „Dass Restaurants, Bistros und Cafes Platz finden werden, ist selbstverständlich.

Und wir leiten das Unternehmen und führen es in Vaters Sinne. Kannst du erahnen, was die „Welt aus Glas" für Waldkirchen, für die

Region, für Bayern bedeutet? Höher als der Bayerwald-Dom, weithin sichtbar, nachts ein leuchtendes Wahrzeichen. Vaters Idee wird hier wieder eine blühende Landschaft entstehen lassen, wie damals, als Waldkirchen wirtschaftliches Zentrum des „Goldenen Steiges" war. Der Tourismus wird einen derartigen neuen und großartigen Aufschwung nehmen, dagegen wird die „Kleine Landesgartenschau" ein laues Lüftchen gewesen sein." Michael hielt inne. Er atmete schwer, Schweißperlen glänzten auf seiner Stirn. Er ging zu dem kleinen Glastisch, trank den Rest seines Grappa aus, dann zündete er umständlich seine kalt gewordene Zigarre an. Nach ein paar tiefen Zügen schien er sich erholt zu haben.

Raphael stand noch immer vor dem Flachbildschirm. „Mein Gott", dachte er, „welche Arbeit hat mein Bruder in dieses Wahnsinnsprojekt gesteckt!" „Hast du auch Gabriel und Urs von Vaters „Lebenstraum" oder besser ausgedrückt, von „deinen Plänen" erzählt?" Michael sah seinen Bruder mürrisch an. „Selbstverständlich doch!" „Und – was hielten sie davon?", fragte Raphael neugierig. „Ich möchte über meine verstorbenen Brüder nichts Schlechtes sagen. Aber sie waren noch weniger Architekten als du. Gabriel sagte fast wörtlich: „Für einen Menschen, der mich so gequält hat wie mein Vater, gebe ich keinen einzigen Cent für ein Denkmal aus. Da schmeiße ich das Geld noch eher in die Donau." Er wollte das Geld haben, damit er weiterhin seine Naturfriedhöfe planen und bauen konnte." „Und Urs, was hielt er von deinen Plänen?" „Uriel sah nur das Geld. Er hatte sich in Franken zu einem Fress- und Saufsack entwickelt. Restaurierte barocke Baudenkmäler, arbeitete in der Altstadtsanierung und wurde fett und immer fetter", gab Michael gehässig kund. „Sag mal, Michael", fragte Raphael nachdenklich, „warum hast du eigentlich Urs und Gabriel in deine Pläne eingeweiht, aber mich als den Zweitältesten nicht?" „Ich habe dein Einverständnis mit meinen Plänen ganz selbstverständlich vorausgesetzt", lautete Michaels entwaffnende Antwort.

„Tja, Bruderherz", entgegnete nun Raphael, „unsere leider so früh verstorbenen Brüder haben von deiner Idee nichts gehalten. Sie wollten deinen oder vielleicht auch Vaters Lebenstraum, die irrsinnige Idee von der „Welt aus Glas" nicht mitfinanzieren. Und ich sage dir eines: Für diese „Welt aus Glas" reichen 12 Millionen Euro nicht, dazu brauchst du eher 120 Millionen. Lass die Finger davon, denn ich habe auch kein Interesse an deinen Plänen. Schau, dass du die Sache mit dem Betrug aus der Welt schaffst. Bis jetzt wissen nur wir zwei davon. Waltraut werde ich nichts sagen. Bring das in Ordnung und zahle das Geld an die aus, die einen Anspruch darauf haben. Denke daran, auch meine Geduld ist nicht unendlich." Er wandte sich zur Tür. Hinter ihm schrie Michael auf: „Raphael, das kannst du nicht machen! Das ist Verrat an Vaters Lebenstraum! Raphael, wenn wir die „Welt aus Glas" bauen, bauen wir für die Ewigkeit. Wir werden unsterblich! Bitte, Raphael!" Michael schluchzte laut auf, Tränen flossen aus seinen Augen, fingen sich in den weißen Barthaaren. Raphael drehte sich kurz um: „Ich glaube, Michael, du bist wahnsinnig!" Dann verließ er das Büro seines Bruders. Aufgewühlt fuhr er nach Salzweg zurück. Ein Gefühl von Angst und Sorge beschlich ihn. Michael war offensichtlich krank. Geisteskrank. Größenwahnsinnig. Die Anzeichen waren eindeutig. Michael war ihm wie besessen vorgekommen. Noch vermochte er sich offenbar zu kontrollieren. Aber was passierte, wenn er die Kontrolle verlor, wenn die Krankheit weiter fortschritt? Oder war er etwa schon unberechenbar geworden? Waren er und Waltraut in Gefahr? Raphael beschloss, Waltraut zwar von der „Welt aus Glas" zu berichten, nicht aber von der Unterschlagung. Er wollte aber auf jeden Fall Michaels mögliche psychische Krankheit ansprechen.

In einem Büro, Donnerstag, 25. März 2010

Endlich waren die Geschäfte an diesem langen, verkaufsoffenen Donnerstag geschlossen. Die Innenstadt leerte sich, nur noch wenige Passanten befanden sich auf dem Nachhauseweg. Der Verkehrslärm ebbte ab. Dort, wo die Straßenlaternen nicht ihr orangefarbenes Licht verbreitete, herrschte bereits tiefe Dunkelheit. Auch in dem Bürohaus war alles ruhig, niemand außer ihm befand sich mehr in dem Gebäude. Er versperrte die Eingangstür und begab sich in die kleine Teeküche. Das grelle Licht einer Neonröhre erhellte den Raum. Er sperrte einen Unterschrank auf und entnahm ihm eine große, verschlossene Aluminiumkiste, die er zunächst auf die lange Arbeitsplatte stellte. Nachdem er die silbern glänzende Kiste aufgeschlossen hatte, holte er daraus ein eisernes Dreibein, eine kleine blaue Gasflasche, an die ein Bunsenbrenner angeschlossen war und einen großen, bauchigen Destillierkolben hervor. Er stellte die geöffnete Kiste auf den Boden, ging in sein Büro und entnahm seinem Schreibtisch ein Päckchen mit fein geschnittenen Tabakblättern. Diese schüttete er in den Destillierkolben, füllte ihn mit Wasser und gab etwas Natriumhydroxid-Lösung hinzu. Er setzte die doppelwandige Destillierröhre auf den Glaskolben und schloss einen kleinen roten Wasserschlauch am Wasserhahn der Spüle an. Dann entzündete er den Bunsenbrenner und stellte ihn unter das Dreibein.

Er sah zu, wie das Wasser in dem Glaskolben zu kochen begann. Während langsam die Luftbläschen nach oben stiegen, hatte er Zeit, seinen Gedanken nachzuhängen. Es war gut gewesen, bei der Renovierung des Chemiesaales im Freyunger Gymnasium, diese alten Gegenstände einzupacken. Seine „Schatzkiste", so nannte er gelegentlich den Aluminiumkoffer, barg noch so manches, was ihm wertvolle Dienste leisten konnte. Es war auch gut gewesen, die Chemikalien, die er für seine Experimente benötigte, in den Apotheken der größeren bayerischen Städte zu besorgen, in denen er gelegentlich beruflich zu tun hatte. So konnte er sicher sein, dass kein Verdacht auf ihn fallen würde. Er drehte den Wasserhahn auf und bemerkte, dass der heiße Wasserdampf sich im gekühlten Destillierrohr flüssig niederschlug. Er fing das abdestillierte Tabakwasser in einem großen Glasbecher auf. Nun gab er ein wenig Dicarbonsäure hinzu und begeisterte sich an dem Farbenspiel, das in dem Becher zu beobachten war. Es erinnerte ihn an chemische Experimente, die er als Schüler durchgeführt hatte: Aus rot – mach – blau – mach – braun. Der Umschlag der farblosen Flüssigkeit über blau in kongorot zeigte ihm an, dass das Auskochen des Nikotins aus den Tabakblättern voranschritt. Er schraubte den kleinen Wasserschlauch ab, nahm nun vorsichtig die Destillierapparatur vom Dreibein und stellte den Glasbehälter mit dem Destillat darauf, um es einzudicken. Kongorot, ein Lächeln huschte über sein Gesicht. Eine ähnlich rote Farbe hatten auch ihre Locken. Mit welcher Leidenschaft hatte er in ihren Haaren gewühlt, ihren bezaubernden Duft aufgesogen.

Seine neue Geliebte würde ihm jetzt bei der Durchsetzung seiner Pläne sehr nützlich sein, dessen war er sich sicher. Schon seit längerer Zeit hielt er sie wie eine Marionette an langen Fäden. Nun endlich war es so weit. Unreines Nikotinsalz befand sich in dem Abscheider. Er stellte den Bunsenbrenner ab und ließ das Nikotinsalz abkühlen. Er reinigte währenddessen die verwendeten Gerätschaften und verstaute sie zusammen mit dem Dreibein in dem Aluminiumkoffer. Dann stellte er die Kaffeemaschine an und kochte sich einen doppelten Espresso. Während er den starken Kaffee genussvoll schlürfte, dachte er an sein Vorhaben. Schon bald würde es Wirklichkeit werden. In dem Glasbecher bildete sich, nachdem er noch ein paar Chemikalien beigemischt hatte, eine braune ölige Nikotinbase an der Oberfläche. Mit einer feinen Pipette zog er sie ab und füllte sie in ein Reagenzglas. Er gab etwas Ätzkali hinzu, dann war das tödliche Gift hergestellt. Aus seinem Schreibtisch holte er anschließend eine Packung Eukalyptusbonbons. „Karl Moors Echte, die mit dem weichen Kern“ Welcher dämliche Werbetexter hatte sich wohl diesen idiotischen Produktnamen ausgedacht? Er löste mit einem scharfen Skalpell den Falz der Zellophanverpackung und entnahm vorsichtig Bonbon für Bonbon. Noch einmal musste er den Bunsenbrenner anzünden. Er wickelte die Hälfte der kleinen braunen Süßigkeiten aus ihrer

Verpackung. Mit einer Injektionsspritze mit dicker Hohlnadel zog er das nunmehr farblose Gift aus dem Reagenzglas auf. Nachdem er die Injektionsnadel über der blau züngelnden Flamme erhitzt hatte, spritzte er eine tödliche Dosis in jedes Bonbon. Nach jedem Einstich musste er die Nadel läutern, um Verbrennungsrückstände zu vermeiden. Heute wollte er auf Nummer sicher gehen. Er reinigte die letzten Geräte unter dem heißen Wasserstrahl in der Spüle, verpackte die Bonbons wiederum so, dass der „kleine Eingriff" mit bloßem Auge nicht zu erkennen war. Nun versperrte er Koffer und Unterschränkchen.

Passau, Samstag, 27. März 2010

Eine Woche vor Ostern zeigte sich die Dreiflüssestadt von ihrer besten Seite. Die gesamte Fußgängerzone hatte sich in einen zauberhaften Frühlingsmarkt verwandelt. Dicht an dicht standen die Buden der Fieranten, waren Marktstände und kleine Bühnen aufgebaut worden. Die Musikbeschallung lief auf voller Dezibel-Stärke, die bayerischen, exotischen und die undefinierbaren Gerüche umhüllten die Besucher, weckten Appetit und Interesse. Die Fußgängerzone glich einem Meer an gelben Osterglocken, die nun nicht mehr hinter Folien vor Frost geschützt werden mussten, denn die Frühlingssonne schien warm von einem wolkenlosen Himmel. Alles war gerichtet für einen wunderbaren Einkaufstag. Die Menschen, die sich in dichten Trauben an den Ständen vorbei schoben, plötzlich stehen blieben, begutachteten, auswählten, verwarfen, kauften oder weiter gingen, waren in bester Stimmung. Zu lange hatte der Winter gedauert. Heute zog es alle hinaus in den Frühling.

Auch Waltraut Binder hielt sich in Passau auf. Gestern Abend hatte sie in einem langen Gespräch Katharina erklärt, dass sie und ihr Vater sich nun endgültig scheiden lassen wollten. Katharina hatte sich lange in ihren Armen ausgeweint. Sie war aber bereits erwachsen genug, um einzusehen, dass in einer Trennung auch immer die Möglichkeit zu einem Neuanfang steckt. Vermutlich hatte sie in der Nacht noch mit ihren Freundinnen das Für und Wider einer Scheidung per Handy diskutiert, denn heute Morgen wollte sie dann plötzlich in Passau shoppen gehen, und Waltraut hatte es nicht übers Herz gebracht, ihr diesen Wunsch abzuschlagen. Gegen Mittag waren sie dann losgefahren, doch schon an der ersten Ampel in der Ilzstadt hatte sie ihren Entschluss bereut, denn die Fahrzeuge stauten sich bereits bis zur Pferdemetzgerei zurück. Zäh ging es dann bis zur Schanzlbrücke weiter. Katharina war an der neuen Stadtgalerie ausgestiegen, sie war anschließend zu Raphaels Büro gefahren, um dort ihren Wagen auf dessen Privatparkplatz zu stellen.

Jetzt saß sie mit ihm in einem kleinen Kaffeehaus beim Mittagsimbiss. „Du siehst wieder einmal zum Anbeißen aus, Liebling!" Raphaels Augen leuchteten glücklich, während er sie von oben nach unten musterte. Sein Blick verweilte an manchen Stellen länger, wie Waltraut belustigt bemerkte. „Der weiße Rollkragenpullover passt hervorragend zu deiner Löwenmähne, Liebes, und die Jeans dürften keine Nummer größer sein." „Danke Raphael für deine wunderbaren Komplimente. Aber schließlich sitze ich ja auch mit einem sehr gut aussehenden Mann beim Mittagessen. Da will ich doch mithalten können." Raphael bestellte einen Frühlingssalat mit gebratenen Garnelen für Waltraut und für sich einen deftigen Linseneintopf mit Würsteln, dazu trockenen Weißwein für sie beide.

„Was gibt es denn Neues?", fragte Waltraut, während sie auf das Essen warteten. „Eigentlich nicht viel. Ich habe heute Morgen mit Michael telefoniert, weil ich seit einer Wochen nichts von ihm gehört habe. Er ist seit gestern in München bei seinem „dicken Fisch", will aber heute Nachmittag wieder in Freyung sein. Seine kleine Notariatsmaus wartet sicher schon auf ihn." „Ich habe den Eindruck, er ist irgendwie auf Tauchstation gegangen", mutmaßte Waltraut. „Ich habe ebenfalls seit unserem Scheidungsgespräch nichts mehr von ihm gehört. Er hat irgendwann einmal, als ich nicht zuhause war, seine Kleidung abgeholt. Das war aber auch schon alles. Nur, Raphael, ich traue ihm nicht. Sicherlich heckt er irgend etwas Gemeines aus." „Ich glaube, ich muss noch einmal mit ihm reden, denn ich mache mir Sorgen um ihn. Ich bin sicher, dass er krank ist. Geisteskrank, größenwahnsinnig!" „Raphael, kann es sein, dass du Gespenster siehst?", fragte Waltraut. „Ich habe dir doch von unserem Gespräch über Vaters angeblichen Lebenstraum erzählt und von der „Welt aus Glas", dem Projekt, das Michael plant. Gegen Ende des Gesprächs hatte ich den Eindruck, wie ich dir auch erzählt habe, dass er wahnsinnig geworden ist. Ich will ihn auf jeden Fall überreden, sich fachärztlich untersuchen zu lassen." „Kann es sein, dass du da ein bisschen übertreibst. Ich hatte schon damals, als du mir von euerem Gespräch berichtet hast, den Eindruck, dass du sein Verhalten zu negativ siehst. Sicher, er hat manchmal Anwandlungen, wo er

„spinnert“ erscheint, aber hat die nicht jeder von uns mal?“ „Waltraut, du kannst ja Recht haben, aber du hättest seine Augen sehen sollen, seine Mimik, am Ende hat er geschluchzt und geweint! Du hättest Angst bekommen. Dann dieser wahnsinnige Vaterkomplex, der bei jedem Wort, das er sagte, offensichtlich wurde. Ich glaube, da kommt noch einiges auf uns zu.“ „Was auf jeden Fall jetzt auf uns zu kommt“, unterbrach Waltraut ihn, „ist unser Mittagessen.“

Die Bedienung stellte Gläser und Teller auf das Tischchen und nach einem „Guten Appetit, mein Liebling!“ ließen sie es sich schmecken. Eine Dreiviertelstunde später war der Verdauungsespresso getrunken. Raphael sah auf die Uhr. “Was hältst du davon, wenn wir noch einen kleinen Spaziergang anschließen? Oder hast du keine Zeit mehr?“ „Oh, doch. Außerdem: Bewegung schadet nicht. Ich habe mit Katharina vereinbart, dass sie mich anruft, wenn sie fertig ist oder wenn sie Geld braucht. Dann treffen wir uns.“ „Gut, Liebling, dann bezahl ich mal.“ Er stand auf, wandte sich an die Bedienung und beglich die Rechnung. Nachdem er an der Garderobe seinen Trenchcoat angezogen hatte, kam er mit Waltrauts Frühjahrsmantel an ihren Tisch zurück. „Bist du fertig? Können wir gehen?“ Waltraut stand auf. Während er ihr in den Mantel half, flüsterte sie: „Raphael, während der ganzen Zeit, die wir hier im Kaffeehaus waren, bin ich mir irgendwie beobachtet vorgekommen.“ Er blickte sich vorsichtig im Lokal um. Dann fragte er leise: „Hast du einen Bekannten entdecken können? Hat dich jemand der Gäste angestarrt?“ „Das ist es ja eben. Nichts. Niemand, der mir auch nur annähernd bekannt vorgekommen wäre, den ich irgendwo schon einmal gesehen hätte, niemand. Und trotzdem habe ich dieses merkwürdige Gefühl. Vielleicht bilde ich mir das auch nur ein. Komm lass uns gehen.“

Sie traten hinaus in einen strahlenden Frühlings-Nachmittag. Die Sonne heizte die Straßen auf, kein Wunder, dass der Frühjahrsmarkt noch immer sehr gut besucht war. In den Straßencafes herrschte reges Treiben. Das erste Eis des Jahres wurde geschleckt. Viele junge Leute saßen auf Bänken und nahmen das erste Sonnenbad. Waltraut und Raphael schlenderten Hand in Hand zum Donaukai hinunter. Waltraut sah sich des öfteren um. Von hier aus genossen sie den einzigartigen

Blick auf die Veste Oberhaus, die sich mächtig über dem gegenüber liegenden Donauufer erstreckte. Sie spazierten zur Ortsspitze, wo sie das dunkelgrüne Wasser der Ilz, das graue, kalkhaltige Wasser des Inn und die blaue Donau zusammenfließen sahen. Dann machten sie sich auf den Rückweg. Raphael blieb am Schaiblingsturm stehen. „Unser Landkreis feiert doch heuer 1 000 Jahre Goldener Steig", erklärte er Waltraut, „und genau hier begann er. Hier am Innhafen wurde das Salz, aus Hallein kommend, abgeladen, dann mit einer Fähre über die Donau in die Ilzstadt gebracht und schließlich auf die Pferde der Säumer verladen, die es dann bis nach Böhmen brachten." „Wir stehen also auf historischem Boden", ergänzte Waltraut. Sie umarmte Raphael, drückte ihm einen dicken Kuss auf den Mund, blickte ihm über die Schulter und flüsterte: „Raphael, ich habe immer noch das Gefühl beobachtet zu werden. Ich habe mich schon die ganze Zeit umgesehen, ob uns jemand folgt. Nichts Auffälliges. Aber das Gefühl bleibt. Sag mal, du mein Geliebter, liebst du mich auch noch, wenn ich meschugge werde?" „Ja, mein Kleines, auch dann noch", entgegnete er und küsste sie zärtlich.

Eine Viertelstunde später waren sie wieder in der Fußgängerzone angekommen. Waltrauts Handy läutete. Es war Katharina. „Du, Mami, ich habe in der Stadtgalerie eine tolle Jacke entdeckt, die hätte ich gern. Ich möchte aber, dass du sie vorher siehst. Können wir uns treffen?" „In Ordnung, Kathi, ich bin in einer Viertelstunde bei dir. Wir treffen uns vor der kleinen Boutique neben dem Haupteingang. Magst du mitkommen, Raphael? Katharina will sich eine Jacke kaufen. Ich soll entscheiden, ob sie ihr steht." „Sei mir nicht böse, aber einkaufen gehen möchte ich jetzt nicht. Ich mache dir einen Vorschlag. Du triffst dich mit Katharina. Ich gehe ins Büro zurück, fahre dann nach Salzweg, und ihr kommt auf dem Rückweg noch bei mir vorbei. Vielleicht koche ich euch noch etwas Leckeres. Über das restliche Abendprogramm reden wir dann später." „Du hast Recht, so machen wir's." Sie verabschiedeten sich mit einem sanften Kuss.

Waltraut stürzte sich in das Gewühl in der Fußgängerzone, wo die Marktstände nur eine schmale Gasse für die Fußgänger gelassen hatten. Die Menschenmassen schoben sich durch die Ludwigstraße. Waltraut war eingekeilt. Vor ihr versperrten ihr drei schwer mit Einkaufstüten bepackte Zweizentnerfrauen den Weg, hinter ihr schoben mit Bierflaschen bewaffnete Jugendliche nach. „Herrgott, geht's hier zu. Geht halt weiter!" Waltraut fluchte innerlich. Die Menschentraube kam zum Stillstand. Waltraut sah links vor sich eine kleine Lücke, durch die sie sich nach vorne schieben wollte. In diesem Augenblick verspürte sie im Rücken einen scharfen Stich. Ihr wurde schwarz vor Augen. Ein brennender Schmerz breitete sich auf ihrer linken Brustseite aus. Sie sank zu Boden, fiel in einen weichen, schwarzen Nebel. Wie von weiter Ferne hörte sie jemanden sagen: „Mein Gott ist die besoffen, und des am hellen Nachmittag." Menschen stiegen über sie hinweg. Waltraut wollte schreien. Jemand beugte sich über sie, versuchte sie hochzuheben. Sie hörte wie er rief: „Die Frau blutet, ruft den Notarzt!" Dann wurde es Nacht um sie.

Katharina Binder wartete vor dem Eingang der Boutique auf ihre Mutter. Vor einer halben Stunde hatte sie mit ihr telefoniert. Normalerweise war sie immer pünktlich, aber bei dem Andrang, der heute in der Stadtgalerie herrschte, war eine Verspätung jederzeit möglich. Nachdem sie nochmals eine Viertelstunde gewartet hatte, rief sie ihre Mutter auf dem Handy an. Sie nahm nicht ab, die Mailbox schaltete sich ein. Katharina rief Raphael an. „Du Onkel Raphi, weißt du wo Mami ist? Sie wollte sich mit mir vor einer halben Stunde hier treffen, sie ist aber noch nicht aufgetaucht." „Nein, Katharina, wir haben uns vor einer Dreiviertelstunde am Eingang der Fußgängerzone getrennt. Sie müsste schon längst bei dir sein. Bleib wo du bist, ich komme gleich vorbei. Bestimmt ist Waltraut gleich da. Aber wartet auf mich, ok?" „Ist in Ordnung, ich bleib hier stehen."

Raphael machte sich auf den Weg in die Stadtgalerie. Er mied die Fußgängerzone, benutzte Schleichwege. Unterwegs rief er Waltraut an. Es meldete sich nur die Mailbox. Nach einer knappen Viertelstunde traf er vor dem Modegeschäft auf die wartende Katharina. „Onkel Raphi, gut dass du kommst. Mami ist immer noch nicht da. Und an ihr Handy geht sie auch nicht ran. Wo kann sie denn nur sein? Ich mache mir langsam Sorgen." „Ich habe keine Ahnung!" Raphael dachte an Waltrauts Äußerungen von heute Nachmittag. Sie hatte sich beobachtet gefühlt. „Hoffentlich ist ihr nichts geschehen." Eine unerklärliche Angst beschlich beide. Plötzlich klingelte sein Handy. Eine unbekannte Frauenstimme meldete sich. „Mit wem spreche ich bitte?", fragte sie streng. „Raphael Binder. Wer sind Sie?" „Klinikum Passau, Notaufnahme, Babl. Sie haben vor wenigen Minuten auf dem Handy von Frau Waltraut Binder angerufen. Frau Binder wurde vor zwanzig Minuten eingeliefert. Sie wird gerade operiert. Sind Sie ein Verwandter?" „Um Gottes Willen, was ist denn passiert? Ich bin ihr Lebensgefährte. Ihre Tochter und ich warten seit einer Dreiviertelstunde auf sie." „Ich kann Ihnen nichts Genaueres sagen. Kommen Sie bitte ins Klinikum." Damit war das Gespräch beendet.

„Onkel Raphi, was ist denn mit Mami, sag schon!", rief Katharina voller Sorge. „Ich weiß es nicht, Kathi, sie ist ins Klinikum eingeliefert worden. Sie wird gerade operiert. Komm, wir fahren sofort zu ihr!" Beide hasteten davon. Katharina nahm unterwegs ihr Handy heraus und wählte die Nummer ihres Vaters. „Ich ruf Paps an. Er soll wissen, dass Mami etwas passiert ist." „Merkwürdig Onkel Raphi, es meldet sich auch nur seine Mobilbox. Naja, dann schicke ich ihm eine SMS." Kurze Zeit später fuhren sie ins Klinikum, wo sie sich in die Notaufnahme begaben. Nach einer quälend langen Stunde des Wartens erschien der diensthabende Chirurg. „Frau Binder ist außer Lebensgefahr", erklärte er. „Gott sei Dank", eine Zentnerlast fiel von beiden ab. „Sie hatte großes Glück. Das Messer, ich vermute es war eines, das ihr von hinten in den Rücken gestochen wurde, ist an einer Rippe nach unten abgeglitten. Es hat deshalb das Herz, beziehungsweise die Herzschlagader verfehlt. Ich habe in einer Notoperation den Wundkanal versorgt. Frau Binder befindet sich momentan im Aufwachraum der Intensivstation, Dort wird sie über Nacht noch bleiben, aber ich glaube, dass sie morgen Vormittag auf die Station verlegt werden kann. Ich muss Ihnen mitteilen, dass das Klinikum die Staatsanwaltschaft in Passau informieren musste. Frau Binder ist anscheinend Opfer eins Verbrechens geworden." Bei diesen Worten zuckte Raphael zusammen. Der Arzt begleitete die beiden auf die Intensivstation. Durch eine Glasscheibe hindurch sahen sie Waltraut, die, an mehrere Schläuche angeschlossen, friedlich dalag.

„Onkel Raphi", fragte Katharina leise, „wer macht denn so etwas? Mami hat doch niemandem was getan. Warum sticht sie jemand nieder?" Sie begann zu weinen. Raphael nahm sie in die Arme. „Beruhige dich, Kathi, ich weiß auch nicht, warum jemand so etwas macht. Es ist fürchterlich. Am helllichten Nachmittag in einer belebten Fußgängerzone. Vermutlich hat niemand etwas gesehen. So etwas kann doch nur einem Verrückten einfallen." Katharina schluchzte. „Aber Kleines, wir müssen froh sein, dass Waltraut lebt. Vielleicht, wenn alles gut geht und die Wunde schnell verheilt, ist deine Mama bald wieder auf den Beinen." „Das wünsche ich mir so sehr." Katharina beruhigte sich langsam wieder. „Weißt du Kathi, wir können jetzt nichts mehr für sie tun. Lass uns nach Hause fahren. Ich glaube das Beste ist es, wenn du heute bei mir in Salzweg bleibst. Morgen früh fahren wir dann gleich wieder ins Krankenhaus, ok?" Katharina stimmte zu. Dann verließen sie das Krankenhaus.

Auf dem Heimweg versuchte Katharina noch mehrfach ihren Vater am Handy zu erreichen, aber vergeblich, es meldete sich immer nur die Mailbox. Zwanzig Minuten später schlossen die beiden die Eingangstür zu Raphael Binders Haus in Salzweg auf. Der Architekt ließ Katharina eintreten. Bevor er seinen Trenchcoat auszog, öffnete er den breiten Edelstahlbriefkasten neben der Eingangstür und entnahm ihr eine Zeitung, mehrere Briefe, viele Werbeprospekte. In der Zeitungsrolle steckte ein kleines braunes Päckchen. Raphael warf einen kurzen Blick auf die Postsendungen, dann legte er alles achtlos auf das Garderobenschränkchen. Nach einem kleinen, schweigend eingenommenen Abendessen beschlossen beide traurig den Tag. Katharina verschwand mit einem kurzen Gruß im Gästezimmer, Raphael legte sich auf die Couch im Wohnzimmer und schlief dort erschöpft ein.

Am nächsten Morgen erwachte er sehr früh. Als er nach dem Duschen in die Küche ging und das Frühstück bereiten wollte, war Katharina bereits auf. „Wir können es wohl beide kaum erwarten, wieder ins Klinikum zu deiner Mutter zu kommen?" „Stimmt, Onkel Raphi, so früh stehe ich sonntags sonst nie auf, aber heute konnte ich einfach nicht mehr schlafen." „Was hältst du davon, wenn wir gleich losfahren und in dem „etwas anderen Restaurant" frühstücken?" Katharina war von dem Gedanken begeistert. Wenig später saßen sie dann auf roten Plastikstühlen, schaufelten „ham and eggs" in sich hinein und spülten es mit „american coffee" hinunter. „Übrigens, Onkel Raphi, ich habe Paps gestern Abend noch erreicht. Er weiß also Bescheid, was Mami passiert ist." „Und, was hat er gesagt?", fragte Raphael nach. „Er war genauso entsetzt über das gemeine Verbrechen, wie wir. Und er hat gesagt, dass er sich selbstverständlich um alles kümmern wird. Wobei ich nicht genau weiß, was er mit „alles" gemeint hat." „Na ja, lassen wir uns überraschen", beendete Raphael Binder dieses Thema.

Als sie gegen neun Uhr das Klinikum in Passau betraten, war Waltraut tatsächlich schon in ein Krankenzimmer verlegt worden. Sie lächelte glücklich, als sie ihre beiden Liebsten sah. Katharina stürmte auf ihr Krankenbett zu, wollte sie in die Arme nehmen, aber Waltraut wehrte ab. „Bitte nicht, das tut alles noch höllisch weh." Raphael beugte sich über sie. Mit vor Rührung belegter Stimme sagte er: „Hallo Liebes, ich bin so glücklich, dass du lebst und dass es dir schon wieder besser geht." Er küsste sie sanft, war bemüht ihr keine zusätzlichen Schmerzen zu verursachen. Raphael ließ sich auf einem Stuhl nieder, Katharina setzte sich auf das Bett. „Sag mal, Mami, wie ist das denn überhaupt passiert. Hast du das Schwein gesehen, das dich niedergestochen hat?" „Ich erinnere mich kaum. Ich habe einen brennenden Stich im Rücken gespürt. Dann wurde es mir schwarz vor Augen." „Und du weißt nicht, wer es gewesen sein könnte?", fragte Raphael nach. „Keine Ahnung. Nichts!"

Waltrauts Stimme wurde leiser. Ihre Augenlider wurden schwer. „Psst, mein Liebes, nicht mehr reden. Das strengt dich zu sehr an." Schon bei Raphaels letzten Worten war Waltraut eingeschlafen. Er betrachtete sie liebevoll und murmelte leise: „Jetzt wirkt ihr Teint noch blasser. Ihre feuerroten Locken auf dem weißen Kopfkissen … Sie ist wirklich wunderschön. Die beiden blieben bis zum Nachmittag bei Waltraut im Krankenhaus, dann fuhr Raphael Katharina nach Grainet zurück. „Willst du heute Abend wirklich hier bleiben? Du kannst auch gerne noch einmal in Salzweg übernachten.“ „Nein, ich muss ja morgen früh in die Schule. Weißt du, ich rufe dann Paps noch einmal an. Ich sage ihm, dass es Mami schon wieder besser geht. Immerhin ist er noch immer mit ihr verheiratet. Ich frage ihn auch, ob er heute Abend nach Hause kommt. Das macht er bestimmt. Wenn nicht, dann rufe ich dich an, dann kannst du ja bei uns übernachten. Aber danke für das Angebot, Onkel Raphi.“ Raphael strich seiner Nichte zum Abschied sanft über die Schulter. „Tschüss Kathi. Ruf mich an, wenn was ist. Oder wenn du ein Taxi nach Passau brauchst.“ Dann wandte er sich zum Gehen. „Onkel Raphi“, rief Katharina ihm nach. Er drehte sich um. „Du hast Mami sehr lieb, gell?“ „Ja, Kathi, sehr.“ „Das finde ich gut.“

Raphael Binder fuhr noch einmal zu einem kurzen Besuch bei Waltraut ins Klinikum, war aber, als es dunkel wurde, wieder in Salzweg. Er beschloss, den Abend bei einem „Tatort-Krimi“ vor dem Fernseher zu verbringen. Nachdem er das Gerät eingeschaltet hatte, erinnerte er sich an die Post vom Vortag. Die Werbeprospekte sowie die Zeitungen warf er sofort in den Papierkorb. In den beiden Briefen waren nur Rechnungen gewesen. Die gingen in die Wiedervorlage. Er nahm das Päckchen und betrachtete es näher. Einen Absender konnte er nicht entdecken. Die Anschrift war per Computer auf ein Klebeetikett geschrieben. Etwas Raschelndes, Festes befand sich in dem gefalteten braunen DIN-A4-Kuvert. Raphael holte ein Messer aus der Küche. Mit einem Schnitt öffnete er den Umschlag. Dann schüttete er den Inhalt auf den Wohnzimmertisch. Ein Päckchen Eukalyptusbonbons fiel heraus. Raphael sah es nachdenklich an. Er nahm ein Taschentuch in die Hand, ergriff damit die Tüte mit den Hustenbonbons und schob sie in das Kuvert zurück. Den Umschlag steckte er dann in einen Gefrierbeutel. Anschließend versuchte er dem „Fernseh-Krimi“ zu folgen, was ihm jedoch nicht gelang.

Waldkirchen, Montag, 29. März 2010

Kommissar Kleintaler erschien pünktlich um sieben Uhr zum Dienst. Er öffnete das große Fenster neben seinem Schreibtisch und ließ frische Luft herein. „Verdammt kalt noch, nachts", dachte er, „und das obwohl wir seit gestern Sommerzeit haben." Er kletterte auf einen Stuhl, dann drehte er die Zeiger der großen runden Büro-Uhr um eine Stunde vor. Nachdem er frisches Wasser in die Kaffeemaschine gegossen hatte, legte er ein „Pad" in die Vorrichtung und ließ einen frischen „Café creme" in seine Tasse fließen. Ein Schuss Milch dazu – der Arbeitstag konnte beginnen. Kleintaler begann ihn mit der Lektüre der „PNP", der „Passauer Neuen Presse". Er durchblätterte die Lokalseiten, dann den Sportteil. Sein Blick blieb im Niederbayernteil hängen. Die Schlagzeile „Frau in Passauer FUZO niedergestochen" weckte sofort sein Interesse. Er aktivierte seinen Rechner und klickte den aktuellen Lagebericht an. Schon nach wenigen Augenblicken hatte er aus der Fülle der Meldungen aller Polizeistreifen den Vorgang auf seinem Bildschirm geholt.

Bestürzt las er, was Waltraut Binder passiert war. Kleintaler war irritiert. Die Frau war von einer unbekannten Person niedergestochen worden. Das wollte so überhaupt nicht in das Schema dieses Falles passen. Vergiften ja, aber ein Messerattentat? Warum geht ein Giftmörder, der ja aus großer Distanz mordet, ein so großes Risiko ein und nimmt Körperkontakt mit seinem Opfer auf? Er hätte ja jederzeit stolpern oder festgehalten werden können. Da passte einiges nicht zusammen. Kleintaler grübelte noch immer, als es an seiner Bürotür klopfte.

Raphael Binder trat ein. „Guten Morgen, Herr Kommissar. Entschuldigen Sie, wenn ich Sie schon so früh überfalle. Hätten Sie etwas Zeit für mich?" „Guten Morgen Herr Binder. Aber selbstverständlich doch. Nehmen Sie bitte Platz." Der Architekt legte, bevor er seinen Mantel auszog, einen blauen Gefrierbeutel auf Kleintalers Schreibtisch. Dann setzte er sich. „Er sieht übernächtigt aus", dachte der Kommissar, „aber das ist ja wohl kein Wunder." Laut sagte er: „Ich habe mich gerade darüber informiert, was Waltraut Binder zugestoßen ist. Das tut mir wirklich sehr leid, Herr Binder. Ich glaube, ich mache Ihnen jetzt erst einmal eine Tasse Kaffee, dann erzählen Sie mir den genauen Hergang. Kaum hatte Raphael einen Schluck davon getrunken, begann er auch schon zu berichten. Er schilderte zunächst seine Beziehung zu Waltraut Binder und kam dann auf das Messerattentat zu sprechen. Erfreut nahm Kleintaler zur Kenntnis, dass die Verletzungen nicht lebensgefährlich waren und sich Waltraut Binder auf dem Weg der Besserung befand. Anschließend schilderte er das Gespräch mit seinem Bruder Michael und legte dem Kommissar die Kopien der Australien-Briefe auf den Schreibtisch. „So", sagte er abschließend, „und das, was Sie hier liegen sehen, habe ich gestern mit der Post bekommen. Eukalyptusbonbons von einem Unbekannten. Herr Kleintaler, ich sag es Ihnen, wie es ist. Ich habe Angst, große Angst. Meine Lebensgefährtin wird niedergestochen, ich erhalte anonym ein Päckchen. Und wenn ich mich nicht an Ihren Anruf erinnert hätte, ich bin mir sicher ich hätte die Packung geöffnet und eines davon gelutscht."

Kommissar Kleintaler hatte den Architekten bei dessen Äußerungen genau beobachtet. Er war überzeugt davon, dass er die Wahrheit sagte. „Herr Binder", begann Kleintaler, „wenn ich Sie recht verstanden habe, liegen drei unterschiedliche Sachlagen vor: Die Unterschlagung einer Erbschaft von über 12 Millionen Euro durch Ihren Bruder Michael Binder. Das Messerattentat auf Waltraut Binder durch einen Unbekannten. Dann noch Ihr Verdacht, dass Ihnen ein Unbekannter, möglicherweise der Attentäter, vergiftete Bonbons geschickt hat. Ich habe nun folgende Möglichkeiten: In der Erbschaftsangelegenheit kann ich nur ermitteln, wenn Sie Strafanzeige gegen Ihren Bruder stellen. Den Anschlag auf Ihre Lebensgefährtin untersucht die Kriminalpolizei in Passau. Wenn ich dort offiziell anfrage, wollen die wissen warum. Die Bonbons kann ich entweder an ein privates Labor schicken oder an die Abteilung II beim Bayerischen Landeskriminalamt. Das müsste ich dann allerdings genau begründen. Tja, so sieht es aus. Jetzt müssen Sie entscheiden."

Raphael Binder schwieg nachdenklich. „Wenn ich Strafanzeige gegen meinen Bruder stelle, was passiert dann, Herr Kommissar?"

„Ich kann versuchen, mit der Anwaltskanzlei in Australien in Verbindung zu treten und mir die Eröffnung der Erbschaft schildern lassen. Über die Amtshilfe der Polizei in Brisbane werden dann die Unterschriften Ihrer Brüder auf Echtheit überprüft. Wenn sich diese allerdings als gefälscht erweisen, dann geht der Fall, wegen seiner Größenordnung an das Landeskriminalamt in München. Das heißt, dass es dann für Ihren Bruder Michael eng wird." Kleintaler schwieg.

Er sah, wie es in Raphael Binder arbeitete. Der Architekt tat ihm leid. Den eigenen Bruder anzuzeigen, fällt einem bestimmt nicht leicht. Der Kommissar versuchte ihm zu helfen. „Herr Binder, versuchen Sie einmal ihrem Bauchgefühl zu folgen. Sie haben mir vorhin erzählt, dass Michael Binder vielleicht geisteskrank sein könnte. Halten Sie es für möglich, dass er nicht nur hinter der Unterschlagung, sondern auch hinter dem Attentat und dem Bonbonpaket stecken könnte?"

„Sehen Sie, darüber denke ich ja die ganze Zeit nach. Was mich stutzig macht, ist Folgendes: Katharina hat am Samstag mehrfach versucht, ihren Vater von dem Anschlag zu unterrichten. Sein Handy war stets abgeschaltet. Das ist für ihn äußerst ungewöhnlich. Er will jederzeit und überall erreichbar sein. Sie hat ihn erst am Abend erreicht." Raphael dachte noch einmal lange nach, dann blickte er Kleintaler an und sagte: „Ich habe mich entschieden. Ich möchte Strafanzeige gegen meinen Bruder stellen!" Der Kommissar füllte die entsprechenden Formulare aus, ließ den Architekten unterschreiben und verabschiedete ihn dann.

Eine Viertelstunde später informierte er seinen Dienststellenleiter Johann Häusl und bekam „grünes Licht" für weitere Ermittlungen. Kleintaler überlegte, wie er vorgehen wollte. Zunächst rief er seinen Freund, Hauptkommissar Zoelle, in Bamberg an. Der war erfreut ihn zu hören. „Grüß dich Schorsch, wie geht's dir? Was macht Marianne?"
„Alles in Ordnung. Sag mal, es bleibt doch bei euerem Besuch? Den Auftakt zu unserem Jubiläumsjahr „1 000 Jahre Goldener Steig" am „Weißen Sonntag" dürft ihr euch nicht entgehen lassen. Bleibt ruhig ein paar Tage länger. Platz haben wir genug." „Danke Schorsch,

ich rede mit Rosi und dann rühr ich mich. Aber das ist doch nicht der einzige Grund deines Anrufs? Wie weit bist du denn in der Architekten-Sache?" „Genau deshalb ruf ich dich an. Kannst du mir Dokumente mit der Originalunterschrift von Urs Binder besorgen. Offiziell auf dem Dienstweg." „Das dürfte kein Problem sein. Das regle ich mit dem Nachlassgericht. Sonst noch was?" „Nein danke, Manni, das war's. Schöne Grüße an Rosi und bis demnächst."

Kleintaler legte auf. Er kam jetzt langsam in Fahrt. Wenige Minuten später rief er das Notariat Kremsreiter & Kremsreiter in Freyung an. Frau Moser war am Telefon. Kleintaler meldete sich nur mit seinem Namen, nicht mit seinem Dienstgrad. Er ließ sich mit dem Seniorchef verbinden. „Hier ist Kommissar Kleintaler von der Polizeiinspektion Waldkirchen. Herr Kremsreiter, mir liegt eine Anzeige gegen Herrn Michael Binder vor wegen Unterschlagung. Ich bitte Sie, unser Gespräch vertraulich zu behandeln. Auch gegenüber Ihrer Sekretärin, Frau Moser, die ja mit Herrn Binder liiert ist." „Das ist doch wohl selbstverständlich, Herr Kommissar", entrüstete sich der Notar. „Also, worum geht es?" „Herr Kremsreiter, wurden von Ihnen oder Ihrem Sohn Vollmachten beglaubigt, die Uriel Binder, Raphael Binder und Gabriel Binder ihrem Bruder Michael gegeben haben bezüglich einer Erbschaftsangelegenheit in Brisbane, Australien. Ansprechpartner dort war die Kanzlei Winterbottem & Toby?" Kleintaler „hörte" den Notar förmlich überlegen. „Also mir ist ein solcher Vorgang völlig unbekannt. Aber wann soll das gewesen sein? Im Juli vergangenen Jahres? Wenn Sie einen Augenblick warten, frage ich meinen Sohn."

Zwei Minuten später meldete er sich wieder. „Nein, Herr Kommissar, auch mein Sohn kann sich an keinen derartigen Vorgang erinnern." „Ihre Angestellte, Frau Moser, könnte sie eine solchen Beglaubigung ohne Ihre Kenntnis durchgeführt haben?" „Praktisch ja, aber ich vertraue Frau Moser absolut." „Wir wissen aus einem Schreiben der australischen Kanzlei, dass die Beglaubigungen aus Ihrem Notariat stammen." „Herr Kommissar, Herr Binder hat vor einigen Monaten einen Grundstückskauf bei uns beurkunden lassen. Ich werde heute Abend in Frau Mosers Terminkalender nachsehen, ob Michael Binder danach noch in unserer Kanzlei war. Auch Termine vom letzten

Jahr lassen sich selbstverständlich noch nachprüfen, wenngleich ich aber glaube, dass es nichts Schriftliches geben wird." „Danke, Herr Kremsreiter, ich melde mich bei Ihnen wieder, wenn ich meinerseits Genaueres in Erfahrung gebracht habe", beendete Kleintaler das Gespräch. Er war sich sicher, einen recht ratlosen Notar zurückgelassen zu haben. In seinem nächsten Gespräch ließ sich der Kommissar mit dem Standesbeamten in Röhrnbach verbinden. Er forderte von ihm die von Dr. Winter und Gabriel Binder unterschriebenen Urkunden der eingetragenen Lebenspartnerschaft an. Der Standesbeamte versprach ihm, die Papiere noch am gleichen Tag in die Post zu geben.

Kleintaler überlegte nun bei einer frischen Tasse Kaffee sein weiteres Vorgehen. In seinem Kopf hatte er eine fertige Theorie, wie der „Unfall" von Urs und Gudrun Binder, der Mord an Gabriel Binder mit der Messerattacke auf Waltraut Binder und dem mysteriösen Bonbon-Päckchen zusammenhängen könnte. Aber er brauchte Beweise. Urplötzlich setzte sich ein Gedanke bei ihm fest, der ihn nicht mehr los ließ. „Das kann der Weg zur Lösung sein", dachte er. Mit vollem Arbeitseifer füllte er nun die Formulare für die Kriminaltechnische Untersuchung beim Landeskriminalamt aus. Darin beantragte er die Untersuchung des eingeschickten Materials, also der Bonbontüte, der Bonbonpapierchen sowie des Umschlags auf Fingerabdrücke. Des weiteren beantragte er eine Analyse der einzelnen Eukalyptusbonbons nach Giftrückständen, besonders nach Nikotin. Und drittens bat er um eine DNA-Analyse vom Speichel auf der gummierten Rückseite der Briefmarke sowie auf dem Leimband am Umschlagverschluss. Die Untersuchungsergebnisse würden einige Zeit dauern, das wusste der Kommissar. Er würde seinen Dienstvorgesetzten bitten, seine Beziehungen spielen zu lassen, um die Analysen zu beschleunigen.

Aufgedreht wie Kommissar Kleintaler nun war, setzte er sich in seinen alten Passat und fuhr nach Freyung ins Büro von Michael Binder. Trotz mehrfachen Klingelns blieb die Eingangstür verschlossen. Der Architekt war offenbar nicht da. Kleintaler nutzte die Zeit, um an einer nahen Warmtheke, von wo aus er einen Blick auf die Eingangstür des Architekturbüros hatte, einen kleinen Imbiss einzunehmen. Als er sich mit seiner Currywurst an einen Bistrotisch stellte, bemerkte er neben sich den jungen, dynamischen Bürgermeister der Kreisstadt mit neuer Barttracht, der sich gerade eine Scheibe Leberkäs mit Kartoffelsalat schmecken ließ. Man kannte sich von früheren Lauftreffs, die allerdings schon ein paar Jahre zurücklagen, wie sich Kleintaler mit einem Blick auf seinen Bauchansatz schwermütig erinnerte. „Servus, Herr Doktor", begann Kleintaler die Unterhaltung, „was macht denn das Laufen?" „Schauen Sie mich an, Herr Kommissar, dann erübrigt sich jede weitere Frage. Haben Sie mal jeden Nachmittag zwei oder drei 80. Geburtstage mit Kaffee und Kuchen, da können Sie laufen so viel sie wollen, kein Gramm geht runter, im Gegenteil", beklagte sich das Stadtoberhaupt. „Und Sie, Herr Kleintaler, befinden Sie sich auf Verbrecherjagd in Freyung?" „Ach nein, Herr Doktor", schwindelte der Polizist und tunkte seine Semmel in die rotbraune Soße, „in Ihrer braven Stadt gibt es doch keine Verbrecher. Außerdem, haben Sie hier so gute Kollegen, da würde ich mich doch glatt zum Kasperl machen." Gleichzeitig beobachtete Kleintaler, wie Michael Binder sein Büro betrat. Er verzehrte dennoch in Ruhe den Rest seiner Currywurst. „Sagen Sie mal, Herr Bürgermeister, ich habe gehört, Freyung wird Universitätsstadt? Ist an dem Gerücht was dran?" „Ach, Herr Kleintaler", antwortete der Bürgermeister jovial, „schön wäre es schon und von großem Vorteil für unsere ganze Region. Aber teuer käme es uns auch, denn stellen sie sich vor", er zwinkerte lustig mit den Augen, „Freyung bräuchte dann ja noch ein Ortsschild: Kreisstadt, Garnisonsstadt und Universitätsstadt. Das können wir uns nicht leisten." „Sehn Sie, Herr Doktor, mit Ihnen möchte ich auch nicht tauschen. Mir reichen schon meine Probleme. So, und jetzt muss ich weiter, der Dienst ruft. Bis bald, Herr Bürgermeister." „Alles Gute!", rief ihm das Stadtoberhaupt noch hinterher, aber der Kommissar befand sich bereits auf dem Weg zu Michael Binders Büro.

Nach zweimaligem Klingeln wurde ihm geöffnet. Michael Binder sah ihn erstaunt an. „Herr Kommissar, Sie hier. Kommen Sie doch herein." Er ließ Kleintaler eintreten und führte ihn in sein Atelier. Es roch nach kaltem Zigarrenrauch. Der Architekt schien sein Büro mehrere Tage lang nicht gelüftet zu haben, er machte auch jetzt keine

Anstalten frische Luft einzulassen. Statt dessen zündete er sich eine frische Zigarre an. „Sie kommen sicher wegen des Anschlags auf meine Frau. Das ist ja fürchterlich. Ich frage Sie, wer macht denn so etwas. Das muss ja ein Verrückter gewesen sein?“ „Wie geht es denn Ihrer Frau, Herr Binder?“ „Gott sei Dank befindet sie sich auf dem Weg der Besserung. Der Arzt sagte heute Morgen, dass sie vielleicht schon zu Ostern entlassen werden kann.“ „Das ist ja wunderbar, dass es ihr schon wieder so gut geht. Aber mit diesem Fall habe ich nichts zu tun. Da ermitteln meine Passauer Kollegen.“ Kleintaler stieß laut auf. „Entschuldigen Sie, Herr Binder, aber ich habe eine Currywurst gegessen, die liegt mir etwas schwer im Magen. Sie hätten nicht zufällig einen kleinen Schnaps für mich?“ „Aber sicher doch.“

Der Architekt ging ins Vorzimmer und kam mit zwei Gläsern und einer Flasche Grappa zurück. Nachdem er eingeschenkt hatte, reichte er Kleintaler ein Glas und prostete ihm zu. Beide kippten das scharfe Getränk in einem Zug hinunter und stellten die Gläser auf den kleinen Tisch zurück. Michael Binder fragte amüsiert: „Na, geht es Ihnen schon besser?“ „Ja, danke, bedeutend besser. Sagen Sie, wann haben Sie denn davon erfahren, dass Ihre Frau niedergestochen wurde?“ „Am Samstag Abend erst. Wissen Sie, ich war in München bei einem Investor. Da bin ich erst spät weggekommen. Außerdem hat mein Handy gestreikt. Katharina, meine Tochter hat mich mehrfach angerufen, aber kein Anruf kam durch. Deshalb habe ich alles erst am Abend erfahren.“ „Herr Binder, bitte verstehen Sie mich nicht falsch, darf ich fragen, wer der Investor war? Meine Kollegen aus Passau werden bestimmt um Amtshilfe ansuchen. Ich könnte ihnen dann die Arbeit erleichtern.“ „Der Herr, der schon mehr ein Geschäftsfreund ist, heißt Dr. Hans Reder, er vertritt eine italienische Investorengruppe, die sich „Almitalia“ nennt. Sie sind spezialisiert auf Brückenbauten“, antwortete Michael Binder voller Stolz. „Warten Sie, ich gebe ihnen gern seine Handynummer.“

Während er ins Vorzimmer ging, um sie für Kleintaler aufzuschreiben, nahm dieser mit seinem Taschentuch vorsichtig das Grappa-Glas, das der Architekt benutzt hatte. Eingewickelt in ein Plastiktütchen, schob er es in seine Jackentasche. Dann folgte er ihm ins Vorzimmer.

Michael Binder überreichte ihm einen kleinen Zettel mit einer darauf gekritzelten Nummer. Der Kommissar bedankte sich und verließ eilig das Büro.

Wieder in der Polizeidienststelle, verpackte er das Glas bruchsicher. Mit der Bitte, die Fingerabdrücke festzustellen, eine DNA-Analyse des Speichels vorzunehmen und diese mit den Ergebnissen der am Vormittag eingesandten Gegenstände zu vergleichen, schickte er es zur KTU an das Bayerische Landeskriminalamt. Noch immer voller Tatandrang rief Kleintaler Dr. Hans Reder an. Er schilderte dem Juristen den Anschlag auf Waltraut Binder und erklärte ihm, dass im Rahmen der Ermittlungen selbstverständlich auch die Alibis der engeren Verwandten überprüft würden, da ja immer auch von einer Beziehungstat ausgegangen werden müsste. Dr. Reder war sofort zu der Auskunft bereit, wann Michael Winter ihn in München verlassen hätte. Kleintaler fragte nach: „Herr Dr. Reder, Sie sind sich bezüglich der Uhrzeit, zu der Sie sich von Herrn Winter verabschiedet haben, ganz sicher?" „Ja, ganz sicher, denn ich hatte eine halbe Stunde später noch einen Termin. Ich weiß aber nicht, was Herr Binder anschließend noch vor hatte." Kleintaler bedankte sich und legte auf. Fünf Minuten später platzte er ohne anzuklopfen in Johann Häusls Büro. „Gsteckei, ich muss mit dir reden! Wenn alles so stimmt, wie ich mir das zurecht gebastelt habe, dann ist der Fall Gabriel Binder gelöst!"

Finale

Waldkirchen, Dienstag, 6. April 2010

„Marianne, ein Stück Pizza nehme ich noch, aber dann reicht es wirklich." Kommissar Kleintaler saß mit seiner Frau am Abendbrottisch, eine verführerisch duftende Pizza „Schinken Hawaii" vor sich. „Ich sehe schon, meinem Schosi schmeckt's", lachte Marianne und legte ihm noch ein Stück auf den Teller. „Du weißt, ich esse aus lauter Frust. In der ganzen Osterwoche ist nichts, aber auch gar nichts voran gegangen. Die bei der KTU in München arbeiten wohl im Schneckentempo. Nur auf Manfred Zoelle ist Verlass. Urs Binders Originalunterschriften hatte ich schon zwei Tage später. Die habe ich dann zusammen mit den Papieren aus Röhrnbach sofort nach Passau weitergeschickt. Dort haben sie einen Graphologen, einen vereidigten Sachverständigen. An den habe ich dann auch noch alle Unterlagen vor den Feiertagen gesandt. Mal schauen, was heute in der Post ist." Kleintalers Nachtschicht begann in einer Stunde. Er hasste es, untätig herumsitzen zu müssen. Deshalb hatten die Osterfeiertage auch an seinen Nerven gezerrt. So kurz vor der möglichen Lösung seines ersten Falles zu stehen und dann aufgrund von Feiertagen zum Nichtstun verdammt zu sein, das hatte ihn nervös gemacht. Da half es auch wenig, dass er seine Frau – entgegen der Dienstvorschrift – in den Fall eingeweiht hatte, ohne allerdings zu sehr ins Detail zu gehen. „Schosi, weißt du was, fahr einfach gleich ins Büro, dann hast du schneller Klarheit. Vielleicht hast du den Fall schon gelöst, bevor Manfred und Rosi kommen." „Eine gute Idee, mein liebes Weib." Er schob sich das letzte Stück Pizza in den Mund, drückte Marianne einen schmatzenden Kuss auf die Wange, und weg war er.

Zehn Minuten später ließ er sich ächzend auf seinem Schreibtischstuhl nieder. Noch bevor er einen Blick auf den aktuellen Lagebericht werfen konnte, klingelte das Telefon. Manfred Zoelle meldete sich. „Schorsch, grüß dich. Na, habt ihr die Feiertage gut verbracht?". Kleintaler erzählte ihm, was er und Marianne so gemacht hatten, von der vom Schnee verwehten Ostereiersuche bis hin zu den obligatorischen Verwandtenbesuchen. Der Bamberger Hauptkommissar hörte ihm aufmerksam zu, kam dann aber schnell zum eigentlichen Grund seines Anrufs. „Schorsch, wenn es dir recht ist, kommen Rosi und ich am Donnerstag Mittag und wir würden bis Montag bleiben. Ich habe mir Urlaub genommen. Wie schaut es denn bei euch mit dem Wetter aus? Liegt noch immer viel Schnee?" „In den letzten Tagen hat es getaut. Ein paar Reste gibt es noch, aber ich hoffe, dass die bis zu euerer Ankunft weg sind. Wenn ihr kommt, scheint bestimmt die Sonne. Weißt du eigentlich, dass wir Niederbayern auf der Schattenseite der Welt leben? Dieser Winter war der sonnenärmste seit über 40 Jahren. Erst immer nur Nebel, dann immer nur Schnee, erst alles grau in grau, dann alles weiß in weiß und jetzt wieder alles grau. Da sollst du nicht wahnsinnig werden."

„Apropos Wahnsinn, was macht dein Binder-Fall? Konnten dir die Originalunterschriften helfen?" Mit dieser Frage kam er Kleintaler gerade recht. Er hatte jetzt einen Grund zum Jammern, wie kurz er vor der Lösung seines ersten Falles stünde, und wie langsam die Spezialisten in der Landeshauptstadt arbeiteten. „Manni", wurde er dann konkreter, so genau weiß ich es noch nicht. Mein Dienst fängt gerade erst an. Wenn ich mich über die jüngsten Ereignisse informiert habe, werde ich mir die Post ansehen." „Dann will ich dich nicht länger stören. Ich wünsche dir viel Erfolg, dass du den Fall bald zu den Akten legen kannst. Und für heute Abend einen schönen, langweiligen Dienst. Halte mich auf dem Laufenden. Und spätestens bis Donnerstag. Sag Marianne einen schönen Gruß auch von Rosi."

Kommissar Kleintaler begann den Posteingang zu sichten. Das graphologische Gutachten bezüglich der Unterschriften auf den Australien-Briefe war eingegangen. Aufmerksam las er jede Zeile. Ein zufriedenes Lächeln umspielte seine Mundwinkel. Mit Spannung öffnete er den dicken braunen Umschlag der KTU. Das Ergebnis überraschte ihn nicht. In der Hälfte der 20 Bonbons war Gift gefunden worden. Nikotin in unreinem Zustand, zwischen 58,3 und 81,8 Milligramm, also in jeweils tödlicher Dosis. Auf einem

Bonbonpapier war ein männlicher, rechter Daumenabdruck sicher gestellt worden, jedoch fehlte derzeit noch ein Vergleichsabdruck. Kommissar Kleintaler leckte sich zufrieden die Lippen. Er suchte nach weiteren Posteingängen, fand jedoch nichts. So langsam ergab das Puzzle ein Bild, aber das entscheidende Teilchen fehlte noch. Kleintaler überlegte, wie er vorgehen wollte, wenn er dieses Teil in den Händen halten würde. Darüber verging eine ereignislose Nachtschicht.

Waldkirchen, zwei Tage später

„Hier an diesem Tisch hat er gesessen, der Hans Carossa, hat Mineralwasser getrunken und Schinkensemmeln gegessen. Dann hat er sich aufgemacht um die Dichterin Emerenz Meier zu besuchen. Gewarnt haben sie ihn: „Verliebe dich nicht ins Dichterweib!" Denn ihr Ruf war nicht der beste." Georg Kleintaler erzählte Waldkirchener Geschichte und Geschichten. Vor gut einer Stunde waren Manfred Zoelle und Rosi Badum angekommen. „Wisst ihr was", hatte der Kommissar vorgeschlagen, „jetzt gehen wir zum „Meindl" Mittag essen. Da saßen sie nun bei Surbraten und Schweinshaxn und dem dazu gehörigen dunklen Weißbier. „Ja und Schorsch, was ist denn nachher aus den beiden geworden? Hat er sich verliebt, der Carossa?" Manfred Zoelle war neugierig geworden. „Nein, Manni, des war nicht so wie bei euch zwei, es war eine rein dichterische, eine geistige Beziehung." Rosi war bei Kleintalers Worten etwas rot geworden, was sie noch attraktiver wirken ließ.

Schon als sie das Gasthaus betreten hatten, hatte Rosi die Blicke der Anwesenden auf sich gezogen. In ihrem zart zitronengelben Hosenanzug sah sie aus wie der personifizierte Frühling. „Schorsch, was du wieder denkst", rügte ihn Rosi. „Bei uns ist das auch eine geistige Beziehung, zumindest manchmal." „Und garantiert nicht nachts, gell, Rosi", erwiderte Kleintaler lachend. Er blickte auf. Die Seniorchefin des Gasthauses war an ihren Tisch getreten. Sie hielt ein Tablett in der Hand, auf dem vier Schnapsgläser standen. „Mit einer kräftigen Stimme, die nicht zu ihrer zierlichen Erscheinung zu passen schien, wandte sie sich an den Kommissar: „Schos, wie ich sehe bist du nicht im Dienst. Dann verträgst du auch einen Schnaps, einen Bärwurz. Lasst ihn euch schmecken!" Mit diesen Worten stellte sie die Gläser auf den Tisch. Kleintaler erhob sein Glas: „Danke, Frau Wirtin, auf dein Wohl!". Mit einem Zug goss er den weißen Brand hinunter. Manfred, Rosi und Marianne taten es ebenso. Ein dreistimmiges Husten, Japsen und Keuchen folgte. Die Gastwirtin lachte lauthals. „Sabberlodd, ist das ein Gebräu! Wer das säuft, der frisst auch kleine

Kinder." Der Hauptkommissar hatte sich als erster wieder gefangen. Seiner Rosi klopfte er immer noch auf den Rücken. „Das ist unser Spezialschnaps, der Bärwurz. Da sieht du, Manni, was wir für harte Hund sind, wir Woidler!" Nachdem Kleintaler gezahlt hatte, machten sich die Vier auf einen Rundgang über den Waldkirchener Marktplatz. Der warme Nieselregen hatte mittlerweile aufgehört, ab und zu ließen sich ein paar Sonnenstrahlen sehen. „Ja was ist denn das?" Rosi war vor einer Apotheke stehen geblieben und blickte auf die steinerne Figur an der Häuserecke. „Das ist ein Radabweiserstein. Früher, als hier noch Fuhrwerke durch Markt und Gassen rollten, da haben die eisenbeschlagenen Räder häufig die Häuserecken zerstört. Deshalb wurden diese durch gerundete Granitsteine verstärkt und geschützt. An zwei Häuserecken haben diese Radabweisersteine dann die Gestalt von einem Mann und einer Frau bekommen. Die Waldkirchener nennen sie „Den ewigen Hochzeiter" und seine „Gretl". In den letzten Jahren sind noch drei hinzu gekommen. Interessant ist, dass es zwischen den steinernen Figuren und einigen Waldkirchener Bürgern unvorstellbare Ähnlichkeiten gibt. Böse Zungen behaupten sogar: „Wollte man alle verdienten Waldkirchener als Radabweiser in Stein meiseln, würden im Markt die Ecken rar werden."

Langsam waren sie weiter geschlendert und vor dem großen Modehaus stehen geblieben. „Morgen früh", wandte sich Marianne an Rosi, „ziehen wir los, dann werden wir hier einkaufen gehen, dass dir Hören und Sehen vergeht." „Da freu ich mich jetzt schon drauf. Dir, Manni, bring ich auch was Schönes mit." Zoelle nickte ergeben. Sie waren vor der Stadtpfarrkirche stehen geblieben. „Und das da ist unser „Bayerwald-Dom", allein der Glockenturm ist fast 70 Meter hoch", setzte Kleintaler stolz die Stadtführung fort. „Wer da runter fällt, ist auch schön tot", merkte Zoelle etwas pietätlos an. Als er Kleintalers missbilligenden Blick sah, merkte er noch schnell an: „Schau Schorsch, wir in Bamberg haben doch jede Menge Kirchen. Da beeindruckt mich die nicht gar so sehr." Der Stadtrundgang endete vor Kleintalers Haustür. „So", sagte Marianne, als sie ihre Mäntel im Flur abgelegt hatten, „jetzt ruhen wir uns ein wenig aus, um vier Uhr trinken wir Kaffee, und einen Zopf hab ich auch!" Als sie in die verständnislosen

Gesichter ihrer Gäste blickte, erklärte sie eilig: „Zum Kaffee gibt es einen selbst gebackenen Hefezopf. Des gehört sich so bei uns!"

Als der Kommissar am nächsten Morgen gegen zehn Uhr mit leichtem Kopfschmerz nach dem feucht-fröhlichen Vorabend zum Frühstück erschien, fand er nur einen Zettel auf dem Küchentisch vor. „Sind einkaufen und erst am Nachmittag zurück! Kuss, Marianne." Während sich Kleintaler an der Kaffeemaschine zu schaffen machte, steckte Zoelle seinen Kopf zur Küchentür herein. „Schorsch, guten Morgen. Wie geht es dir denn? Hast du auch Kopfweh?" „Morgen! Passt schon, Manni, ein Gesunder hält es aus. Was möchtest du denn frühstücken? Kaffee, Tee?" „Mir reichen eine Tasse Kaffee und ein Hörnchen."

Nach dem Frühstück wollte Kleintaler seinem Bamberger Kollegen die neue Polizeidienststelle zeigen. Johann Häusl hatte Frühschicht. Kleintaler machte die beiden miteinander bekannt und führte Zoelle dann in sein Büro. „Manni, nimm Platz, ich schau mir bloß die Post durch. Irgendwann müssen die Untersuchungsergebnisse von der KTU doch kommen." Er begann zu blättern und zu lesen. Plötzlich pfiff er durch die Zähne. „Ja mich legt's nieder! Jetzt haben wir ihn!" Kleintaler eilte in Häusls Dienstzimmer. „Gsteckei, komm mal mit rüber, ich will dir was zeigen." Nachdem sein Chef Platz genommen hatte, begann er zu berichten. „Ich hoffe, Gsteckei, du hast nichts dagegen, wenn Hauptkommissar Zoelle von der Kripo Bamberg anwesend ist, er hat ja nicht unerheblichen Anteil am Erfolg unserer Arbeit." Johann Häusl nickte zustimmend. Kleintaler fuhr fort: „Ich glaube, dass der Fall „Gabriel Binder" gelöst ist. Ich möchte sogar noch weiter gehen. Ich glaube, dass auch der Mord an Urs und Gudrun Binder gelöst ist." Nun sah Zoelle seinen Kollegen überrascht an, unterbrach ihn aber nicht.

„Am 5. Dezember vergangenen Jahres verunglückten Urs und Gudrun Binder auf der Autobahn nach Forchheim tödlich. Im Blut des Urs Binder fanden Rechtsmediziner nicht nur Alkohol, sondern auch eine Dosis des Nervengiftes Nikotin, die allerdings nicht tödlich war. Ich vermute, dass Urs Binder mit einem mit Nikotin vergifteten Eukalyptusbonbon ermordet werden sollte. Allerdings beeinflusste das Gift sein Fahrverhalten so, dass er den Fahrfehler begehen musste, der zu seinem und dem Tod seiner Frau führte. Eine Zeugin, die Nachbarin der Familie Binder, bestätigte, dass sie zwei Tage vor dem Unfall ein Päckchen entgegengenommen hatte, das vermutlich die vergifteten Bonbons enthielt und das aus seiner Heimat stammte. Angeblich haben aber weder Raphael noch Michael Binder ihm diese Bonbons geschickt.

Am gleichen Tag starb am Weihnachtsmarkt in Waldkirchen Gabriel Binder an einer tödlichen Dosis Nikotin. Eine Analyse des Mageninhalts des Toten hat dies zweifelsfrei ergeben. Diese hat aber auch ergeben, dass sich Reste eines Eukalyptusbonbons in seinem Magen befunden haben. Am 27. März wurde Waltraut Binder in der Passauer Fußgängerzone niedergestochen. Ich habe das Alibi ihres Mannes überprüft. Angeblich ist er spät aus München weggefahren, angeblich hat sein Handy gestreikt, so dass er erst spät am Abend vom Anschlag auf seine Frau erfahren hat. Tatsächlich, so haben es meine Nachforschungen ergeben, hat Michael Binder schon um 14 Uhr seinen Geschäftspartner verlassen. Er hätte leicht zu der Zeit des Anschlags auf seine Frau Waltraut in Passau sein können. Raphael Binder hat am selben Tag ein Päckchen mit Eukalyptusbonbons erhalten. Laut KTU ist die Hälfte der Bonbons mit Nikotin vergiftet. Das Gift wurde an der Nahtstelle, also dort, wo die beiden Zuckerhälften zusammengepresst sind, vermutlich mit einer Injektionsnadel, in den weichen Kern gespritzt. Auf einem Bonbonpapier fand sich ein Fingerabdruck. So, und jetzt haltet euch bitte fest. Ich habe die gummierte Rückseite der Briefmarke und das Leimband des Briefumschlages nach DNA-Spuren untersuchen lassen. Die Labortechniker sind fündig geworden. Die DNA stimmt mit der auf dem von mir eingeschickten Grappa-Glas überein und stammt von Michael Binder. Auch der Daumenabdruck stammt von ihm. Damit können wir zumindest den Mordanschlag auf Raphael Binder beweisen. Und für den Anschlag auf seine Frau hat er kein Alibi."

Johann Häusl schwieg beeindruckt. Manfred Zoelle nickte anerkennend. „Gute Arbeit, Schorsch. Aber sag mal, warum bringt der Kerl denn seine ganze Familie um? Spinnt der?" „Auch diese Frage kann ich euch beantworten", fuhr Kommissar Kleintaler fort. Michael Binder ist vermutlich tatsächlich wahnsinnig geworden. Er ist von der Idee besessen, die gigantischen architektonischen Pläne seines früh verstorbenen Vaters zu verwirklichen. So lange es ihm finanziell nicht sehr gut ging, war daran nicht zu denken. Durch einen Zufall erfuhr er aber, dass seiner Familie von einer Jugendliebe seines Vaters eine riesige Erbschaft ins Haus stand. 12 Millionen Euro sind ein Grund zum Verbrecher zu werden. Diese gigantische Summe ließ den Wahn zum Ausbruch kommen. Jetzt konnte er den vermeintlichen Anspruch seines „Übervaters" an ihn erfüllen. Mit Hilfe seiner Geliebten, einer Notarsangestellten, fälschte er, die graphologischen Gutachten bestätigen dies eindeutig, die Unterschriften seiner Brüder. So konnte er das gesamte Geld in eine Firma leiten, mit der er auf dem Karoliberg eine monumentale „Welt aus Glas" erbauen wollte. Die Pläne hatte er schon länger ausgearbeitet, den Grund hat er bereits erworben. Er wollte sogar seine Brüder mit in dieses Projekt einbinden, doch diese lehnten ab. Das war ihr Fehler, denn nun begann er zu morden. Er ist besessen von der Idee, die Glasindustrie in unserer Region zu neuer Blüte zu bringen und sich zum Herrscher einer „Welt aus Glas" aufzuschwingen. Durch seinen Erzengelnamen fühlt er sich dazu auserwählt."

Johann Häusl erhob sich. „Schos, meinen Glückwunsch. Du hast ausgezeichnete Arbeit geleistet. Aber, wie wollen wir nun weiter vorgehen?" „Wir werden Michael Binder so schnell wie möglich festnehmen müssen, bevor er noch mehr Unheil anrichtet. Denn wir dürfen nicht vergessen, dass sich Raphael Binder und seine Schwägerin Waltraut, die mittlerweile aus dem Krankenhaus entlassen wurde, in Lebensgefahr befinden, solange er frei herum läuft", erklärte Kleintaler. „Außerdem steht Eva-Maria Moser unter dem dringenden Verdacht der Beihilfe zu diesen Verbrechen." „Schos, hör zu", forderte Hauptkommissar Häusl ihn auf, „du kümmerst dich um die Festnahme der beiden und ich besorge bei der Staatsanwaltschaft in der Zwischenzeit die Haftbefehle und den Durchsuchungsbefehl für Büro und Privathaus. Wenn wir Glück haben, finden wir noch Hinweise darauf, wie er das Gift hergestellt hat."

„Gsteckei, warte noch einen Augenblick. Ich will erst wissen, wo Michael Binder sich aufhält. Er griff zum Telefon und hatte kurz darauf Katharina, seine Tochter, am Apparat. Michael Binder war nicht zuhause. Er war wieder einmal geschäftlich nach München gefahren. Sie erwartete ihn für den Sonntag zurück, denn dann wollten sie sich die Eröffnungsfeier ansehen, die anlässlich der 1 000 Jahrfeier Goldener Steig am Waldkirchener Marktplatz stattfinden würde. Sie hatten sich dafür schon einen Tisch im Kaffeehaus „Beim Toni" reservieren lassen. Die Polizisten beschlossen ihn dann dort zu verhaften.

Waldkirchen, „Weißer Sonntag“, 11. April 2010

Es schien, als habe sich der Himmel für diesen denkwürdigen Anlass besonders herausgeputzt. Nach Tagen unbeständigen Nieselwetters war heute keine Wolke am Himmel zu sehen. Die Sonne lachte, als wollte sie den „Goldenen Steig“ bildlich vergolden. Der Marktplatz war prächtig geschmückt. Überall zierten große Blumenkübel mit Tulpen, Osterglocken und Hyazinthen das Oval des Marktes. Schon seit dem frühen Vormittag herrschte hier reges Treiben. Beim ehemaligen unteren Tor hatten Säumer, gekleidet in historischen Gewändern und erkennbar an ihren grauen, härernen Umhängen, ihr Lager aufgeschlagen. Marketenderinnen in tief ausgeschnittenen weißen Blusen und langen roten Röcken tanzten. Ein bekannter Schmied verbog Hufeisen, die Glück bringen sollten. Die Schnupftabakreiber betrieben ihr Handwerk, ungeachtet der Tatsache, dass ihr Rohstoff erst vierhundert Jahre nach der „Gründung“ des Goldenen Steiges aus der „Neuen Welt“ herübergekommen war. Die Mitglieder des Marktrichtervereins, in historischer Bürgertracht, halfen der Vorsitzenden beim Verkauf von Losen. Die frühen Besucher bildeten vor der Sparkasse ein dichtes Menschenknäuel, hier konnten sie sich kostenlos Gedenkmünzen für diesen historischen Tag prägen lassen. Der Duft gebratener Schweinswürstel, frisch gebackener Krapfen, das feine Aroma von Kaffee und das herbe Aroma des Weißbieres, alles an verschiednen Ständen feilgeboten, vermischte sich mit dem Geruch frischen Pferdedungs.

Kurz vor 14 Uhr kam Unruhe in das Marktgeschehen, es formierte sich der Festzug. Direkt vor dem Kaffeehaus „Beim Toni“ hatte die Bürgerwehr in ihren blauen Uniformen mit geschulterten Vorderladern Aufstellung bezogen. Vor ihnen standen die Kindergartenkinder, ein großes Plakat in kleinen Händen haltend, auf dem geschrieben stand: „1 000 Jahre Goldener Steig“. Hinter ihnen bildeten die Säumer mit ihren nervös tänzelnden Saumpferden die Attraktion des Tages. An deren Flanken, links und rechts, waren die Salzkufen mit Ledergurten angebracht. In diesen hölzernen Fässern war das

„Weiße Gold“ von Passau nach Böhmen transportiert worden. Hinter den Säumern stand die Stadtkapelle in Bayerwälder Tracht mit ihren in der Sonne funkelnden Instrumenten. Ihnen folgte die Prominenz, die in Kutschen gefahren wurde. Der im Dienst ergraute Bürgermeister war leicht an der schweren silbernen Amtskette zu erkennen. Er unterhielt den Landrat, der noch immer die Hände vieler Schaulustiger schütteln musste. Schweigsam ihm gegenüber saß der junge Stadtpfarrer, neben ihm Monsignore Flachauer, der das Requiem für die verstorbenen Mitglieder der Familie Binder gehalten hatte. Ehrengäste aus Prachatitz, dem Endpunkt des „Goldenen Steiges“, Stadträte und Vereinsvorstände besetzten die weiteren von Pferden gezogenen Wagen.

Sie feierten das Millenium des Salzweges schon seit dem frühen Morgen. In der Wüstung Leopoldsreut hatten sie sich ein historisches Schauspiel ansehen müssen. Dann die Rückfahrt nach Waldkirchen. Später war die Enthüllung des „Goldenen Steig Denkmals“ am Marktplatz gefolgt. Nun ruhten sie sich in den Kutschen aus, bevor der Festzug begann und sie zum Bürgerhaus führte, wo die Festvorträge und die feierliche Eröffnung des Jubiläumsjahres anstanden. Hinter ihnen reihten sich die Rauhnachtler, mit den gruseligen Masken und die Wolfauslasser, jeder mit einer riesigen Glocke vor dem Bauch, die Panduren und weitere Trachtengruppen zu einem langen und bunten Festzug aneinander.

Georg Kleintaler, Johann Häusl und Manfred Zoelle beobachteten das Geschehen vom erhöht stehenden Marktbrunnen aus. „Du Schorsch, sag mal, was hat es eigentlich mit dem„Goldenen Steig“ so auf sich? War der wirklich so wichtig?“ Der Bamberger Kommissar war neugierig geworden. Kleintaler musste seinen Lokalpatriotismus zügeln. „Manni, schau dir alles genau an, dann weißt du hinterher, welche Bedeutung der „Goldene Steig“ für unsere Region hatte. Eines kann ich dir aber schon sagen: Damals hat er den Menschen hier einen gewissen Wohlstand gebracht. Ein paar Hobby-Historiker meinen, dass auch der heutige Wohlstand noch von dem damaligen herrührt. Naja, irren ist menschlich, denn so groß ist der Wohlstand im Bayerischen Wald, besonders in unserem Landkreis nicht mehr.“

Johann Häusl unterbrach ihr Gespräch. „Meine Herren, ich glaube es ist so weit. Michael Binder hat gerade mit Tochter und neuer Lebensgefährtin das Kaffeehaus betreten. Wir geben ihnen noch fünf Minuten, dann erfolgt der Zugriff. Herr Zoelle, Sie gehen bitte zuerst in das Lokal und sichern unauffällig den Eingang, Kleintaler und ich kommen eine Minute später. Wir tun so, als wären wir Gäste. Alles geht so unauffällig wie möglich vor sich. Aber Obacht geben, dass er nicht durchdreht und jemanden als Geisel nimmt." Die drei Polizeibeamten blickten ernst in Richtung Kaffeehaus, sie vergaßen das Treiben um sie herum. Hinter ihnen nahmen in breiter Reihe die Böllerschützen Aufstellung. Sie sollten den Umzug eröffnen.

Zoelle ging langsam los. Er umrundete die Kindergartengruppe, öffnete die Kaffeehaustür und verschwand im Innern des Lokals. Häusl und Kleintaler folgten ihm eine Minute später. Sie betraten gemächlich das Kaffeehaus. Zoelle stand neben der Eingangstür, er tat so, als suche er einen geeigneten Platz. Das Café war brechend voll. Michael Binder, seine Tochter Katharina und Eva-Maria Moser saßen an einem kleinen Bistrotisch. Michael Binder, erneut ganz in schwarz gekleidet, sah die beiden Polizisten eintreten. „Na, Herr Kommissar, wollen Sie sich auch von hier aus den Festumzug ansehen?" Er war bestens gelaunt und völlig ahnungslos. Kommissar Kleintaler trat auf ihn zu, Häusl postierte sich unauffällig hinter seiner Geliebten. Zoelle schien noch immer einen Platz zu suchen, versperrte in Wirklichkeit aber den Weg zum Ausgang.

Kleintaler sah den Architekten an. Mit klarer, fester Stimme sagte er: „Herr Binder, ich verhafte Sie wegen Mordes an ihren Brüdern Gabriel und Urs sowie an dessen Ehefrau Gudrun Binder. Ferner wegen Mordversuchs an ihrer Frau Waltraut. Auch Sie, Frau Moser, nehme ich fest wegen Beihilfe an den Verbrechen. Kommen Sie bitte mit. Seien Sie vernünftig, sonst muss ich ihnen Handschellen anlegen." Michael Binder war kreidebleich geworden. „Was erlauben Sie sich, Herr Kommissar. Das ist eine Unverschämtheit! Das wird ein böses Nachspiel für Sie haben, das verspreche ich Ihnen." Seine letzte Drohung klang wie ein bösartiges Fauchen. Hasserfüllt blickte er den Kommissar an. „Herr Binder, seien Sie vernünftig und kommen Sie mit." Kleintalers Geduld war erschöpft. Er fasste den Architekten, der sich kaum sträubte, am Arm und zog ihn von seinem Stuhl hoch. Katharina Binder brachte vor Überraschung kein Wort hervor. Johann Häusl hatte Eva-Maria Moser die Hand auf die Schulter gelegt. Sie erhob sich langsam. Auch sie war blass geworden. „Darf ich meine Lederjacke anziehen?" Der Hauptkommissar half ihr in die Jacke, hielt sie dann am Handgelenk fest. Michael Binder nahm seinen schwarzen Ledermantel, der neben ihm auf dem Stuhl gelegen hatte und warf ihn sich über die Schulter. Katharina Binder war starr vor Schreck auf ihrem Platz sitzen geblieben. Die Kaffeehausbesucher hatten von der Festnahme nichts mitbekommen. Sie ignorierten die kleine Prozession, ihre Aufmerksamkeit galt dem Geschehen auf dem Marktplatz.

Hauptkommissar Zoelle öffnete die Tür. Er ließ die vier an sich vorbei, bildete die Nachhut. Kleintalers Griff um Michael Binders Handgelenk wurde fester. Sie sahen die Saumpferde vor sich, wandten sich deshalb nach rechts, dem Haupteingang des Modehauses zu.

Plötzlich ertönte ein ohrenbetäubender Lärm. Die Böllerschützen hatten ihre Schwarzpulverwaffen abgefeuert. Die Saumpferde wieherten, stiegen auf. Die Säumer versuchten sie zu bändigen. Zwei Pferde brachen aus, wollten davon galoppieren und konnten nur mit Mühe festgehalten werden. Der gesamte Festzug kam in Aufruhr. Pferde wieherten, das Klappern ihrer Hufe auf dem Granitsteinpflaster erzeugte ein metallisches Konzert. Kinder schrien. Selbst die Kutschpferde setzten sich ruckartig in Bewegung. Diese Sekunden des Durcheinanders nutzte Michael Binder. Mit einem Ruck riss er sich los und warf seinen Ledermantel zu Boden. Bevor Kleintaler reagieren konnte, hatte er sich zwischen den Pferden hindurch gedrängt. Der Kommissar verlor ihn für einen kurzen Augenblick aus den Augen. „Gsteckei, bleib du hier! Manni, komm, den schnappen wir uns!", schrie er Zoelle zu. Sie sprinteten am Haupteingang des Modehauses vorbei, blieben an der Ecke der Stadtpfarrkirche kurz stehen. Michael Binder war verschwunden. Kleintaler vernahm ein lautes Klacken. Die Kirchentür. „Manni, er ist in der Kirche. Rechte Seite. Schau du in der Kirche nach, ich geh auf die Empore." Kleintaler spurtete los, er nahm zwei Stufen auf einmal. Er riss die schwere dunkle Eichentür zum Kirchturm auf und rannte die schneckenförmigen, ausgetretenen Stufen hoch. „Wenn er auf der Empore ist, dann kann er nicht mehr entkommen!" Kleintaler öffnete vorsichtig die Tür zum Orgelraum. Geduckt schlich er vorwärts. Die Empore schien leer zu sein. Kleintaler suchte jeden Winkel ab. Vorsichtig warf er einen Blick nach unten in das Kirchenschiff. Er sah Zoelle auf dem Weg zur Sakristei. „Manni, siehst du ihn?" Laut hallten seine Worte durch den Bayerwald-Dom. „Nein, Schorsch, in der Kirche ist er nicht. Die Sakristei ist zugesperrt. Ich komme zu dir rauf!"

In diesem Augenblick vernahm Kleintaler ein krachendes Geräusch, das aus dem Kirchenturm zu kommen schien. Ein donnernder Schlag, ein Splittern. Kleintaler verließ die Empore und hetzte die Turmstiegen hinauf. Nach wenigen Stufen wusste er, woher das Krachen gekommen war. Michael Binder hatte die Holztür zum Glockenraum aufgebrochen. Er befand sich auf dem Weg nach oben. „Was will er da? Warum ist er nicht nach draußen geflohen?" Kleintaler fand keine Erklärung für das Verhalten des Architekten. Erneut vernahm er ein Geräusch berstenden Holzes, dann folgte ein Splitterregen. Kleintaler blieb stehen, bückte sich und hielt sich die Arme vor das Gesicht. Holzsplitter, Staub und Taubenkot prasselten herab, ein kalter Luftzug folgte. Als sich der Staubnebel gelegt hatte, stieg Kleintaler vorsichtig weiter nach oben. Die Steintreppe war nun zu Ende. Eine wackelige Holztreppe führte, vorbei an den Glockenseilen in den darüber liegenden Glockenraum. „Herr Binder, kommen Sie herunter", schrie Kleintaler! „Sie haben doch keine Chance mehr zu entkommen. Seien Sie doch vernünftig."

Bei seinen letzten Worten fiel ihm das Gespräch mit seinem Bruder ein. Konnte Michael Binder überhaupt noch vernünftig denken? Kleintaler hörte erneut Holz splittern. Er sah nach oben. Michael Binder hatte den Holzladen aus dem Rahmen getreten, der den Glockenklang nach draußen filterte. Er stand auf dem Fenstersims unmittelbar neben der Kirchenglocke und blickte hinaus in Richtung Karoliberg. „Kleintaler, Sie jämmerlicher Wicht, Sie kriegen mich nie!", schrie er. Seine Stimme überschlug sich. „Sie können mich nicht aufhalten. Niemand kann mich aufhalten! Sehen Sie hinaus, dort ist meine Welt. Meine „Welt aus Glas". Dort ist sie. Schöner und größer als diese Kirche. Ein Monument am „Goldenen Steig"! Sehen Sie wie sie leuchtet!" Kleintaler stand nur wenige Meter unterhalb des Architekten, die Holztreppe ächzte. „Herr Binder, seien Sie vorsichtig, der Sims ist feucht und glatt. Kommen Sie zu mir herunter. Ich verspreche Ihnen, alles wird gut." „Sehen Sie meine Welt aus Glas."

Michael Binder lachte irr. Und dann sah er sie. Das Licht der hoch stehenden Sonne beleuchtete die riesige Glaskuppel, die hundert Meter in den Himmel ragte. Tausende von Glaswaben bündelten das Sonnenlicht, reflektierten es und ließen die Welt um den Karoli in hellem Glanz erstrahlen. Michael Binder sah die oberste Etage. Sein Vater stand an der Gläserfront. Unter ihm Gabriel und Uriel. Sie alle winkten zu ihm hinüber. „Vater, schau auf deinen Sohn. Ich habe dein Werk vollendet. Ich dein Sohn! Ich, Michael!" Michel Binder schrie seinen Namen hinaus. Er hob lächelnd die Hand, winkte seinem Vater. Geblendet von dem Licht der Sonne hielt er sich die Hand vor Augen. In diesem Augenblick verlor er das Gleichgewicht. Kleintaler sprang die Treppe nach oben, versuchte ihn am Fuß festzuhalten. Er griff daneben. Mit einem gurgelnden Schrei stürzte Michael Binder hinunter, schlug auf dem Dach des rechten Kirchenschiffes auf, verschwand als schwarzer Schatten in der Tiefe.

Kleintaler stand wie gelähmt. Er atmete schwer. Zoelle war unbemerkt zu ihm hinaufgekommen. Er legte ihm vorsichtig die Hand auf die Schulter. „Schorsch, komm, du konntest ihm nicht helfen." Langsam, Stufe für Stufe stiegen sie den Kirchturm hinunter. Die Zufahrt zum Pfarrhof war von einer dichten Menschenmenge versperrt. Sie mussten sich den Weg durch diese Traube Neugieriger bahnen. Der tote Architekt lag mit verrenkten Gliedern auf dem Granitpflaster. Katharina Binder und Eva-Maria Moser knieten neben dem Toten. Kleintaler hörte sie laut schluchzen. Johann Häusl trat auf ihn zu. Er zuckte mit den Schultern. „Da war nichts mehr zu machen. Er war sofort tot. Ich habe schon die Kollegen und die Staatsanwaltschaft informiert. Die sind gleich da." Kleintaler hatte einen schalen Geschmack auf der Zunge, ihm war übel. Eva-Maria Moser sah ihn hasserfüllt an.

Nachspiel

Waldkirchen, Montag, 21. Juni 2010

Georg Kleintaler räkelte sich gemütlich in seinem bequemen Liegestuhl, der auf der Veranda stand. Marianne hatte ihm ein dunkles Weißbier eingeschenkt. Er nahm einen tiefen Schluck und wischte sich den Schaum von den Lippen. Heute, am längsten Tag des Jahres, begann sein wohlverdienter Urlaub. Am Nachmittag hatte er noch Rasen gemäht, jetzt genoss er den warmen Sommerabend. Kleintaler dachte an die vergangenen Monate zurück.

Nach dem Aufsehen erregenden Tod Michael Binders waren dessen gesamte Verbrechen ans Licht der Öffentlichkeit gelangt. In seinem Büro war unter der Küchenspüle ein Aluminiumkoffer gefunden worden, in dem er die Destillationsapparaturen und die Chemikalien, die er zur Herstellung des tödlichen Giftes benötigt hatte, aufbewahrte. Auch Nikotinreste hatte die Spurensicherung noch entdecken können. Damit konnte ihm der Mord an seinen Brüdern Gabriel, Urs und an dessen Ehefrau Gudrun sowie der Mordversuch an seinem Bruder Raphael unterstellt werden. Auch der Mordversuch an seiner Ehefrau Waltraut wurde ihm angelastet. Sein Selbstmord konnte wie ein Geständnis gewertet werden. Ein kleiner Rest Unsicherheit blieb und würde immer bleiben. Für die Staatsanwaltschaft war der Fall jedoch schon abgeschlossen.

Wochenlang hatten die Journalisten im Privatleben von Michael, Raphael und Waltraut Binder geschnüffelt. Jede mehr oder weniger pikante Einzelheit war zum Gegenstand übertriebener Sensationsberichterstattung geworden. Fernsehteams aller Privatsender hatten Waldkirchen belagert, stets auf der Suche nach neuen, verwertbaren Enthüllungen. Jeder, der sich gerade in der Stadt befunden hatte, war befragt worden. Sehr wenige hatten etwas zu sagen gehabt. Sogar von Katharina Binder und ihrer demenzkranken Großmutter waren Bilder veröffentlicht worden. Carla Binder war drei

Wochen nach dem Selbstmord ihres ältesten Sohnes gestorben. In aller Stille wurde sie beigesetzt. Dann flaute das Medieninteresse ab.

In einer kleinen Feierstunde war Hauptkommissar Häusl am vergangenen Freitag in den Ruhestand verabschiedet worden. In seiner Ansprache hatte der Staatssekretär im Innenministerium, der extra aus diesem Anlass von München angereist war, Häusls Verdienste hervorgehoben. Auch er, Kleintaler, war für sein Engagement im Fall Binder gelobt worden. Nach einem kleinen Imbiss, fast alle Kollegen und Gäste waren schon gegangen, hatte Kleintaler Häusl zu einem letzten Gespräch in sein Büro gebeten.

„Was gibt es denn so Geheimnisvolles, Schosi, das du mir jetzt noch unbedingt sagen musst?", hatte Häusl neugierig gefragt. „Gsteckei, du erinnerst dich doch noch an Eva-Maria Moser?" „Aber sicher doch, sie war schließlich die Geliebte von Michael Binder. Soviel ich weiß, wurde sie vor zwei Wochen wegen Urkundenfälschung in besonders schweren Fällen zu einer zweijährigen Bewährungsstrafe verurteilt." „Das stimmt, Gsteckei und jetzt hör mir bitte zu." Kleintaler dämpfte seine Stimme. „Drei Tage nach dem Urteil klingelt es abends gegen 20 Uhr bei mir an der Haustür. Es war Eva-Maria Moser. Ich erkannte sie kaum wieder. Sie war blass, hatte große, dunkle Ringe unter den Augen, die Haare waren strähnig und grau. Unsicher und nervös stand sie da. Sie wollte mich sprechen. Ich führte sie ins Wohnzimmer. Marianne hatte ihren Tai-Chi-Abend. Eva-Maria Moser begann stockend von ihrem Verhältnis zu Michael Binder zu erzählen. Sie hatten sich kennen gelernt, als sie psychisch sehr labil gewesen war. Seine vermeintliche Liebe hatte ihr Kraft gegeben. Seine Eloquenz hatte sie beeindruckt. Sie schilderte mir, wie sie die Dokumente für Australien gefälscht hatte und sie berichtete von ihrem Hass auf Waltraut Binder, die sich nicht, wie Michael ihr gesagt hatte, von ihm scheiden lassen wollte. Verblendet in der Liebe zu Michael hatte sie gemeint, ihm einen besonderen Gefallen tun zu müssen. Einen Gefallen, der sie nun nicht mehr zur Ruhe kommen ließ, der in ihr fraß und sie langsam zerfraß. Sie war gekommen, um in dieser Sache einen Rat von mir zu bekommen."

„Verdammt, Schosi“, unterbrach Häusl plötzlich Kleintalers Bericht, „jetzt komm schon zur Sache und mach es nicht so spannend. Worin bestand denn der „Gefallen“?“ „Nur ruhig, Gsteckei, ich sag es dir ja gleich. Außerdem will ich anschließend auch deinen Rat hören, mein Freund.

Also, Eva-Maria Moser litt an dem, was sie getan hatte. Sie hatte ehrlich und nicht Mitleid heischend mit mir gesprochen. Sie bereute diesen vermeintlichen Gefallen zutiefst. Gsteckei, sie tat mir unendlich leid. Dann fragte ich sie direkt. „Was war es denn so Schlimmes, was Sie gemacht haben, Frau Moser?“ „Ich habe Waltraut Binder damals in der Fußgängerzone niedergestochen. Ich, nicht Michael.“, hatte sie leise geantwortet. „Glaube mir, Gsteckei, ich war wie vor den Kopf geschlagen.“ „Und welchen Rat hast du ihr gegeben? Häusl konnte die Antwort kaum erwarten. „Ich habe sie angesehen und lange nachgedacht. „Frau Moser“, sagte ich dann zu ihr, „Sie werden sich die möglichen Folgen Ihres Besuchs bei mir vorher bestimmt gut überlegt haben. Lassen Sie die Gerichtsakten geschlossen. Warten Sie ein paar Monate und suchen Sie dann das persönliche Gespräch mit Waltraut Binder. Vielleicht wird sie Ihnen vergeben. Für mich hat es Ihren heutigen Besuch nie gegeben.“

Sie ist dann aufgestanden, hatte sich leise bedankt und ist gegangen.“ Kleintaler war am Ende seines Berichts angekommen und sah Johann Häusl erwartungsvoll an. Der hatte sich langsam von seinem Stuhl erhoben, ihm die Hand gedrückt und gesagt: „Recht so! Gut gemacht, Schosi. Für mich hat es dieses Gespräch übrigens auch nie gegeben.“ Dann hatte er die Polizeidienststelle verlassen.

Kleintaler nahm erneut einen Schluck von seinem Weißbier. Sein Blick schweifte zum nördlichen Horizont, wo im Licht der untergehenden Abendsonne noch der Kirchturm Freyungs zu sehen war. Ja, tatsächlich war Ende Mai die Bundeswehrgarnison in der Nachbarstadt aufgelöst worden. Wenige Tage später war Freyung Universitätsstadt geworden. Der Umbau des Kasernengeländes in eine Campus-Universität war, unter der Leitung des Architekten Raphael Binder bereits in vollem Gange. Der Bürgermeister hatte das dritte Ortsschild schon bestellt.

Auch im fernen Frankenland waren die Folgen des Binder-Falles noch zu spüren. In den grauen Alltag von Hauptkommissar Zoelle war wieder Farbe gekommen, Rosis Farbe.

edition LichtLand

Stille Nacht

Kommissar Kremmels zweiter Fall

von Marianne Loibl
180 Seiten, 12 x 19 cm
Taschenbuch
ISBN: 978-3-942509-02-2

Kaum ist Hauptkommissar Werner Kremmel aus dem Urlaub zurück, wird ein Kunde der Raiffeisenbank erschossen und schon ein paar Tage später liegt der Hotelier Sebastian Markl erstochen in seinem Haus in Freyung.

Paul Gschwender, dem Ringelaier Frauenmörder aus „Tief im Wald“ gelingt die Flucht aus der geschlossenen Klinik. Bewaffnet hat er nur ein Ziel – Johanna Brandner finden und mit ihr zu sterben. Krank vor Liebe, macht er sich auf die Suche.

Erneut beginnt ein Wettlauf gegen die Zeit. Doch diesmal weiß Oberkommissar Florian Wallner nicht, in welcher Gefahr seine Verlobte schwebt.

www.lichtland.eu